O pacto de infidelidade

Título original: The infidelity pact
Publicado de acordo com a Broadway Books, um selo de The Doubleday Broadway Publishing Group, uma divisão da Random House, Inc., New York.

Coordenação editorial: Débora Guterman
Preparação: Gonçalo de Castro
Revisão: M. Estela Heider Cavalheiro
Capa adaptada a partir do projeto gráfico original de Rex Bonomelli
Fotografias de capa: Kelvin Murray/ Getty Images (*porta*) *e Rex Bonomelli (sutiã)*
Projeto gráfico e diagramação: Renata Milan

Dados Internacionais de Catalogação na Publicação (CIP)
(Câmara Brasileira do Livro, SP, Brasil)

Karasyov, Carrie
O pacto de infidelidade / Carrie Karasyov ; tradução Maria Clara Guimarães. – São Paulo : Editora Planeta do Brasil, 2008.

Título original: The infidelity pact.
ISBN 978-85-7665-381-3

1. Ficção norte-americana I. Título.

08-06968 CDD-813

Índices para catálogo sistemático:
1. Ficção : Literatura norte-americana 813

2008

Editora Planeta do Brasil Ltda.
Avenida Francisco Matarazzo, 1500 – 3º andar – conj. 32B
Edifício New York
05001-100 – São Paulo-SP
www.essencialivros.com.br
www.editoraplaneta.com.br
vendas@editoraplaneta.com.br

O PACTO DE INFIDELIDADE

Carrie Karasyov

tradução
Maria Clara Guimarães

essência/Planeta

Para minha querida amiga Lesbia,
sem a qual este livro nunca poderia ter sido escrito.

Agradecimentos

GOSTARIA DE AGRADECER À MINHA editora, Stacy Creamer, pela excelente orientação. A Jennifer Joel e Amanda Urban pela habilidade no trabalho como agentes. Agradecimentos especiais também a Laura Swerdloff, Katie Sigelman, Josie Freedman e à fabulosa Joanna Pinsker.

Sou grata à minha tia Maureen Egen por todas as suas anotações, por me ajudar quando me via em pânico e por todo o entusiasmo.

Tive muita sorte de ter uma fantástica parceira neste livro. Embora o tenha escrito sozinha, o apoio de Jill Kargman foi fundamental – e tornou divertido ir trabalhar todo dia. Obrigada por tudo, especialmente por sugerir um título tão magnífico!

E finalmente obrigada à minha família: mamãe, Dick, os Careys, os Hammans, os Huitzes e os meninos de casa – Vas, James e Peter.

Merci e todo o meu amor.

Um

O *BRIE* ESTAVA ESTUFADO, O VENTO gemia e a campainha não parava de tocar. Era o segundo sábado de janeiro, e Eliza e Declan Gallahue estavam dando uma das festinhas pequenas mas chiques em sua casa pequena mas chique. A festa tinha começado havia duas horas. A maioria dos convidados já chegara e estava com uma bebida na mão e um canapé na boca. A sala brilhava com o calor das lâmpadas de 25 watts que Eliza colocara meticulosamente uma a uma, depois de retirar as de 75 watts — suas preferidas — usadas normalmente, guardando-as numa gaveta para que ali passassem a noite. Ela fizera isso a conselho de sua amiga-decoradora predileta, para quem esse era o melhor modo de criar uma atmosfera festiva íntima. Além disso, as pessoas não ficavam com aspecto muito melhor? A luz atenuada parecia operar uma mágica. Todos estavam relaxados, a conversa havia atingido uma altura satisfatória e a maioria dos convidados já bebia o segundo drinque.

Eliza tentava reprimir a ansiedade que vinha sentindo antes mesmo de começar a receber os convidados. Se ela pelo menos pudesse relaxar e se divertir, sobretudo porque a festa estava correndo bem... Mas por alguma razão ela estava irritadiça demais para desfrutar o seu sucesso. Tentava conversar para entrar no clima. A casa parecia ótima — ela tinha pedido à faxineira que viesse mais cedo naquele dia para dar conta de todos os detalhes, como lustrar as molduras de prata dos quadros e passar a ferro os guardanapos de linho com monograma bordado que, na ocasião do casamento, tinham lhe parecido um presente totalmente fora de propósito, mas agora se revelavam muito úteis. No frenesi dos últimos momentos anteriores à festa, Eliza ia de um lado a outro tirando as plumas que escapavam das almofadas, realinhando as poltronas George Smith para que ficassem perfeitamente simétricas, retirando folhas murchas das plantas dos vasos e mudando a posição da coleçãozinha de caixas esmaltadas Halcyon Days que ficava numa mesa lateral. Eram detalhes, mas depois disso ninguém iria poder dizer que a casa estava menos que perfeita. Quando ficava nervosa, ninguém arrumava uma casa tão bem quanto Eliza Gallahue.

Além disso, ela sabia que estava com boa aparência; depois de uma manhã cansativa, havia deixado a tarde livre e fora ao Frederic Fekkai para dar um trato nos cabelos castanhos que lhe chegavam aos ombros e se permitir uma sessão com o artista da maquiagem. (Eis algo que Eliza jamais conseguira dominar: aplicar maquiagem. Seu marido sempre brincava com ela sobre isso e lhe implorava que tomasse umas aulas, mas sua inabilidade com o rímel era quase cômica. Quando ela era uma garotinha, sua mãe lhe dissera que ela era um caso perdido no que dizia respeito às pequenas habilidades manuais, e por isso Eliza achava que não adiantava tentar melhorar.) As sessões com o *personal trainer* haviam valido a pena: finalmente Eliza tinha o corpinho de menina com que sonhara. Era a primeira vez, em cerca de quatro anos, que ela se sentia como se tivesse voltado a seu eu adolescente, e aquele havia sido o trabalho mais extenuante de sua vida. Tinha cortado os carboidratos, renunciado às sobremesas, se estafado na esteira durante quatro horas semanais e feito uma quantidade de abdominais que lhe parecia impossível. Mas os resultados eram visíveis, e agora não havia nenhum vestígio de gordura no seu abdômen, o que era um grande feito. Para comemorar, Eliza estava usando o pretinho colante de festa com fenda lateral, guardado desde a liquidação da Michael Kors, e o novo Jimmy Choos que comprara para si mesma como presente de Natal. Normalmente tinha em seu guarda-roupa coisas muito simples e bem californianas: calças de brim Gap, saias charmosas e mocassins, mas de vez em quando se permitia um vôo mais alto.

Eliza olhou para o outro lado da sala. Seu marido Declan, que com os cabelos escuros e os olhos verdes parecia não ter envelhecido absolutamente nada nos dez anos em que estavam juntos, conversava amigavelmente com Ron Freedman e Stan Smith, ambos aparentemente muito cientes do fato de serem cerca de 30 centímetros mais baixos que ele. Declan era muito alto; chegava quase aos 2 metros. Eliza estava satisfeita, pois queria que ele conhecesse Stan, cuja mulher, Pam, fazia parte do conselho da Brightwood School e poderia ser útil algum dia, além de ser simpática. Eliza achava assustador pensar que tudo se reduzia a contatos, inclusive no que dizia respeito aos seus filhos. Era terrível colocá-los nas escolas certas, sem falar na escolha do clube certo para a família freqüentar etc. Mas a vida é assim.

Eliza havia contratado um garçom e encarregado a empregada do casal, Juana, de servir os canapés durante a festa, mas apesar disso ia de um lado a outro enchendo taças, colocando habilmente descansos sob copos que suavam e certificando-se de que havia molho suficiente para acompanhar o camarão. Frank Sinatra (o favorito de Declan) cantava suavemente no som estereofônico. Os adoráveis filhos dos Gallahue – Donovan, de três anos, e Bridget, de apenas um – apareceram durante um breve e doce momento vestindo pijamas que tinham pezinhos e disseram olá e boa-noite aos convidados. À primeira vista parecia mais uma festa bem-sucedida em Pacific Palisades. À primeira vista.

Exatamente nesse momento Eliza viu Justin Coleman atacando a travessa de *brie*. Ele havia chegado mal-humorado, ainda usando o terno Armani de riscas e a gravata Gucci que eram seu uniforme de trabalho, e Eliza podia garantir que ele e Victoria tinham brigado durante todo o trajeto até sua casa. Não era preciso ser um observador muito atento para perceber isso, pois eles estavam sempre discutindo, mas daquela vez a briga preocupou Eliza. Quando ela abriu a porta, Justin lhe deu um beijinho na face e imediatamente esquadrinhou a sala para ver se havia alguém que ele considerava importante e merecedor de bajulação. Ao constatar que não, seu rosto revelou um profundo desapontamento e ele foi direto para o sofá, onde desabou no meio das almofadas Fortuny de seda que Eliza havia acabado de afofar e se debruçou sobre a travessa de queijo. Eliza não pôde evitar certa repugnância ao ver suas mãozinhas brancas trabalhando furiosamente para retirar o centro cremoso do *brie*. Ela detestava os idiotas que faziam isso. "Coma tudo, será que um pouquinho de mofo não é capaz de matar?", pensou ela. A cada vez que se servia, e depois de passar o queijo numa bolacha Carr e levá-la à boca, ele voltava ao *brie* e cavava cada vez mais em direção ao centro, fazendo-o inchar como que procurando sustentação para a vida, até que a concha branca externa finalmente baixou, esgotada, e o queijo inteiro desmoronou. A travessa que fora arranjada com gosto parecia agora conter os restos de uma competição para ver quem come mais torta. O *brie* sempre acabava bagunçado. Por que ele tinha de ser obrigatório nas festas?

"Como você pode imaginar, ele não queria vir", comentara Victoria com voz tensa. Embora fosse estonteantemente linda, com cabelos loiros bem puxados para trás, penetrantes olhos azuis e um corpo de dar inveja, ultimamente Victoria estava cada vez mais irritada e nervosa, o que não favorecia sua aparência.

"Estou francamente surpresa com a vinda dele", disse Eliza. "Estou surpresa com a vinda de todos nós, no pé em que as coisas estão."

Victoria e Eliza trocaram um olhar de cumplicidade. Mas, antes que pudessem continuar, Pam Smith, a esbelta ativista do bairro, chegou e interrompeu.

"Eliza, a casa está *adorável*! Você tem muito estilo", disse ela com sinceridade. Eliza enrubesceu de orgulho. Depois Pam se voltou e olhou para Victoria. "E você, tudo bem? Faz muito tempo que eu não vejo nem você nem o Justin."

"É, faz tempo mesmo", disse Victoria, lacônica, pegando uma taça de champanhe da bandeja do garçom que estava passando. As pulseiras de ouro tilintaram, escorregando para baixo no seu braço quando ela pegou a taça, e depois tilintaram de volta para cima, quando ela tomou um gole.

"Ah, eu sei que você está ocupada, com seus dois garotos adoráveis", disse Pam, surpresa com a frieza de Victoria. Eliza imediatamente se sentiu incomodada e entrou na conversa.

"Justin tem trabalhado dia e noite ultimamente, e Vic, como sempre, corre de um lado para outro fazendo de tudo, desde presidir os eventos de caridade da St. Peter até dar o sangue na equipe de tênis, e por isso eu acho que os dois estão exaustos", disse ela, tentando quebrar o gelo.

"É. Meu marido está mesmo ocupado ultimamente, sendo lacaio de todos os drogados candidatos a ator", disse Victoria com uma careta antes de se virar para Justin. "E é por isso que ele está sentado ali, se recusando a conversar com quem quer que seja. Ele foi convocado pelo seu cliente para jantar no Koi hoje e ficou com essa tromba a partir do momento em que eu disse que ele não podia ir."

Ela estava se referindo a Tad Baxter, um dos atores de sucesso do momento e o maior cliente de seu marido. Teoricamente Justin era agente dele, mas ele mais parecia criado pessoal, cafetão, traficante e bode expiatório. Victoria ficava furiosa com o marido por ele tolerar tantos abusos de um rapaz que, menos de dois anos antes, trabalhava como caixa no Taco Bell.

"Ah, eu sei", disse Pam, sem saber absolutamente nada e sem ter nada para dizer. Embora vivesse em Los Angeles, ela continuava insensível a qualquer coisa que se referisse a Hollywood. As armadilhas depravadas e os mexericos ociosos do mundo do entretenimento não lhe interessavam, e ela sempre parecia surpresa quando as pessoas as mencionavam.

"Desculpe", disse Victoria, finalmente voltando a atenção para Pam e percebendo que estava falando em código e sendo indelicada. "É mesmo muito difícil trabalhar com celebridades. Elas acham que são donas de você", consertou ela.

"Imagino", concordou Pam.

"Mas Pam, conte para nós o que está acontecendo no mundo dos imigrantes ilegais", disse Eliza, louca para mudar de assunto. "Quer dizer, não deu certo, mas diga como está indo o seu trabalho. Victoria, Pam está no conselho do Human Rights Watch e é muito atuante, tentando impedir a prisão ilegal de menores latino-americanos."

"Fascinante", disse Victoria, em tom monótono.

"É, mas também trágico...", começou Pam e depois prosseguiu, detalhando todos os recursos incrivelmente generosos e filantrópicos com os quais ela vinha trabalhando pela causa. Eliza e Victoria estavam totalmente ausentes e ligaram o piloto automático: "Hum, hummmm", nos momentos que pareciam apropriados, meneios tristes de cabeça quando a emoção tensionava a voz de Pam e exclamações nas pausas dramáticas.

A mente de Eliza estava em outras coisas, coisas lamentáveis que causavam mais do que um impacto momentâneo na sua vida. O fato é que tudo começava a ficar fora de controle e ela não sabia como endireitar as coisas. Victoria, particularmente, estava se tornando perigosa. Eliza sempre vira nela uma pessoa equilibrada, a amiga que nunca perderia a calma e nunca faria uma cena. As aparências eram tão importantes para Victoria e ela era tão justa nas suas decisões que não gostaria de deixar jamais alguém entrever sob a superfície o borbulhar de algo mais. Mas nos últimos meses tudo mudara... Victoria estava ficando imprudente e instável. E Justin, que era sempre um idiota em qualquer aspecto da vida — desde seus ternos de *designer* e o cabelo emplastrado para trás até o Porsche ridículo que ele dirigia e insistia em chamar de "Porsh-a" —, estava em pé de guerra. Agora os dois tinham se tornado pugilistas descuidados, o que significava que não se importavam com quem ficava sabendo de suas brigas ou do que levava a elas.

"O vento lá fora está impressionante", disse Brad Adams, que acabara de transpor a porta da frente aberta por Juana e ia cumprimentar a dona da casa. Astro do futebol americano da escola secundária, quando sua aparência vigorosa o tornava bastante cobiçado, ele agora entrava na meia-idade — estava com trinta e tantos —, e, embora ainda se percebesse um brilho malicioso nos olhos azuis cintilantes, pouca coisa nele era digna de admiração. A sobrancelha outrora bem desenhada havia começado a cair, o cabelo louro que escasseava no alto da cabeça também contribuía para o seu aspecto comum. Mas Brad parecia não se importar; tinha ainda uma despreocupação juvenil e um ar de vestibulando que faziam as pessoas se esquecerem de sua mediocridade. Eliza estava ao mesmo tempo chocada e aliviada por ele ter vindo, e imediatamente correu os olhos pela sala para conferir se a mulher de Brad, Leelee, vira que ele havia entrado. Claro que ela vira: olhara ansiosamente para a porta durante toda a noite. No outro lado da sala, Leelee, que roera as unhas até quase as cutículas, esperando descobrir se o marido apareceria, tinha um ar ao mesmo tempo exaltado e amedrontado.

"Eu sei, o vento lá fora está a toda", disse Eliza, devolvendo o beijinho na face com que ele a cumprimentara. Enquanto Brad se afastava, cumprimentando Victoria e Pam, Eliza arregalou os olhos para Leelee, surpresa e atordoada.

"É o aquecimento global. Tudo por culpa nossa", disse Pam com tristeza, balançando a cabeça e brincando nervosamente com as contas de madeira que rodeavam seu pescoço. Ela se preocupava genuinamente com a situação do mundo e seus olhos castanho-claros pareceram enevoados. Finalmente ela se recuperou. "O que me faz lembrar que vi John York ali e tenho de ir conversar com ele sobre o Ocean Watch; precisamos que ele doe uma excursão à Riviera para ser leiloada", disse Pam, desculpando-se.

Victoria e Eliza se entreolharam curiosas e depois voltaram para Brad.

"E então, como vão as coisas, Brad?", perguntou Victoria, esforçando-se por adotar um tom descontraído mas parecendo mais um psiquiatra conversando com um paciente que acabara de tentar suicídio. Eliza fuzilou-a com o olhar, mas Victoria fingiu não notar.

"As coisas estão ótimas", disse Brad, rindo da seriedade de Victoria. "Embora eu tenha ficado retido numa sala de conferências em Irvine durante o dia todo com o meu celular mudo. Um cara com quem almocei ontem derramou vinho branco nele e agora só me resta jogá-lo no lixo."

Eliza e Victoria olharam uma para a outra em estado de choque. *Então é por isso que ele não atendia*, pensaram ambas.

"Que chato!", disse Eliza com ênfase um tanto exagerada.

"Horrível!", disse Victoria com voz animada.

Brad olhou-as de um modo estranho. "Vocês viram minha mulher?"

"Ela está ali", disse Eliza, apontando para Leelee, que conversava com o *barman*. "Vai gostar de te ver."

"Obrigado", disse Brad, que em seguida caminhou na direção de Leelee, sua mulher havia dez anos. Brad e Leelee poderiam passar por irmãos. Ambos fortes e loiros, tinham faces rosadas e agradáveis, que eram mais admiráveis na juventude, quando eles pareciam o rei e a rainha do baile de uma grande escola secundária de subúrbio.

Eliza e Victoria esperaram um pouco, para ter certeza de que ele não as ouviria, e então balançaram a cabeça.

"Meu Deus, Leelee vai ficar muito aliviada. Toda aquela aflição por nada", disse Eliza.

"Você acha mesmo que ele não desconfia de nada? Ele pode estar fingindo", disse Victoria.

"Só se ele for candidato ao Oscar. Acho que ele não tem a menor idéia", disse Eliza com convicção.

As duas se voltaram para observar o encontro da amiga com o marido. Do outro lado da sala, cuja decoração se inspirava nos interiores da Provence, elas viram Leelee cumprimentando hesitante o marido, Brad supostamente explicando por que não havia respondido às ligações dela e Leelee entendendo que sua vida não estava acabada.

De repente Eliza se sentiu inundada de alívio e alegria, de gratidão, mesmo. Percorreu com o olhar toda a sala, onde seus amigos, novos e antigos, estavam se sentindo em casa, todos se divertindo. Seus filhos dormiam, seu marido estava feliz e era sexta-feira. Melhor seria impossível. Provavelmente elas sairiam ilesas daquela confusão.

Seu devaneio foi interrompido pelo suave som da campainha. Eliza mandou Victoria até o aparador para ver os candelabros Georg Jenson que ela acabara de comprar pela internet e foi até a porta. Quando girou o trinco, uma rajada de vento entrou na sala, junto com algumas folhas. Na soleira estava Helen, quarto elemento do grupo muito unido que incluía Eliza, Leelee e Victoria.

"Ei, eu estava me perguntando quando é que você chegaria. Por que demorou tanto?", perguntou Eliza, ajoelhando-se para pegar as folhas. Elas haviam conseguido se alojar em todos os cantos do *hall* de entrada e Eliza precisou usar toda a flexibilidade adquirida na ioga para recolhê-las. Helen continuava imóvel e em silêncio. Eliza olhou-a atentamente. Helen era uma coreano-americana atraente, de trinta e poucos anos, cujos traços honestos eram completamente incapazes de ocultar o que ela estava pensando. E naquele momento ela parecia atemorizada. Eliza percebeu isso imediatamente. Alguma coisa estava muito errada.

"O que é?", perguntou Eliza.

"Anson Larrabee está morto."

Dois

A CASA DOS GALLAHUE FICAVA NUMA rua, em mais de um sentido sem saída. Localizada na área de Palisades conhecida como "The Bluffs", situava-se na parte mais a oeste da cidade e mais próxima daqueles panoramas espetaculares e disputados do oceano. Quanto mais se aproximavam do oceano, mais caras eram as casas. Contudo, não se podia aproximar demais, sob pena de cair diretamente na Pacific Coast Highway, que se estendia ao pé dos penhascos. Era uma vista fantástica, mas um destino potencialmente trágico. E pela proximidade da água, o mínimo que se podia dizer é que ventava muito.

Naquela noite, como haviam comentado vários convidados, os ventos estavam ficando mais velozes e fazendo ranger as janelas da cozinha dos Gallahue. Depois do choque inicial da notícia da morte de Anson, Eliza recuperou-se rapidamente e reuniu Helen, Victoria e Leelee na despensa para uma reunião estratégica. Ela sabia que era indelicado deixar o resto dos convidados, mas não havia alternativa.

"Tudo bem, começa do começo e conta tudo", pediu Victoria com voz firme e muito séria. Com MBA em Stanford, ela havia dirigido uma grande divisão da Fox Studios, mas poucos meses depois do nascimento dos seus gêmeos, Austin e Hunter, abandonara a carreira.

Ela nunca fora capaz de conciliar sua alta qualificação com corridas de carro e aulas de tênis, e freqüentemente assumia o tom de chefe. Eliza imaginava que era com aquela voz que ela se dirigia aos seus subalternos quando era alta executiva do estúdio.

Helen tirou do rosto o cabelo pesado e respirou fundo. "Eu não sei, eu não sei. Fui lá pegar o Anson, como tínhamos combinado" — disse as últimas palavras olhando de forma acusadora para as amigas. "E então, quando cheguei lá, havia uma quantidade enorme de carros da polícia e uma ambulância com luz giratória..."

"Eu ouvi as sirenes!", interrompeu Leelee.

"Chhh... ela está contando", censurou Victoria.

"E então dirigi até o primeiro policial. Ele estava desviando o tráfego, e eu perguntei: 'O que é que está acontecendo?'. Ele respondeu: 'Nada, minha senhora', e eu disse: 'Eu preciso saber, um amigo meu mora ali', e ele disse: 'Não tenho autorização para falar'. Ele começou a me ignorar, querendo que eu o deixasse em paz. E então eu vi... ai, meu Deus, eu vi uma maca sendo retirada da casa dele..."

"... Exatamente como o *CSI*!", disse Leelee.

"Isso. E eu me perguntando: 'Ai, meu Deus, será que aquele é o Anson?', e o policial dizendo: 'Não tenho autorização para falar', e eu pirei. Aquilo só podia ser brincadeira! Eu fingi que era uma grande amiga de Anson. E então comecei a entrar em pânico e depois chegou outro policial e disse que sim, que era Anson, e eu perguntei: 'O que foi que aconteceu?', e ele: 'Ainda não temos certeza, parece que ele caiu na escada', e eu: 'Foi crime?'"

"O que foi que você disse?", disparou Victoria.

Helen parou de falar e pareceu preocupada. "Eu perguntei se tinha sido crime", disse ela suavemente, com o medo se insinuando em seu rosto.

"A troco de que você pôs essa idéia na cabeça dele?", perguntou Victoria, enfurecida.

Helen parecia a ponto de chorar. "Não sei... Acho que ando vendo *Law and Order* demais."

Eliza envolveu Helen com o braço. "Não se preocupe. Tenho certeza de que você não pôs nada na cabeça do policial. Ele é um tira, pelo amor de Deus. Vê cenas de crime o tempo todo."

"Em Palisades?", perguntou Leelee, em tom cético.

"O que foi que ele disse?", insistiu Victoria.

"Disse que ainda não tinham certeza. Ainda era cedo demais para falar", respondeu Helen.

"Então pode ser assassinato", concluiu Leelee.

"Acho que sim, pode ser assassinato", concordou Helen.

As outras três mulheres ficaram mudas, algo bastante incomum naquele grupo. Eliza olhou para cada uma de suas amigas e inspirou profundamente. Leelee, a mãe com cara de vestibulanda que sempre dizia algo sujo e escandaloso para agitar as coisas, estava calada. Victoria, até então a mulher tranqüila e senhora de si, apenas balançava a cabeça sem acreditar. Helen, que tendia a ver tudo sob um ângulo existencial ou espiritual, parecia perturbada até a medula. E ela própria, a voz da razão, confiável e firme, estava totalmente estupefata.

"Hum, OK, eu não tenho idéia do que dizer", disse Eliza.

"Nem eu. Mas, me diga, você tem certeza de que ele disse que não tinha certeza se era *crime*?", perguntou Leelee.

"Eu não iria mentir", cortou Helen.

"Isso não pode estar acontecendo", lamentou Leelee.

Nesse instante Juana entrou na despensa. Ela parou abruptamente, surpresa por vê-las amontoadas num canto.

"Desculpe, senhoras. Preciso de mais guardanapos", anunciou.

"Claro, Juana", disse Eliza esticando o braço e tirando de uma gaveta no alto dos armários um pacote de guardanapos. Que fossem de papel; não era hora de ficar procurando guardanapos de linho.

"Obrigada, senhoras", agradeceu Juana, dirigindo-lhes novamente um olhar estranho antes de voltar para a sala.

"Gente, não dá para continuar aqui, em plena festa; as pessoas vão desconfiar", advertiu Eliza.

"Desconfiar?", perguntou Helen alarmada. "Você acha que alguém vai pensar que nós tivemos alguma coisa a ver com isso?"

Antes que Eliza pudesse responder qualquer coisa, Victoria se apressou em dizer:

"A Eliza tem razão. Vamos voltar, fingir que está tudo bem e mais tarde nos reunimos outra vez antes de terminar a festa."

"Meu Deus, justo na hora em que achei que a coisa estava para acabar...", começou Leelee com a voz embargada.

"De certo modo ela está acabada", comentou Victoria, com firmeza.

"Mas não do modo como a gente pensou", emendou Helen.

"Mas do modo como todas nós desejávamos", completou Victoria. Todas se viraram e a encararam. Ela estava certa. Embora nunca tivessem dito isso umas às outras, em seus devaneios esse seria o melhor desfecho para a trama. O que poderia ser melhor do que ter Anson Larrabee, o arquiinimigo delas, morto?

Durante o resto da noite as quatro desempenharam seu papel, sempre segurando a haste da taça de vinho branco e rezando para que a noite terminasse. Era hora de acabar com aquilo de uma vez por todas. Seu pacto tinha dado uma funesta guinada para pior; levara-as por um caminho traiçoeiro, resvalando por todos os aspectos de suas vidas, arriscando os casamentos e quase levando-as à loucura. Se Anson havia morrido de causa natural, elas teriam paz. Mas se ele tivesse sido assassinado... poderia ser o início do fim para todas elas.

Três

Numa quarta-feira nublada de julho, cerca de oito meses antes da morte de Anson, as amigas Eliza, Victoria, Helen e Leelee tinham se reunido no Pearl Dragon numa "saída noturna das garotas". A triste ironia de que elas não eram mais garotas não lhes havia escapado, mas as quatro concordaram que, se mudassem o nome para "noite das mulheres", a coisa pareceria certo tipo de convenção de feministas furiosas, sem contar que "noite de mulheres" tinha um quê de pornô. Todas elas se *sentiam* garotas, e assim, embora reconhecendo a impropriedade, não tentaram mudar o nome.

O Pearl Dragon era um restaurante japonês, mas era também o único bar completo de Palisades. Por isso nas noites de verão havia sempre no bar um bando de universitários de minissaia (as garotas) e boné de beisebol (os rapazes), tentando fisgar alguém do outro sexo. Eliza e suas amigas ficaram no fundo, tentando não dar muita importância aos feromônios que voavam mais à frente, enquanto se distraíam com rolinhos de atum condimentado, tempurá de camarão e bacalhau assado. As quatro grandes amigas se viam com freqüência, mas sempre na correria, quando estavam buscando ou levando os filhos para a escola, tomando café no Starbucks ou praticando ioga.

Essas noites eram a chance que elas tinham de se encontrar sem sacolas de fraldas, crianças que exigiam sua atenção e maridos que não se interessavam em dissecar o último número da *US Magazine*.

"Estamos tão velhas!", lamentou Leelee, olhando para a garota modelito Jessica Simpson com *jeans* de cintura baixa e justíssimo que acabara de se sentar no banco do bar, exibindo para todo o restaurante seu fio-dental de renda cor-de-rosa.

"É triste", disse Eliza chupando os grãos da fava de soja. "Podíamos ser mães deles."

"Não, isso não!", protestou Victoria.

"Em Oklahoma", insistiu Eliza.

"Só se fôssemos bebês tendo bebês em maternidades de pré-adolescentes", disse Victoria esnobando. Victoria era uma pessoa objetiva. Tinha pouco tempo para exageros ou dramas.

"Encontrei meu primeiro fio de cabelo branco outro dia", disse Helen, tirando a azeitona de seu Martini e mordendo-a. "Tenho 33 anos. Estou tendo uma crise metafísica. Para mim, cabelo branco é o mesmo que morte. Depois dele começamos a descer a ladeira."

"Ora, Helen!", protestou Eliza. "Não é o mesmo que morte."

"Dizem que o sexo melhora quando ficamos mais velhas", disse Leelee com um brilho nos olhos. Leelee adorava falar sobre sexo, o que era curioso uma vez que ela normalmente se vestia como uma mulher de 45 anos que acabara de sair da aula de golfe e estava indo para o segundo gim tônica. Mas ela havia dito muitas vezes (demasiadas vezes, mesmo) para as amigas que sob seus conjuntos de *cashmere* ela usava *lingerie* preta muito *sexy*, no estilo pornô, inclusive com cintas-ligas.

"Eu não tenho erotismo na minha vida", suspirou Helen. "Nem penso nisso. Quer dizer, Wesley e eu preferimos ver um bom episódio de *Lost* a fazer sexo. É triste. E no verão é uma verdadeira crise. A televisão não presta; só passam reprises e *reality shows*. Não vejo a hora de chegar o outono."

"Apimentem a coisa, arranjem uns apetrechos!", disse Leelee maliciosamente. Ela girou o Chardonnay na taça e tomou um bom gole. Escondido no fundo de seu *closet* havia uma grande depósito de apetrechos sexuais. Mas a verdade era que ela não os usava havia séculos. A única coisa que vinha lhe servindo era o pênis artificial, mas isso era para quando ela estava sozinha. E ela jamais falaria sobre ele com as amigas.

"Ah, sim, com o Wesley? Não esqueça que o meu marido foi educado em internatos ingleses. Acho que ele teria um ataque do coração se de repente eu aparecesse com chicote e algemas", disse Helen.

Eliza e Victoria riram, imaginando Wesley Fairbanks IV, o pálido marido de Helen, vinte anos mais velho que ela, acorrentado à cabeceira da cama.

"Você já experimentou isso?", perguntou Leelee.

"Pedir ao Wesley? Não, o Wesley e eu nem conversamos mais", disse Helen estendendo o braço e pegando uma fava de soja. Ela brincou um pouco com o petisco, mas não o pôs na boca. "Meu marido e eu somos como dois barcos passando no meio da noite. Barcos amigáveis, mas simplesmente... separados."

Helen se calou. Pensou na sua vida doméstica e foi tomada por um silêncio triste. Estava tão acostumada ao silêncio e a se retirar que às vezes precisava se lembrar de que as coisas provavelmente não deviam ser assim. Pelo menos não era assim que ela havia imaginado a sua vida de casada. Talvez ela não devesse ter se casado com um homem tão mais velho. Talvez eles devessem ter mais coisas em comum. Ela ergueu o olhar e viu as amigas encarando-a, preocupadas. Não queria ser a deprê. "Então vocês todas usam apetrechos?"

"Não", disse Eliza abruptamente. "Quer dizer, não sou contra. Tenho essas coisas." Eliza era evasiva quanto à sua vida sexual. No passado ela conversava sobre sexo, mas agora que era casada queria proteger o marido. Na verdade havia assimilado toda a santidade dessa história de casamento. Eliza sabia que se dissesse algo negativo sobre Declan — referente a sexo ou a qualquer outra coisa — suas amigas registrariam sua queixa e sempre a teriam guardada no fundo da mente (como ela própria fazia quando ouvia as confissões das amigas). Ela não queria deixar ninguém ter essa vantagem sobre ela. Melhor desviar o assunto.

"Você precisa tratar bem seu maridinho, se não ele vai procurar outra que dê o que ele quer", disse Victoria firmemente. Victoria falava sobre sexo com um jeito masculino. Com certa dureza, com raiva até. As outras sabiam que Justin era um tanto idiota e imaginavam que por isso ela era tão grosseira. Era como se, descompromissando-se, não pensando que sua vida sexual jamais pudesse ser uma vida amorosa, ela desfechasse um golpe preventivo. Ela também gostava de ter controle sobre tudo.

"Não é triste o fato de que, enquanto a gente fica mais velha, mais gorda e menos desejável, os homens, mesmo mais velhos e mais gordos, ficam *mais* desejáveis?", perguntou Eliza. "Estamos mais gordas depois das gestações, aparecem os cabelos brancos e as rugas, e esperam que a gente tenha filhos, tome conta deles, trabalhe como maníacas, ponha botox, tenha uma carreira..."

"Você é a única que tem uma carreira", interrompeu Leelee.

"Porque ela é a única que tem uma carreira conciliável com filhos", retrucou Victoria, que ainda lamentava ter deixado o trabalho e encarava isso como um grande fracasso. Por que ela havia perdido tanto tempo com um MBA se não tinha tempo para usá-lo? Ela se arrependia de não ter escolhido uma carreira como o jornalismo. Algo portátil que ela faria nos horários de que dispusesse. Se Eliza era capaz de fazer isso, por que ela não poderia? Mas agora era tarde demais. Ela havia escolhido administração porque queria algo intenso e masculino. Algo que se baseasse em fatos, e em que fosse possível competir com os melhores. Mas a duras penas ela acabara descobrindo que por maior que seja a inteligência feminina, o mundo corporativo não tinha sido feito para mulheres com filhos. E toda aquela propaganda progressista feminista que lhe empurraram goela abaixo? Besteira.

"Querida, eu não sinto falta de ter uma carreira, embora jamais tenha tido uma, tive apenas um emprego", riu Leelee. "Deixo o Brad fazer todo o trabalho e trazer o dinheiro para casa!"

Dinheiro era um assunto indigesto para Leelee. Ela havia se casado com Brad quando ele tinha uma boa situação financeira, mas depois tudo desmoronara e Leelee se enredara numa vida que — embora privilegiada — não era exatamente a que ela imaginara ter.

"Declan não parece ser do tipo que é exigente quanto a peso, trabalho e coisas do tipo", disse Helen para Eliza.

"Não, ele não é. Mas, puxa vida, eu me sinto pressionada. Estou cercada por algumas das mulheres mais magras do mundo. Não posso nem pensar em me apresentar por aí como um barril", respondeu Eliza.

"Mas vocês estão falando do quê, afinal? Você está com um corpo incrível, Eliza", disse Helen. Eliza protestou, mas secretamente ficou lisonjeada. Finalmente alguém havia notado!

"Não é estranho que essa seja a nossa vida?", perguntou Victoria, com uma súbita seriedade. "Quer dizer, todas nós somos basicamente mães suburbanas — sei que tecnicamente Palisades faz parte de Los Angeles; todas nós dirigimos peruas com cadeirinhas de bebê e passamos horas em *playgrounds* e no clube de campo. Tem a equipe de tênis e as besteiras mundanas. Eu estudei numa faculdade da Ivy League! Era a terceira colocada na minha classe da Escola de Administração de Stanford! E agora estou organizando o bazar beneficente da St. Peter! Só besteira." "Besteira" era a palavra preferida de Victoria.

As mulheres trocaram olhares apiedados. "É a pura verdade", disse Eliza.

"Mas das coisas da juventude qual faz mais falta para vocês? Vocês estão infelizes por quê? É por que sentem falta de alguma coisa ou só por que querem mais coisas?", perguntou Helen. Ela adorava dissecar assuntos, olhar para tudo sob diferentes ângulos, especialmente os sobrenaturais, espirituais e existenciais. Era mestre em perguntas inquisitivas que não agrediam, e seu maior mérito era gostar de ouvir as respostas. "Eis uma pessoa que ouve", pensou Eliza na primeira vez em que conversaram. É uma coisa muito rara hoje em dia. O engraçado era que ela fazia todas as perguntas pertinentes a todos, menos a si própria e seu marido.

"Ah, eu posso responder", disse Leelee acomodando cuidadosamente a terceira taça de Chardonnay em seu jogo americano. "Quero voltar no tempo. Fazer tudo outra vez. Quero fazer as coisas de outro modo."

A honestidade bêbada de Leelee deixou todas um pouco tristes. Sem álcool ela costumava ser evasiva quanto a questões pessoais, sobretudo seu desapontamento com Brad, com quem havia se casado jovem demais. Mas, quando bebia, as insinuações de rancor — apenas pequenos lampejos — eram profusas. Ela sempre tentava dissimulá-las sendo alegre e descontraída, mas ninguém acreditava naquilo.

"O que é que você faria de modo diferente?", perguntou Helen.

"Ah, eu não estou falando de Brad, de nada em especial", disse Leelee, embora todo mundo soubesse que provavelmente estava. "Só quero dizer que eu era bem mais ativa antes de me casar; era capaz de desviar um furacão!", disse ela, tentando usar o humor para neutralizar a seriedade de seus comentários.

"Então no seu caso tem a ver com sexo?", perguntou Victoria. Ela queria os fatos.

"Você não concorda?", perguntou Leelee. "É ótimo ser casada, mas seria ótimo ter carta branca para fazer sexo com mais pessoas."

Leelee ousava, porém mais uma vez ninguém achava que o que ela queria era sexo.

"O que é que você acha?", perguntou Victoria, voltando-se para Eliza e Helen.

"Minha vida sexual é absolutamente inexistente", disse Helen com simplicidade. "Eu era muito quente na juventude, acreditem." Todas acreditavam. "É engraçado, porque eu tenho pensado bastante nisso ultimamente. Como era excitante descobrir uma nova posição ou explorar o corpo de um novo parceiro. Eu adorava os primeiros momentos com um homem com quem eu nunca havia dormido antes; ficava correndo os dedos pelos seus músculos abdominais, ou contornando seus mamilos. Eu adoro a parte tátil do sexo. Sinto falta da novidade e de adivinhar a variedade. Fazer novas relações tem algo de muito estimulante."

Todas ficaram silenciosas durante um minuto.

"Sem falar que eu gostaria muito de fazer sexo com alguém que se interessa por isso", acrescentou. Alguém diferente de Wesley, que parecia se interessar apenas por caminhadas, cachimbos, leitura de roteiros e o próximo grande filme que ele iria dirigir.

"E você, Eliza?", perguntou Victoria. Quando se entusiasmava com um assunto, ela submetia todo mundo a um interrogatório, como se as pessoas fossem testemunhas e ela fosse a promotora num julgamento cujo crime era passível de pena de morte.

"A minha vida sexual é boa. Não tenho nenhuma queixa", disse Eliza.

Victoria não ia tirar o anzol. "Você é absolutamente feliz na situação em que está hoje? Você olha para aquelas meninas ali", disse ela apontando com a cabeça as garotas de dezenove anos escassamente vestidas, "e se sente ótima".

"Não", suspirou Eliza. Ela achava que ninguém poderia se sentir ótima ao lado daqueles palitos. "Isso é outra coisa. A gente não ter a aparência delas é mesmo uma droga, mas estou feliz com minha vida atual."

"Você não mudaria nada?", perguntou Victoria duvidando.

"Não é isso que eu estou falando", disse Eliza. Ela se inclinou. "Está certo. Não tem nada a ver com o meu marido, que eu adoro, e todas essas ressalvas..."

"Claro, claro", disse Leelee afastando-as com um gesto.

"Mas sinto falta de ser *cobiçada*. Parece inacreditável, mas eu simplesmente não me lembro de quando caminhava pela rua ou ia até a mercearia e um cara bonitão, ou só meio bonitão, me dava uma olhada de quem me achava atraente. Eu nem quero uma olhada que me dispa, uma olhada cheia de sexo. Só uma olhada romântica." A vida de fantasia de Eliza ficava num compartimento à parte. Ela estava feliz com o marido e os filhos, mas, talvez pelo fato de ser escritora, em seus devaneios grandiosos era arrebatada da escuridão por cavaleiros com armadura brilhante. Além desse ponto, ela não ia.

"Eu te entendo", disse Helen. "Outro dia eu estava na Starbucks e um cara bonitinho ficou olhando para mim, e eu pensei: ôpa!, eu ainda sou capaz! E quando entrei de volta no carro percebi no espelho retrovisor que eu estava com um bigode de espuma."

"Que chato!", disse Leelee.

"Muito."

"Comigo é pior. Se alguém olha para mim de um jeito diferente eu começo a achar que a minha calça manchou de menstruação ou algo terrível desse tipo", disse Leelee.

"Existe competição demais por aí, e todas elas são mais jovens e têm um metabolismo melhor", disse Eliza.

"E seios siliconados", disse Leelee.

"E cérebro do tamanho de um amendoim", completou Victoria.

"Do que é que vocês estão falando? Nenhuma de nós está com aparência ruim", disse Helen.

"Não interessa. A juventude é desperdiçada nos jovens — a frase é assim?" Eliza sorveu sua margarita e depois deu um suspiro.

"Então você quer que alguém queira você?", perguntou Victoria esclarecendo.

"É, Victoria. Eu quero que alguém me queira", respondeu Eliza, resignada. "Quer dizer, eu apenas gostaria de um olhar, um tipo de olhar dirigido para mim. Às vezes imagino isso. Como quando saio da manicure, usando aquelas sandálias de dedo que eles dão para a gente não estragar o esmalte, e estou vestindo uma roupa desleixada, com o pior dos aspectos. E eu quero que um cara se aproxime e diga 'Oi', ou apenas diga 'Oi' com o olhar. Mas a questão é que não é apenas um olhar sexual. É que eu gostaria que ele pudesse ver a minha mente e reconhecer que eu sou uma pessoa única e interessante, alguém especial, e não apenas uma *mamãe* que precisa pegar a roupa que mandou lavar a seco e perder cinco quilos." Eliza parou, preocupada em ter dito mais do que queria. Mas era tudo verdade. E todas elas sentiram aquilo.

"Você não precisa perder cinco quilos", disse Helen. "Quer parar com essa história de emagrecer? Está ficando chata!"

"Você devia ver a minha barriga...", protestou Eliza.

"Eu não acredito em você", disse Helen.

"Então arrume um *personal trainer*", retrucou Victoria. Ela se aborrecia quando as pessoas se queixavam de coisas que não corrigiam por serem preguiçosas.

"Eu sei; é isso que eu preciso fazer, e falar sobre peso é muito tedioso. Mas e você, Victoria?", perguntou Eliza.

Victoria se endireitou. "Sinto falta da caça. Dar em cima de um cara e conseguir conquistá-lo. Eu gostava de imaginar do que ele gostava, e não de planejar todo o caso, mas deixando que ele se achasse o dono da situação. Essa era a curtição."

Todos sabiam que Victoria havia feito tudo o que estava ao seu alcance para conseguir Justin. Até mesmo minar o primeiro casamento dele. Logo depois, o interesse de um pelo outro acabou.

"Bom, a maçã do vizinho é sempre mais vermelha", suspirou Eliza.

A conversa prosseguiu. Houve uma discussão de meia hora sobre o motivo do rompimento de um casal de celebridades, feita com tanta análise quanto um debate de *Crossfire*. Alguns mexericos e depois uma dissecação completa da nova loira da equipe de tênis. Todas falaram dos filhos e de quais seriam as suas atividades naquele verão. Uma tinha um filho mais que superdotado; outra ia aprender a jogar futebol. Era a brincadeira normal daquelas noites.

Mas depois do jantar, no carro (um trajeto de quatro minutos; andar até o estacionamento levava mais tempo do que dirigir até sua casa), um pensamento tomou conta de Victoria. As coisas podiam ser diferentes. Na manhã seguinte ela ligou para as meninas e combinou outra "saída noturna das garotas". Helen estava ocupada com as aulas de ioga, Leelee tagarelou sobre algumas reuniões da sua comissão beneficente de luta contra o câncer e Eliza mencionou um jantar que havia planejado no Brentwood. Na verdade, Victoria não tinha pretendido obter um resumo do calendário social de suas amigas, apenas marcar mais uma saída noturna. Acabou concluindo que a data mais próxima disponível para todas era a sexta-feira seguinte. Victoria detestava esperar — seu tempo também estava se esgotando —, mas teria de ser assim. Pensando bem, era melhor esperar uma semana antes de incentivar as pessoas a mudar o curso de suas vidas.

Quatro

NA NOITE SEGUINTE, SENTADA NO banco do passageiro do ridículo carro esporte do marido, delinear mentalmente seu plano era a única coisa que impedia Victoria de ficar louca. Se estivesse emocionalmente mobilizada para a conversa que estava tendo com o marido, ela alternaria momentos de raiva e de tédio. Agora que tinha um plano para sair da situação em que se encontrava, nada mais importava de fato. Nem mesmo as censuras triviais de Justin.

"Você devia ter posto aquele vestido azul-claro de frente-única, que fica bem melhor", disse ele olhando-a de lado.

"Está certo", disse Victoria quase sem abrir a boca. Eliza seria a mais dura de convencer, pensou ela. Helen era muito liberal e Leelee sempre sucumbia às pressões, mas Eliza seria a mais resistente. Uma resistente faz diferença, e ela precisava de todas a bordo, do contrário não daria certo. Elas eram tão dependentes umas das outras que, se uma estivesse mergulhada na aventura e outra não, todas entrariam em pânico.

"Acho que é do Ralph Lauren, não é? É isso, aquele que Gwyneth Paltrow usou na *avant-première* de seu último filme", disse ele, entrando à direita na Sunset e rumando para Bel Air.

"Saber tudo isso é coisa de *gay*", disse Victoria.

"Ficou magoada? Você não quer estar bem?", perguntou Justin, já com a voz alterada e se preparando para uma briga. "É a festa do meu cliente e eu preciso que você participe dela. Você não queria vir?"

"Esqueça", disse Victoria. Ela sabia que parecia uma adolescente bobinha, mas não se importava.

"Ah, então vai ser *isso* esta noite, ótimo, ótimo mesmo, Victoria", disse ele irritado.

"Eu não sei o que é '*isso*', mas se você está tentando começar uma briga, tudo bem."

"Por que você não pode ser simplesmente educada, pelo menos uma vez? Por que é que eu tenho que implorar para você fazer uma cara alegre quando a gente sai? As outras mulheres vão estar lá, sorrindo, conversando, e você não; fica tensa, bebendo seu vinho branco e deixando bem claro para todos que está terrivelmente entediada. Você não pode me apoiar pelo menos uma vez na vida?", indagou ele, com voz estridente.

Victoria achava que, quando ficava bravo, ele parecia um cachorrinho. Sua boca pequena e os lábios quase invisíveis pareciam se mover para cima e para baixo como os de um *pincher* irritante.

"Eu estou te dando o meu apoio; estou indo, não estou?", disse ela, fervendo. "Ao contrário de você, eu posso ajudar. Você nunca apareceu nos eventos do *meu* trabalho, e agora você não aparece em nenhum evento para a escola ou dos meninos, nada. A não ser, obviamente, que esteja lá algum VIP que você precise *deslumbrar*." Ela pronunciou a última palavra em tom desdenhoso.

Gosto de deslumbrar meus clientes. Esse era o bordão de Justin quando ele estava tentando atrair um ator ou atriz jovem para o seu rebanho. *Deixe eu deslumbrá-la.* Ele havia dito isso a Victoria quando a pediu em casamento. Deslumbrar era o modo como Justin fechava o contrato.

Justin fuzilou Victoria com o olhar, depois pressionou o acelerador. Ela às vezes sabe ser uma vaca. Durante a maior parte do tempo. Por exemplo, vestindo-se mal todo santo dia. Ele não precisava daquela porcaria. Ela devia puxar o saco dele. Ele achava que ela era uma mulher de classe quando se casou, mas agora já não tinha tanta certeza disso. Uma pessoa com boas maneiras e classe não tentaria ser polida nas festas?

"Você pode ser encantadora quando quer, Victoria. Esta noite não poderia tentar ser?", perguntou ele finalmente.

"Vamos ver", respondeu ela.

"Quer saber de uma coisa? Não fale comigo a noite inteira. Fique longe de mim", disse ele.

"Com o maior prazer", retrucou ela, com um sorrisinho nos lábios pintados. A essa ordem ela podia obedecer.

A casa era em estilo mediterrâneo; uma construção muito comprida, que ocupava praticamente todo o terreno de uns quase 4 mil metros quadrados, deixando livre apenas uma pequena faixa de quintal. Criados correram até o carro e, com a agilidade de bombeiros que socorrem as vítimas de um prédio em chamas, os ajudaram a sair. Justin, vendo pessoas que ele conhecia pararem num Mercedes atrás deles, estendeu a mão para Victoria e ostentou um grande sorriso ao conduzi-la pela escada até a porta da frente. *Aparências, é preciso manter as aparências.*

A porta, como costumava acontecer nesses eventos, foi aberta não por quem estava recebendo, mas sim por um contratado que ofereceu água mineral ou vinho branco, e depois lhes indicou o caminho alegre até a sala onde eles próprios se serviriam. A maioria das pessoas chegava ali com uma pauta e sabendo exatamente com quem iria conversar, quanto tempo permaneceria e com quem trataria de sair da casa, e assim sobrava pouca margem para surpresas. Justin, que era mais do que experiente em esquadrinhar uma sala do que um agente do serviço secreto, localizou imediatamente a razão pela qual estava ali — Hadley Whitaker, uma loira de 23 anos que havia ganhado inesperadamente o papel principal no próximo filme de George Clooney e que agora estava rodeada de agentes. Sem dizer a Victoria uma única palavra foi se apresentar à moça, deixando sua mulher sozinha, defendendo-se com os seus próprios recursos. Não faz mal, ela estava acostumada, e na verdade ela preferia circular independente nessas festas.

Ser deixada sozinha era algo que nunca a havia intimidado, e ela se divertia vendo como as outras esposas e mulheres que conhecia entravam em pânico quando isso acontecia. Pareciam bobas. Victoria sabia que sua autoconfiança impedia que alguém a olhasse com pena. As pessoas em Los Angeles eram tão insuportáveis que freqüentemente ela ficava feliz por não ter de interagir com elas, e se entretinha analisando todos de longe. Ela achava divertido o fato de ela e Justin poderem estar no mesmo lugar e, se eles comentavam a festa depois, somente ele havia notado quais estrelas, astros e manda-chuvas estavam lá, ao passo que ela era capaz de dar uma descrição completa das salas principais da casa e informar ao marido quem estava dormindo com quem agora, baseada na sutil linguagem corporal e nas trocas de olhares que havia testemunhado. Para ela, era uma vantagem o fato de Justin jamais perceber esses sinais. Ele era tão envolvido consigo mesmo que podia estar num jantar com um casal copulando bem ao lado e não perceber nada se estivesse conversando com alguém a quem queria impressionar.

Victoria suspirou ao caminhar pela ala oeste da sala, em direção às janelas, observando a decoração. Os proprietários da casa eram obviamente muito apaixonados pelo estilo gótico, talvez fãs de Tim Burton, supôs ela, e não pouparam nada para juntar todas as peças de mobiliário gótico em que puderam pôr as mãos. As cadeiras espalhadas pela sala eram peças pesadas de mogno com intrincados desenhos cheios de ondulações e curvas, e o grande sofá era uma peça de carvalho entalhado estofada com um pretensioso damasco de seda cor-de-vinho. Toda a mobília era daquela madeira escura, pesada, que deveria parecer robusta, mas de certo modo conseguia dar a impressão de ser totalmente desconfortável. Mas, como *designers* de ambientes, os proprietários haviam se devotado àquela época. As lâmpadas eram poucas, e no lugar delas agitavam-se no alto da parede as chamas de velas num conjunto de candelabros de bronze, reunidos entre os quatro grandes espelhos com moldura de mogno que captavam os reflexos dançantes do fogo. Victoria jamais viveria ali, mas ao mesmo tempo se perguntava se seria feliz em algum lugar.

Sua vida não estava correndo do modo como ela queria. Bem, isso não era cem por cento verdade; ela tinha seus filhos. E amava seus filhos. Em primeiro lugar, e sobretudo, ela gostava do fato de seus filhos serem meninos. Ela não saberia lidar com meninas, que eram muito mal-humoradas, choramingas, pegajosas e — como se isso não bastasse — nos obrigavam um dia a amarrar suas pernas para não nos tornar avós aos quarenta e cinco. Não; meninas não eram para ela. Na verdade ela sempre havia sido uma menina que andava com meninos e nunca aderira àquela idiotice de Hello Kitty. Todo mundo dizia que era mais difícil criar meninos porque eles eram muito ativos, mas na verdade eles são bem mais fáceis quando mais velhos porque não odeiam a mãe. Contudo, Victoria achava fácil lidar com seus filhos agora. Austin era um atleta nato que aos dois anos jogava bola melhor que a maioria dos garotos de seis anos. Ela havia conseguido que ele ingressasse nos Peewee Hoopsters, embora a idade exigida para isso fosse três anos, e ele estava se saindo muito bem. E Hunter havia começado a ler. Isso mesmo. Ninguém acreditava nela, mas ele estava lendo algumas coisas. Ela soube que Hunter era brilhante quando ele tinha sete meses, porque pegou um livro que estava de cabeça para baixo e o virou para olhá-lo. Isso indica precocidade. Algumas mães não sabem disso, mas elas não lêem sobre o assunto como Victoria lia. Logo que soube de sua gravidez, ela pedira na Amazon todos os manuais conceituados e mergulhara na leitura deles como se fossem livros de suspense. Se ia ser mãe, ela seria a *melhor* mãe, assim como havia sido a melhor executiva júnior da Fox. Seu conhecimento enciclopédico sobre a maternidade a havia capacitado a identificar todos os marcos que seus filhos porventura ultrapassavam antes da época normal. Mas ela não podia se vangloriar disso com ninguém; as mães eram todas muito *sensíveis*. Eram como gatas cuidando da ninhada. Preocupavam-se tanto com o risco de seu Jack se contundir que não lhe ensinavam como juntar os punhos e devolver a agressão. Não haveria fracotes sob a guarda de Victoria. Ah, isso não.

Mas, fora os filhos, o resto da vida de Victoria era como um cogumelo selvagem murchando e se enrugando ao sol. A irritação nervosa não era um estado a que Victoria estava acostumada. Ela nunca ruminava sobre as escolhas que havia feito, porque não era impulsiva ou emocional por natureza. E, se o resultado não era o que fora planejado, ela nunca se indagava sobre as razões pelas quais fizera as escolhas que a haviam levado até ele. Victoria era decidida e fazia o que queria. Se mais tarde percebia que detestava seu trabalho ou que o homem com quem estava era um idiota, ela não ficava infeliz e se perguntava "Por que eu?", cheia de autopiedade. Ela fazia alguma coisa para mudar a situação.

Mas agora, ao caminhar junto à longa parede de portas de vidro do fundo da sala e olhar para fora, para as colinas salpicadas de mansões iluminadas, ela estava preocupada. Talvez aquela fosse a primeira vez na vida em que se punha a questionar sua decisão. Por que havia deixado aquele homem entrar em sua vida? Ele a estava tornando infeliz, ameaçando arruinar tudo o que ela havia construído e, pior, fazendo-a duvidar de si mesma e do seu gosto. Ela se tornara cada vez mais dependente nos últimos meses e estava prestes a pedir ajuda às amigas. E, para Victoria, cujo maior orgulho era a auto-suficiência, isso era uma maldição. Ela era uma mulher madura! Não queria que ninguém sentisse pena dela nem queria ver brechas em sua armadura. Sim, Eliza, Helen e Leelee eram suas amigas, mas era mesmo sensato confiar nas amigas? Isso lhe deu arrepios. Mas na noite anterior, exatamente quando ela estava prestes a ceder, havia tido uma idéia brilhante, e agora ela percebia que na verdade não precisava contar nada para suas amigas. Ela as recrutaria, e todas elas se lançariam como uma equipe em território neutro.

Cinco

Enquanto Victoria estava matando o tempo numa festa em Bel Air, Helen suava na aula de Bikram Yoga o excesso de iogurte e granola ingeridos durante o dia. Torcendo o corpo de uma posição para outra na sala a 30 °C, ela sentia as toxinas saírem do seu corpo e evaporarem no ar. Era um modo agradável de se limpar e de eliminar toda a negatividade acumulada durante o dia. Depois da aula, Helen continuou em seu tapete durante uns dez minutos extras, sem querer deixar sua posição de relaxamento. Esse era o estado em que ela ficava mais contente. Se pudesse estar sempre meio adormecida em profunda meditação, a vida seria bem mais fácil.

"Você está bem?", perguntou Lisa, sua professora. Era uma loira jovem com corpo masculino que estava sempre lançando olhares penetrantes à pessoas.

Helen abriu os olhos. "Estou."

"Detesto interrompê-la, mas precisamos fechar agora. Acho que você adormeceu."

"É mesmo?", perguntou Helen sentando-se. A sala estava vazia e Lisa já havia apagado as velas e o incenso.

"É, a aula acabou há uns vinte minutos, mas eu podia garantir que você estava num outro lugar, e por isso não quis perturbá-la", explicou Lisa.

"Desculpe", disse Helen, levantando-se e enrolando seu tapete.

"Sem problema. Adoro quando as pessoas sentem de fato a energia. Vi bem que hoje você estava em total vibração."

"É, acho que sim."

Helen vestiu o casaquinho, pôs o tapete debaixo do braço e encaminhou-se para a porta. Lisa a seguiu e apagou as luzes atrás de si. Elas saíram e se despediram, e Helen sentiu no corpo a carícia cálida do ar de julho. A ioga a fazia sentir-se bem mais em contato com tudo o que a rodeava. Ao mesmo tempo... também a fazia se sentir muito separada de tudo o que estava realmente próximo dela.

Helen virou seu Lincoln Navigator para a Sunset e, confiante, dirigiu para sua casa, que se localizava numa das ruas principais do trecho mais elegante de Palisades, conhecido como A Riviera. Quando conheceu Wesley, Helen morava num apartamentozinho arruinado de Hacienda, em Hollywood, e nunca teria imaginado que um dia residiria numa enorme estrutura branca, moderna, com paredes de vidro que mostravam maravilhosa vista de 360 graus da cidade e do oceano. A ex-aprendiz de um arquiteto famosíssimo, que, ao contrário de seu mentor, não chegou a ganhar fama, projetara a casa. Talvez em virtude da sua incapacidade de dominar a escala, as salas da área social eram enormes, mas os quartos eram pequenos como caixas de sapato. E a casa, como quase todas as residências de Los Angeles, ocupava a maior parte do terreno, canibalizando agressivamente o gramado com paredes brancas puramente decorativas que de repente acabavam em nada. No lado oriental havia espaço apenas para uma micropiscina onde nem Helen nem Wesley jamais puseram os pés e um jardim japonês com um lago Koi e uma estátua de Buda que eram meticulosamente mantidos por três jardineiros guatemaltecos.

Quando chegou à entrada de carros, Helen viu um jipe Wrangler estacionado ao lado do automóvel de seu marido e soube que Andy estava lá. Andy era um amigo recente de Wesley, um cara que Wesley tinha conhecido e com quem rapidamente travara amizade numa trilha de caminhada. As caminhadas eram a obsessão de Wesley; uma obsessão que evoluíra de uma atividade a que ele se dedicava uma vez por mês para uma aventura diária. Nas primeiras vezes Helen havia ido com Wesley, mas não demorou a se cansar. Claro que era lindo olhar o cenário e sentir a natureza, mas tudo aquilo acabou lhe parecendo sem sentido. Primeiro subir, depois descer. Havia naquilo algo de fútil. Mas Wesley era um entusiasta inteiramente dedicado. Em parte, acreditava Helen, para evitar lidar com sua carreira. Mas ele tinha muito dinheiro, e na verdade não precisava. Talvez fosse esse o problema.

Quando Helen entrou na sala, cuja decoração era uma mistura de Ásia e Palm Springs na década de 1950, penetrou-lhe as narinas um forte odor de maconha. Wesley estava sentado no tapete com as costas apoiadas no sofá Dunbar cinza-azulado. Helen olhou por trás da cabeça calva e viu que ele estava descalço e usava uma camisa abotoada de alto a baixo e calça de brim com as pontas esfarrapadas. Andy estava sentado diante dele, também no chão. Embora fizesse calor, a lareira estava acesa.

"Oi, Helen", disse Andy saltando da almofada marroquina e se aproximando para lhe dar um grande beijo. Ele sempre a beijava, ela já havia notado isso. Se deixava a sala, mesmo que fosse por uns poucos minutos, ele achava algum pretexto para ir encontrá-la, voltar a cumprimentá-la e dar-lhe outro beijo molhado. Wesley aparentemente não observava esse comportamento do amigo, ou então não se importava, e por isso ela não criava caso com aquilo, mas era um tanto estranho. Não que Wesley não pudesse algum dia desconfiar que ela estivesse interessada em Andy; na verdade não estava. Ela normalmente gostava de homens muito magros e de traços delicados, e sobretudo loiros, o que era divertido, uma vez que Wesley não era nada daquilo. Andy, uns dez anos mais novo que Wesley, era um homem alto, em forma, embora com uma barriguinha que ele poderia facilmente eliminar se não comesse ou bebesse tanto. Seus cabelos castanhos eram compridos e desalinhados, e as sobrancelhas grossas e revoltas. Ele parecia um boneco gigantesco que salta e não pára de lhe dar beijos babosos quando você entra na casa.

"Oi, Andy", disse Helen. Ela olhou rapidamente para Wesley, que tinha os lábios abertos e engolia um enorme tragada de maconha, e viu os sacos vazios de salgadinhos, sinal de que Andy já estava ali havia muito tempo. Embora fosse editor de filmes por profissão, Andy era um fumador de maconha por vocação. Ele não traficava, mas não recusava o dinheiro que Wesley lhe oferecia pela sua "boa amiga colombiana". E tudo indicava que eles tinham fumado muito.

"Como foi a ioga?", perguntou Wesley aspirando forte.

"Ótima", disse Helen. "Acho que vou tomar um banho."

"Quer um pouco?", perguntou Andy, estendendo-lhe um cigarro. Ela parou. Não tinha nada contra um cigarro uma vez ou outra, mas naquele momento se deleitava com a viagem que suas endorfinas estavam lhe proporcionando depois da ioga, e detestava interferir nessa sensação.

"Não, obrigada", disse Helen finalmente.

No banho, ela pensou nos seus planos para a semana seguinte. Queria fazer ioga diariamente. Sua amiga Amy disse que uma ótima professora de *core fusion* estaria na cidade, vinda de Seattle, e daria um *workshop* na casa dela. Helen estava decididamente dentro desse programa. Além disso queria ir a Manhattan Beach e fotografar as chaminés, porque achava que havia um lugar para elas na sua nova colagem de fotos. Ela estava compilando figuras de coisas tão feias que se tornavam atraentes, um projeto que seu professor de fotografia lhe havia sugerido e que a estimulava de verdade. Mas à medida que avançava nele Helen percebia que tudo em Los Angeles era tão feio que se tornava atraente. Era como examinar uma contusão. Inicialmente se fica arrepiado, mas depois é possível ver as cores púrpura, azul e vermelha sob a carne e se descobre a beleza que há nela. Mas isso só acontece caso se observe muito atentamente. Olhando de relance é horrível. A mesma coisa ocorre com relação a Los Angeles. Na verdade seus olhos chegavam a doer quando ela pensava em como era essa cidade.

A mente de Helen pairou sobre sua filha Lauren e em seguida a deixou. Lauren, uma menina de sete anos, era linda, doce e precoce. Mas sempre fora a filhinha do papai, o que inconscientemente a havia levado a se afastar dela. Helen sabia que Wesley era um progenitor melhor. Ela não tivera um bom exemplo nesse campo e por isso estava mal preparada. Melhor deixar Wesley tomar conta da menina.

"Desculpe", disse Andy.

Helen virou-se. Ela havia saído do *boxe* e estava se secando; não ouvira o barulho da porta. Envolveu-se imediatamente na toalha.

"Tudo bem", disse ela e esperou que Andy saísse. Mas ele não saiu. Ficou ali olhando para ela através do vapor, com os olhos ligeiramente lacrimosos, a face insondável.

"Você é linda, sabe?", perguntou ele. Seu tom era neutro, sem acusação, sem escândalo, simplesmente factual. Helen não sabia o que responder.

"Obrigada."

Ela provavelmente deveria estar histérica e exigir que ele saísse do banheiro. A situação era toda muito estranha; seu marido estava no quarto ao lado e Andy ia agarrá-la? Ela não sabia. Mas de certo modo ela se sentia oprimida e não queria que nada acontecesse. Não havia impressão de incômodo, nenhuma sensação de medo, apenas um desejo de representar a cena, mas permitindo que outra pessoa fosse o diretor.

"Acho que vou sair daqui", decidiu Andy finalmente, mas continuou imóvel.

"Está bem", disse Helen.

Ele ficou parado mais um segundo, inclinou a cabeça para o lado como se fosse dizer mais alguma coisa e então recuou e fechou a porta, deixando Helen sozinha. Ela se virou e esfregou a mão no espelho embaçado até conseguir se ver. Ela não se achava linda. E não se sentia nem um pouco atraída por Andy. Mas tinha sido emocionante ouvi-lo dizer aquilo. Alguma coisa dentro de si começou a se agitar, uma sensação que ela não tinha fazia muito tempo. E subitamente Helen sentiu que estava viva.

Quando finalmente se vestiu, resolveu que não ia voltar para a sala; em vez disso ficaria lendo um livro e esperando até ouvir a porta da frente se fechar e o carro de Andy se afastar. Antes de Wesley entrar no quarto, Helen havia desligado as luzes e fechado os olhos.

Seis

"ENTÃO, QUANTO É QUE A GENTE pode registrar no seu nome, Leelee?"

Ashley Windham inclinou para o lado o rosto de um oval perfeito e voltou para Leelee seus olhos azul-claros de pestanas longas. Leelee olhou fixamente para a mão de Ashley, que segurava uma caneta de ouro Tiffany pronta para fazer uma anotação na agenda Kate Spade de couro cor-de-rosa, e piscou. Leelee queria dizer 3 mil como Emily, ou 5 mil como Meredith, ou mesmo mil como Brooke, mas não pôde. Ela havia chegado ao seu limite. Era impossível comprar mais de dois ingressos para o almoço em prol do combate ao câncer ovariano. De modo algum.

"Vou ficar com dois ingressos", disse Leelee finalmente. Trezentos e cinqüenta dólares. Era muito dinheiro, ainda assim, e Leelee quis gritar quando viu Ashley escrever o número com sua letra redonda. Trezentos e cinqüenta dólares por um prato com folhas e um pedacinho de peito de frango grelhado, e como sobremesa uma conchinha de sorvete. Embora sabendo que era para uma boa causa, Leelee gostaria de usar esse dinheiro para pagar as despesas mensais com o telefone celular, a filmadora e a lavanderia. Ou poderia inscrever Charlotte numa série completa de aulas de culinária para crianças. Ou poderia comprar um sapato Jimmy Choo, em vez de alguma imitação na Banana Republic. O episódio foi muito desmoralizante para ela.

"Ótimo, então vamos passar para os itens do leilão", disse Ashley, afastando dos olhos dela uma mecha de cabelo loiro.

Leelee entrou em pânico. O leilão. Ela teria de gastar mais dinheiro ainda. E já tinha ido além de suas possibilidades. O problema era que todo mundo *achava* que Leelee tinha muito mais dinheiro, porque ela era uma Swift. Leslie Swift Adams. Ela nunca deixava de dizer seu nome de solteira: *"É, Swift, como a torradeira"*. Seu bisavô, Branson R. Swift, fora o fundador da Swift Industries, o homem que revolucionara o método de aquecer o pão. Leslie estava no registro da elite do país. Era uma filha da Revolução Americana. Cresceu numa casa de Boston, passava o verão em "The Vineyard", freqüentou um internato, cursou uma faculdade, e morou na Austrália durante um semestre. Sua família mantinha as aparências, mas o fato é que eles não tinham nenhuma relação com o gigantesco conglomerado em que se convertera a Swift Industries e tampouco lhes havia sobrado dinheiro. Seu pai fora um perdulário inconseqüente, que, graças às decisões empresariais nada prudentes e à aversão ao trabalho com horário fixo, deixara a família praticamente sem um tostão. As casas foram hipotecadas, as dívidas do clube, pagas com um reduzido fundo que uma tia benevolente providenciara para a sua mãe e as despesas ao mínimo. Não, não havia dinheiro extra para ser gasto em almoços beneficentes.

"Antes de fazermos isso, ouçam todos. Tenho uma grande notícia", proclamou Brooke, com seu entusiasmado sotaque de Charleston, na Carolina do Sul. Brooke correu o olhar pelos rostos dos integrantes da comissão, certificando-se de que tinha toda a sua atenção.

"Meu maridão, solidário com a nossa causa, conseguiu que seu querido amigo e companheiro de paixão por motos, Jay Leno, concordasse em ser o leiloeiro no leilão que vai ocorrer no evento. Vocês têm noção de como isso é maravilhoso?"

Era *maravilhoso*, todos concordaram. Tão fantástico que rendeu dez minutos de superlativos e elogios a Brooke, seu marido Trip e o querido amigo dele, Jay Leno. Imagina! Membros da comissão beneficente de combate ao câncer de mama! O grupo de luta contra o câncer ovariano vai ajudar vocês! Aí a conversa passou para o que devia ser leiloado. Ashley disse que seu marido talvez pudesse garantir um jogo de golfe com Michael Douglas e Catherine Zeta Jones. "Eles lhe devem um favor", esclareceu ela. Meredith propôs um vôo de ida e volta para Nova York no seu jato particular. Outras meninas sugeriram jóias de Harry Winston, um final de semana no Four Seasons Punta Mita e ingressos para a temporada do Hollywood Bowl. Então chegou a vez de Leelee.

"Puxa, eu tenho que pensar!", disse Leelee. Ela havia cogitado pedir um vale-massagem para Burke Williams, mas agora isso lhe parecia muito aquém do satisfatório.

"Quem sabe o Brad não pode conseguir alguma coisa no trabalho dele?", perguntou Ashley, erguendo a sobrancelha perfeitamente depilada.

"Pode ser", disse Leelee suavemente. "Vou perguntar a ele."

Mas ela não perguntaria. Seria perda de tempo. Ela já sabia o que Brad responderia: ele não tinha nada para oferecer. Não tinha relações, nenhum acesso a nada que fosse minimamente glamouroso e nada que incentivasse alguém a fazer um lance num leilão cujo mestre de cerimônias era o rei da noite.

"Ei, vocês não são amigos dos Porter? Talvez pudessem pedir ao senador Porter entradas para a Convenção Democrata", sugeriu Meredith, subitamente.

É isso! Os Porter! Por que foi que ela não pensou nisso? "Claro, posso pedir, sim. Os Porter são amigos muito, muito queridos da minha família. Jack e eu somos como... como irmãos. Trocamos *emails* todo santo dia."

Jack Porter, filho do senador e da sra. Ward Porter. O homem com quem se esperava que Leelee casasse. Sua mãe queria isso, a mãe dele queria isso e a própria Leelee também queria. A única pessoa que não quis isso foi Jack.

"Vou pedir a Jack hoje", disse Leelee, sorrindo. E essa foi a primeira vez naquele dia que ela se sentiu bem em relação a si.

À noite, depois de ter alimentado distraidamente suas filhas Charlotte e Violet com *nuggets* de frango (orgânico), batatas fritas e feijão-de-lima, Leelee levou as crianças para a sala, ligou a tevê em *Dora the Explorer* e carregou para o centro da sala o enorme *trailer* da Barbie, para poder ter tempo de lavar a louça em paz. Instalou na cozinha os pequenos alto-falantes do iPod, pôs para tocar as músicas de festa da década de 1980 e, enquanto lavava a louça, cantarolava as melodias que a haviam empolgado durante sua angustiada adolescência. Eles tinham uma máquina de lavar louça, mas às vezes Leelee gostava de ficar algum tempo mergulhando as mãos na água quente com sabão e lavando os delicados pratos Tiffany que ganhara no casamento e insistia em usar mesmo quando não havia convidados. Pois o fato era que, com seu orçamento doméstico, eles não podiam se dar ao luxo de fazer convites, e na verdade nem tinham espaço. A casa era simpática, mas minúscula (o corretor de imóveis havia dito que ela era "encantadora"), e Brad insistira para que o espaço extra fosse usado como uma área para a TV e para as crianças brincarem, em vez de servir como sala de jantar. Era mais sensato, mas Leelee ainda se sentia frustrada por ter sempre de fazer concessões.

Brad estava trabalhando até tarde, como sempre, e Leelee já não se incomodava. Isso significava que ela podia pôr as meninas na cama, tagarelar ao telefone, jantar na sala com o prato numa bandeja e ver todos os *reality shows* que o marido detestava. Ela nem sequer sentia falta de sua presença, especialmente nos últimos tempos, quando ele andava com um humor cada vez mais soturno. Brad já não era mais o homem com quem ela se casara. Ela o havia conhecido numa festa de formatura, durante o curso de ciência política em Trinity. Ele era amigo do irmão mais velho da família com quem Leelee morava. Ela jamais lhe teria dado uma chance se Jack não tivesse aparecido na sua formatura e sussurrado no seu ouvido que acabara de fugir com Tierney Harris, a *socialite* anoréxica e loira burra que era sua namorada, o que lhe partiu o coração em mil pedaços. Mas então ela viu Brad. De pé ao lado do barril de cerveja, usando uma camisa branca e um paletó azul-escuro, dirigindo-lhe seu genuíno sorriso que escancarava os dentes muito brancos. Leelee ficou instigada, e mais ainda quando soube que ele havia deixado um emprego no Morgan Stanley e criado uma empresa que operava na internet, a BirthdayReminder.com, que agora valia cerca de 500 milhões de dólares. Naquela noite eles fizeram sexo numa despensa, rodeados de vassouras, produzindo efeitos sonoros tão altos que um pequeno grupo que se formara do lado de fora da porta os aplaudiu quando eles finalmente saíram de lá. Seis meses depois os dois se casaram numa cerimônia luxuosa em Vineyard, repleta de fogos de artifício e com apresentação do Aerosmith. Quando Brad carregou Leelee para dentro do seu novo *loft* de 630 metros quadrados em Tribeca, ela se considerou a mulher mais feliz da Terra.

E então aquilo aconteceu. A bolha da internet. Leelee estava examinando jatos particulares para comprar quando Brad ligou pedindo que fosse para casa e então lhe contou que havia perdido tudo. *Tudo.* Tudo o que era dele tinha sido hipotecado e investido, etc., e na verdade ele não era rico de fato, mas sim algo que ela teve o desprazer de conhecer naquele momento: um "milionário de papéis" — o que significava que ele não tinha nada. Brad se desfez em lágrimas no chão da quadra de basquete que eles tinham no terreno e implorou o perdão de Leelee, mas ela não pôde ajudá-lo. Ficou furiosa. Se não estivesse no oitavo mês da gravidez de Charlotte, o teria abandonado, pois sempre jurara para si mesma que jamais seria como seus pais. Não queria ter a existência dessas pessoas que se acabam para aparentar que possuem o mesmo nível dos vizinhos. Ela havia notado a aversão com que sua mãe se referia ao marido. Tinha sido submetida a anos de comentários degradantes e observações mesquinhas sobre seu pai, sobre os vizinhos ou qualquer pessoa que tivesse dinheiro, ou que tivesse de algum modo sido injusta com sua mãe, efetivamente ou na imaginação dela, e jurara que não faria isso. Mas, quando Brad levou um ano e meio para encontrar um emprego e esse emprego era em *Los Angeles*, um lugar onde não tinham amigos nem conhecidos, e foi preciso alugar uma casa na Alphabet Street, ao norte da Sunset, em Palisades, Leelee não agiu de acordo com seus propósitos.

Ela se sentiu injustiçada. Sentiu que Brad não era mais um homem. Ele sabia disso, ela sabia disso. E a única coisa que ela podia fazer era tentar construir uma vida que lhes permitisse não parecerem tão desesperados. Leelee pediu a sua mãe que lhe remetesse todas as antiguidades que estavam no sótão da casa e então pegou seu pequeno orçamento para a decoração e pintou as paredes em tons alaranjados, investiu numa mobília bem estofada e por fim levou todos a pensar que o aluguel era temporário, só até eles resolverem em que parte da cidade iriam morar definitivamente, porque, não sendo *angelinos* nativos, não tinham idéia de onde se sentiriam melhor. Para ter um dinheiro extra, Leelee acolhia as pessoas em eventos que mostravam aos lojistas as roupas de bebê que seriam comercializadas logo depois. Brad trabalhava arduamente num cargo inferior, vendendo ações ou algo igualmente tedioso — Leelee não sabia ou não entendia — e eles viviam atrás de uma fachada. Numa terra em que todos são amigos de astros e estrelas do cinema e têm propriedades no Havaí, tudo o que restara para Leelee ser distinguida pelos amigos era a sua amizade com os Porter. Era ele que lhe dava direito à fama. E Jack Porter, que sempre arrebatara o coração e a imaginação de Leelee, tornou-se o seu *tudo*.

Sete

"Eliza Ryan."

Eliza sentiu uma pressão no braço e ouviu uma voz masculina um tanto familiar chamá-la pelo seu nome de solteira. Voltando-se para ver quem era, surpreendeu-se ao ver Greg Matthews, seu professor de inglês no colegial. Ela se sentiu como se tivesse sido varrida por um golpe de vento e não tinha certeza se poderia continuar de pé.

"Sr. Matthews", disse ela. Foi a primeira coisa, um tanto impensada, que saiu da sua boca.

"Greg", corrigiu ele com um sorriso. Já se haviam passado quinze anos, mas ele quase não tinha mudado. A única diferença era que seu cabelo escuro, que continuava meio comprido atrás e em torno das orelhas, exatamente como antes, agora estava salpicado de cinza. Mas era essa a única diferença perceptível. Seus olhos, aqueles olhos brilhantes, eram os mesmos. Grandes e azuis, cheios de humor, o tipo de olhos que poderiam ser vistos do outro lado da sala, ou que se destacariam numa foto de grupo.

"Greg, como é que você está? O que é que você está fazendo aqui? Você mora em Los Angeles?", perguntou Eliza, as palavras se atropelando. Greg Matthews. Ela sempre se perguntava o que teria acontecido com ele. E agora ele estava ali, de pé, ao lado dos banheiros, numa noite de quinta-feira no The Brentwood, um restaurante ruidoso e parcamente iluminado perto de Sunset Boulevard. Ela estava contente por ter posto aquela saia preta que mostrava suas pernas. Quase havia optado por calças, mas felizmente mudara de idéia.

Greg sorriu. Seu sorriso continuava tímido, o que só lhe acrescentava *sex appeal*, agora que seu rosto denotava mais idade. "Não, eu não moro aqui; vim para um encontro na Universidade da Califórnia, em Los Angeles. Estou hospedado na casa de amigos", disse ele, com os olhos cravados nos de Eliza. Ele sempre conseguia fazer isso, manter os olhos numa pessoa até ela ficar sem jeito, como se ele lhe tivesse penetrado a alma. "Estamos, eu e minha mulher", acrescentou ele.

Talvez fosse imaginação dela, mas ele pareceu um tanto embaraçado, ou constrangido, ao mencionar a mulher. E embora Declan estivesse sentado numa mesa a cinco metros dali com seus amigos Marshall e Stephanie, Eliza sentiu uma pontada quando ele disse aquilo. *Sua mulher*. O sr. Matthews tinha se casado.

"Uma conferência", perguntou ela, recuperando-se. "Que tipo...", prosseguiu ela. Eliza não queria parecer ansiosa demais para saber os detalhes da vida dele, mas efetivamente estava ansiosa.

"Agora eu sou professor de inglês no Williams, em Massachusetts", informou ele.

"Sei onde fica o Williams", disse ela e imediatamente desejou não ter dito aquilo. Pareceu infantil. *Pergunte para mim, para mim, sr. Matthews! Eu sei a resposta.*

Ele sorriu. "É, é um encontro de professores, sobre Faulkner, para ser exato."

"Que ótimo! E sua mulher também é professora?", indagou ela. Ele tinha a aparência de um professor da Nova Inglaterra, mas na verdade sempre havia se vestido daquele modo. Eliza deu uma olhada no seu *blazer* de *tweed* e se perguntou se durante todos aqueles anos ele teria usado o mesmo *blazer*. Até a camisa xadrez azul lhe pareceu familiar. Meu Deus, ela havia analisado demais as roupas de Greg. Diante dos alunos, conversando sobre poesia, ele sempre lhe parecera muito maduro e tranqüilo.

"Não, ela fica em casa com nossos filhos", respondeu ele. Eliza se perguntou se isso o deixava embaraçado. Ele falara aquilo meio rápido.

"Quantos filhos vocês têm?", perguntou Eliza enrubescendo. Por que ela achava estranho que ele tivesse filhos?

"Dois garotos. Oito e seis", respondeu ele. "Mas e você? Você mora aqui?"

Ela o colocou a par de sua vida; disse que escrevia para revistas, tinha dois filhos e vivia em Los Angeles ("é o melhor clima"). Então ficaram em silêncio.

"Bom, você vai entrar?", indagou ela finalmente, apontando o banheiro masculino.

"Não, não. Estou voltando para a mesa."

"Mas eu vou dar uma entradinha", disse ela apontando para o banheiro feminino. "Mas vá nos ver quando estiver saindo. Eu adoraria conhecer sua mulher."

"Claro, vou fazer isso", concordou ele, os olhos fixos em sua interlocutora.

Eliza teve a impressão de que a música havia aumentado de volume e o ambiente escurecera mais, e sentiu subitamente a mais incrível necessidade de atrasar o relógio e voltar para o colegial, uma época em que os entusiasmos passageiros eram permitidos e não havia responsabilidades. Mas isso era impossível.

"Eliza, você está ótima. Não mudou nada", disse ele antes de se virar e encaminhar-se para a esposa.

Quando Eliza voltou para a sua mesa, Declan estava no meio de uma história, e com isso ela se sentou em silêncio e deixou o pensamento vagar. Estava muito curiosa quanto à sra. Matthews. Mal podia esperar para vê-la. Seria loira? Provavelmente. E se fosse jovem e maravilhosa? Isso seria realmente um desastre. Ela precisava vê-la. Quem era a mulher que fisgara o coração de seu primeiro amor de verdade? Ela não lembrava o que tinha acontecido na última vez em que havia visto Greg. Mas tudo terminara de um modo terrível. O namorado de Eliza na época, Danny, descobriu que ela e o sr. Matthews estavam tendo um caso. Como vingança, ele ameaçou denunciar. Com isso, o sr. Matthews deixou a escola, encerrando o seu relacionamento com Eliza. Agora ele estava ali.

Ela se lembrava do momento em que percebeu que ele gostava dela de modo romântico. Foi sutil, mas muito emocionante. Por que é que os relacionamentos não podem ter sempre esses momentos iniciais? Ela ansiava pelo frio na barriga, pelos pulos do coração quando se vê o homem desejado. Tinha sido assim com ele. Era uma noite gelada de outono, clima típico do subúrbio de Chicago, e ela saiu da biblioteca ao mesmo tempo em que o sr. Matthews. Ela notou que não tinha sido por acaso. Eles estavam caminhando, as mãos enfiadas nos bolsos, tentando não escorregar na calçada gelada, quando ele mencionou algo que ela havia dito na aula.

"Por que você gosta de T. S. Eliot?", perguntou ele subitamente, olhando para ela com a cabeça inclinada para o lado.

"T. S. Eliot? Ah, bom, na verdade eu não gosto de tudo o que ele escreveu, mas gosto de muita coisa. Meu poema predileto é 'The Love Song of J. Alfred Prufrock'."

"Do que você gosta nesse poema?", perguntou ele.

Eliza esteve prestes a dar uma de suas respostas prontas, mas acabou se contendo e pensando antes de falar. Ele não era o tipo de pessoa para quem se dá uma resposta pronta. Ele era uma pessoa que compreenderia. "Gosto do trecho em que ele diz: 'Não sou profeta e isso não é grande coisa, mas vi esvoaçar o momento da minha grandeza e vi o eterno lacaio segurar meu casaco e dar uma risadinha; em duas palavras, tive medo'."

O sr. Matthews parou e olhou atentamente para Eliza. O vento soprou uma mecha de seu cabelo, que ia até o ombro, para dentro do olho esquerdo dela, que Eliza, distraidamente, puxou para trás e acomodou atrás da orelha. O sr. Matthews ergueu o olhar para o céu, como se estivesse pensando em algo difícil, e depois voltou a olhar para Eliza.

"Por que é que você gosta dessa parte, Eliza?", indagou ele por fim.

Parecia que ele estava fazendo outra pergunta, diferente daquela que formulara. Eliza tinha a impressão de haver acabado de lhe revelar algo muito íntimo, algo que ela nunca dissera para sua família, seus amigos e nem mesmo para Danny. Especialmente para Danny. Em certo sentido ela se sentia mais nua e exposta do que quando perdera a virgindade, e ao mesmo tempo era muito mais estimulante.

"É simplesmente um modo perfeito de dizer que nós todos somos vulneráveis... que a vida é efêmera... que a morte é assustadora e nós somos pequenos", disse Eliza, aconchegando a gola ao pescoço. Subitamente ela se sentiu gelada. "Eu gosto disso quando leio, me sinto como se estivesse querendo fazer algo diferente e especial, em vez de viver minha vida num subúrbio de uma cidade do meio oeste. Há tanto movimento nesse poema, 'pelos cômodos as mulheres entram e saem falando de Michelangelo'... Quer dizer, sei que as pessoas ligam trechos do poema a essa coisa de homossexualidade latente e fazem muito alarde sobre o pêssego, mas eu apenas gosto do ritmo e das pessoas indo para algum lugar."

Eliza havia divagado, mas não achava que parecera tola. Sentia-se honesta e feliz por ter podido finalmente dizer o que pensava diante do sr. Matthews. E havia algo no modo como ele lhe pedira para dizer o que estava pensando ou tinha pensado, que era muito diferente do modo como Danny lhe perguntava. Era muito mais maduro e inteligente.

O sr. Matthews fechou com força os olhos e depois os abriu. Suas pestanas pareciam infinitas. "Você está certa, Eliza."

Antes que pudessem dizer mais alguma coisa, um grande e arfante labrador amarelo aproximou-se, seguido de um velho que segurava a sua correia.

"Eliza", ela o ouviu dizer.

"Eliza?", chamou o sr. Matthews novamente, e de súbito ela estava de volta ao Brentwood e casada com Declan, e o sr. Matthews estava de pé ao lado de sua mesa com uma mulher muito magra, retraída, de cabelo castanho, que usava óculos antiquados e tinha má-postura. Graças a Deus, a mulher era feia! Estava sendo muito maldosa? Talvez, mas se ele tivesse aparecido com uma gata ela certamente se sentiria arrasada.

"Esta é Linda", disse ele. "Linda, Eliza foi minha aluna."

Elas se apresentaram e Eliza descobriu deliciada que Linda tinha um aperto de mão frouxo, outro ponto seu a favor. Mas por que ela se importava com isso? Eliza observou atentamente Greg inclinar-se sobre a mesa e apertar a mão de Declan. Ela não sabia o que estava esperando, mas de certo modo queria que Greg puxasse Declan e lhe desse um soco, para depois agarrá-la e dizer "Essa é a *minha* mulher!" e levá-la para fora, mas ele não fez nada disso, obviamente. E num piscar de olhos deixou mais uma vez a vida de Eliza.

Declan voltou à conversa com seus amigos e Eliza ficou perplexa por ele não ter nem mesmo percebido a intensidade do momento. Ela nunca lhe contara sobre o seu caso, e sempre se sentia secretamente mortificada por isso. Ela havia dormido com um professor! Era tida como uma boa menina! Mas subitamente Eliza percebeu horrorizada que agora era mais velha do que o sr. Matthews era na época em que eles tinham tido um caso. Meu Deus, o tempo passa rápido demais! E era desconcertante ver seu velho amante, porque ela não sentia nada especial por ele, somente por ela própria e por todos os anos que haviam se esvaído. O fato de a maioria das perguntas da vida já estarem respondidas para ela a entristeceu. Ela sabia com quem se casaria, que nome teriam seus filhos, onde iria viver. Seria assim? Nunca mais iria sentir as pontadas de amor? Então Eliza pensou nas palavras do poema de T. S. Eliot: *eu vi esvoaçar o momento da minha grandeza e vi o eterno lacaio segurar meu casaco e dar uma risadinha; em duas palavras, tive medo*. E ela teve medo. Teve muito medo.

Oito

A SEGUNDA SAÍDA NOTURNA DAS Garotas que Victoria organizou foi no Giorgio Baldi, um restaurante italiano pouco iluminado e cheio de celebridades, bem ao lado da Pacific Coast Highway, mas sem vista para o mar. A comida era deliciosa e a possibilidade de cruzar com estrelas e astros do cinema era ainda mais notável, o que o tornava a escolha perfeita para uma noite longe de maridos que sempre as advertiam sobre os tolos. (Todos menos Justin, que na verdade olhava para as celebridades mais do que Victoria, que quanto mais conhecia as pessoas famosas menos importância lhes dava.) Como o restaurante ficava tecnicamente em Santa Mônica, logo ao pé da colina de Palisades, elas resolveram ir num único carro, e Helen pegou todas no caminho.

Elas foram conduzidas a uma mesa nos fundos. Eliza e Leelee se sentaram no sofá e Helen e Victoria ocuparam as cadeiras do outro lado da mesa. Uma olhada rápida pelo salão localizou Pierce Brosnan na mesa da frente, bem ao lado dos Speilberg. As senhoras os notaram discretamente, mas fingiram não ter percebido, para não serem deselegantes. Agora elas eram *angelinas* natas; não havia necessidade de ficar de olho. Seus filhos iam para a escola com filhos de celebridades, viam ganhadores do Globo de Ouro na doceria; isso era muito natural para eles. Mas apesar do que elas deviam fazer ou sentir, as quatro estavam alvoroçadas. Nos dias atuais, a fama é uma droga tão poderosa que qualquer sucesso menor faz diferença.

O grupo estava com ótimo aspecto, de banho recém-tomado e um pouquinho bronzeado, mesmo sem se descuidar do filtro FPS 15. Eliza amarrara o cabelo num rabo-de-cavalo vistoso e vestia um suéter de caxemira azul-claro de mangas curtas e uma saia branca enfeitada com ilhoses. Helen usava um *top* esmeralda muito leve, com delicadas lantejoulas, um *jeans* branco de cintura baixa e deslumbrantes brincos com pedras coloridas penduradas. Leelee usava uma de suas túnicas habituais (no caso, uma da Tory Burch), em púrpura-escuro e preto, sobre calças capri pretas. E Victoria vestia um suéter azul-royal e *jeans* de cintura baixa. Depois de fazerem o pedido, Victoria foi direto ao assunto.

"Muito bem, senhoras, eu tenho um plano", começou ela, com um olhar de desaprovação para Leelee, que partia um pedaço de pão. Ela nunca dizia nada, mas achava que Leelee precisava ter cuidado com o que comia. Embora não chegasse a ser gorda, Leelee decididamente tinha alguns quilos a mais, que poderiam muito facilmente ser eliminados se aceitasse fazer *kickboxing* com ela em Venice Beach.

"Estamos prontas", disse Eliza, recolhendo algumas migalhas de pão da toalha de papel.

"Nossa, que unhas bonitas!", disse Helen, pegando sua mão. "Mademoiselle?"

"Na verdade essa cor devia se chamar De Saco Cheio", sorriu Eliza referindo-se à cor do esmalte. "Eu finalmente consegui aparecer no salão de beleza."

"Ah, meu Deus, eu preciso tanto de uma manicure", disse Leelee, mostrando suas unhas roídas. "Mas quem é que tem tempo?"

"Eu estrago as minhas assim que saio do salão", disse Helen.

"É por isso que não uso mais vermelho. De Saco Cheio é natural", disse Eliza.

"Eu me lembro de quando fiquei grávida pela primeira vez. Tinha manicure e pedicure toda semana. Não tinha mais nada para fazer. E agora, é uma obrigação penosa", disse Leelee. Ela sempre comentava que estava muito ocupada, que estava *muito* sobrecarregada e preocupada, mas nenhuma das amigas entendia o que podia ser tão cansativo. Claro, havia seus dois filhos, mas todas elas tinham dois filhos (com exceção de Helen, que só tinha um). Mas Leelee parecia ter mais dificuldade em equacionar o tempo, pelo menos era essa a única coisa que elas podiam concluir.

Victoria esperou pacientemente enquanto elas discutiam suas unhas. Pegou o vinho e começou a encher novamente as taças, mas o garçom correu para tomar de suas mãos a garrafa e continuar a tarefa. As mulheres interromperam a discussão até que ele concluísse, depois se lembraram de que Victoria as havia reunido por alguma razão.

"Desculpe, Vic, o que é que você tinha para nos contar?", perguntou Eliza.

Victoria pôs os dedos na extremidade da mesa, pressionando-os levemente. Suas pulseiras desceram tilintando pelos braços bronzeados e pararam no relógio Cartier. "Muito bem, antes de começar quero ter certeza de que o que vou dizer agora será recebido com total liberalidade e que vocês prometem me ouvir até o final", disse ela com firmeza.

As outras mulheres se entreolharam e concordaram com a cabeça. Ela viu Leelee conter uma risadinha e sentiu o sangue ferver. De todas as suas amigas, a que mais a preocupava quanto à possibilidade de frustrar o plano era Leelee. Eliza era o obstáculo, mas uma vez engajada levaria a coisa a sério. Leelee, por outro lado, podia ser um problema. Leelee escondia atrás de seu humor — ou talvez nem escondesse

— que era incapaz de qualquer coisa além de uma conversa superficial. Não que ela fosse sempre simplória e tola; simplesmente não tinha profundidade. Ou pelo menos não se permitia ser profunda.

"Você vai ou não nos dizer o que é?", perguntou Helen, impaciente.

"Tudo bem, mas bebam mais", disse Victoria, enchendo as taças até a borda.

"Nossa, Vic, eu vou dirigir", disse Helen.

"Eu dirijo", insistiu Victoria.

"Victoria, você está tentando deixar a gente imprestável, a fim de conseguir o que quer?", brincou Leelee.

"Mais ou menos", admitiu Victoria.

"Ela quer levar a gente para a cama!", riu Helen.

"Eu sabia!", disse Leelee.

"Vamos, eu preciso que vocês fiquem sérias", disse Victoria.

O garçom chegou com uma grande travessa de *shitake* frito e queijo pecorino com trufa, e as mulheres fizeram uma pausa para provar a comida.

"Ai, meu Deus, que delícia", disse Helen.

"Maravilhoso", concordou Eliza.

Victoria observou-as comentando a comida com seus *hummms* e esperou que voltassem a lhe dar atenção. Finalmente, depois de muitas garfadas e gemidos de prazer, elas se viraram para Victoria.

"E aí, Victoria, afinal o que é que você queria falar?", perguntou Leelee. "Desembucha!"

"Está bem, eu vou dizer. Olhem, da última vez que nós saímos, conversamos sobre como somos infelizes. Não faz essa cara, Eliza, nós somos..."

"Eu não sou infeliz", protestou Eliza.

"Escute, eu não estou querendo dizer que nós todas somos suicidas, mas sim que temos sempre uma tristeza profunda conosco. É uma tendência oculta que está sempre lá. Teoricamente, somos felizes na nossa vida cotidiana; temos filhos saudáveis e formidáveis, ótimos maridos — vocês têm — e vivemos uma existência privilegiada em que podemos ter férias agradáveis e freqüentar restaurantes fabulosos. Mas há uma infelicidade em outro nível — num nível existencial, se quiserem." Ela disse isso pensando em Helen, por saber que assim poderia fisgá-la. "Estamos mais próximas da morte. Sabemos disso. Já não comentamos que, depois do nascimento dos filhos, tínhamos ataques de pânico à noite, pensando na morte? A gente se consola dizendo que são os hormônios e falando umas com as outras exaustivamente, mas o fato é que isso é verdade."

As mulheres pararam de comer e olharam para Victoria. Elas se lembravam desses ataques. Todas já haviam experimentado aquilo. Era uma combinação de parto recente com privação de sono, exaustão e hormônios. Qualquer que fosse a causa, todas elas tinham passado muitas noites sozinhas alimentando seu bebê recém-nascido, tomadas pelo violento terror de perceber como a vida é curta. O que mais perturbava Eliza era a idéia horrível de que seu filho ia morrer um dia. Victoria lembrava-se de acordar depois do parto dos gêmeos e pensar que toda a frivolidade de sua vida tinha simplesmente acabado e que agora ela estava acorrentada a outros seres humanos. Leelee ainda se sentia uma menininha, e depois do nascimento de cada uma das suas filhas lembrava do "até que a morte nos separe" que ela prometera no altar. O nascimento de Lauren tinha sido traumático para Helen. A menina nascera com o cordão umbilical enrolado no pescoço, o que quase a enforcara, e durante horas sua sobrevivência estivera incerta. Um residente bastante insensível chegou a recomendar que ela não se apegasse ao bebê. Felizmente Lauren havia vencido aquela situação e hoje era uma garota saudável. Mas as palavras do residente nunca saíram da cabeça de Helen e ela não conseguiu se ligar à sua única filha.

"Victoria, essa conversa está muito deprê", disse Eliza.

"Eu não quero ser estraga-prazeres. O que quero dizer é o seguinte: na outra noite em que saímos, quando todas nós nos queixamos de estar envelhecendo e ficando com o cabelo branco, fiquei achando que estamos às voltas com uma crise de meia-idade. Não olha para mim como se eu estivesse louca, Leelee", disse, bruscamente, Victoria.

"Crise de meia-idade? Isso não é para homens de quarenta anos que se mandam e compram Mazzeratis?", perguntou Leelee, pegando um pedacinho de pão na cestinha e mergulhando-o no azeite.

"Não, não é. Qual é a nossa expectativa de vida? Não é setenta e alguma coisa? Pois é, praticamente metade disso já temos. Isso é meia-idade. Já estamos meio acabadas", disse Victoria enfaticamente.

"Tudo bem, achei que íamos ter um jantar agradável e divertido, e agora eu literalmente preciso de uma navalha para cortar os pulsos. Victoria!", protestou Eliza tomando um gole de vinho.

Leelee deu uma palmadinha na mão de Eliza. "Continue bebendo, querida."

"Acho isso fascinante", comentou Helen, que ainda estava processando seu pensamento. "É verdade, nós estamos meio acabadas."

"Está vendo?", disse Victoria balançando a cabeça. "Eu tenho razão."

"Então era esse o seu grande plano? Deprimir a gente?", perguntou Eliza.

"Não, não era."

Enquanto o garçom colocava diante de cada uma das mulheres um aperitivo, seu ajudante veio e levou a travessa de *shitake* já vazia. Eliza pedira feijão branco com lagosta, Helen ganhou uma salada verde mista, Leelee recebeu lagostins e para Victoria foi trazido *carpaccio* com fatias de parmesão.

"Outra garrafa?", perguntou o garçom, segurando nas mãos a garrafa de vinho vazia.

"Por favor", aceitou Victoria.

"É, nós vamos mesmo precisar", suspirou Eliza.

Quando o garçom se foi, Victoria olhou para as amigas. Seu humor havia mudado; elas já não estavam festivas, e sim pensativas. Ótimo. Estavam prontas.

"Então, o que eu quero dizer é o seguinte", começou ela.

"Por favor, diga", pediu Leelee.

"Na verdade, apesar de todos os nossos lamentos mal-humorados sobre nosso corpo e nossa sexualidade, nós estamos bem. Ainda somos jovens, e estamos em boa forma". Ela não olhou para Leelee quando disse a última parte, "e somos mulheres inteligentes, bem informadas. Temos de fato alguma celulite e fios de cabelo branco, mas daqui a vinte anos iremos olhar para trás e nos admirar por nunca termos percebido como estávamos bem."

"Ótimo, então você chamou a gente para nos incentivar a pensar positivamente?", perguntou Helen.

"Não", respondeu Victoria. Ela observou as três amigas e baixou os olhos. "Acho que nós devemos ter um caso."

Leelee começou a rir, mas ao ver que Victoria estava séria parou imediatamente. Victoria detestava que rissem dela. Eliza, confusa, franziu as sobrancelhas. Apenas Helen recebeu a notícia com calma.

"Você está brincando", arriscou Eliza.

"Não estou", disse Victoria. E pela primeira vez naquela noite pôs um pouco de comida na boca. Saboreou a carne crua enquanto observava as amigas digerirem sua sugestão.

"Peraí, você está falando de muitas coisas ao mesmo tempo", disse Eliza alisando o jogo americano. "Não sei se estou entendendo bem. Você está dizendo que nós estamos prestes a morrer, mas na verdade ainda somos jovens, ou pelo menos temos boa aparência, e devemos trair porque somos velhas?"

"Em primeiro lugar, para falar a verdade eu detesto a palavra *trair*. Quem inventou isso? Faz pouco tempo que o sexo fora do casamento passou a ser desprezado. As pessoas o praticavam o tempo todo na Roma antiga", pontificou Victoria.

"Nós não vivemos na Roma antiga", rebateu Eliza.

Victoria revirou os olhos. Eliza era tão santinha! "Isso não é pertinente. A questão que estou colocando é que o casamento, as leis da civilização, da religião e todas essas regras sociais efêmeras flutuam na história. As coisas são de um jeito e depois de outro. Como a moda. A cada cem anos, mais ou menos, é uma coisa nova. Lembrem-se de que Henrique VIII modernizou o divórcio."

"Degolando suas mulheres", completou Eliza.

"Prestem atenção antes de falar", pediu Victoria, exasperada. "Estou dizendo que temos o azar de viver numa época em que fazer sexo com alguém que não é nosso marido é condenado. Se vocês pensarem bem, isso não é nada natural. Se fosse, nós nos casaríamos com nosso marido e nunca mais teríamos nenhum sentimento por outro homem."

"Pensem bem, ninguém iria mais ver os filmes do Brad Pitt", observou Leelee.

"E a bilheteria estaria arruinada", disse Helen.

"A natureza humana não pode ser desrespeitada pelas normas da moda. As emoções podem ser reprimidas, mas não podem ser efetivamente controladas. A atração é uma reação química. É a atração que explica o amor à primeira vista...", teorizou Victoria. Ela sabia que isso existia, e, embora isso nunca lhe tivesse acontecido, recorria a esse exemplo por ter certeza de que seduziria seu público-alvo.

"Estamos casadas, mas não mortas", disse Helen.

"Excelente observação", disse Victoria virando-se para Helen. "Não estamos mortas. Temos emoções. Temos necessidades. A vida é muito curta e precisamos satisfazer nossas necessidades. Isso não nos torna pessoas ruins. Nós merecemos isso."

"Nossos maridos merecem isso?", contrapôs Helen, antes que Victoria pudesse responder.

"Merecem; eles merecem isso, sim", disse Victoria. "A maioria deles não nos dá valor. Acham ótimo que a gente tenha saído do mercado de trabalho e que deixe nosso cérebro em modo de espera para criarmos seus filhotinhos. Quer dizer, não me interpretem mal: eu adoro meus filhos, mas fico me perguntando por que tinha de ser *eu* a pessoa que devia deixar o trabalho e cuidar deles. Eu provavelmente teria ganhado mais dinheiro que o Justin. Pô, eu freqüentei escolas melhores. Mas não; ele sai, tagarela, bebe vinho, janta e faz contratos enquanto eu seguro as pontas em casa."

"Talvez você devesse simplesmente voltar a trabalhar", sugeriu Eliza com suavidade.

"Ora, você sabe que isso não é possível. Ter tudo é uma ilusão. Uma ilusão! Assim, se eu não posso ter tudo, e na verdade eu não estou tendo nada que seja para mim, por que está errado mudar isso?", protestou Victoria com veemência.

"Eu definitivamente não quero voltar a trabalhar", disse Leelee tentando amenizar o clima.

"Talvez não, mas você não vive numa rotina? Não vê a sua vida como se estivesse em ponto morto? Alguma coisa te instiga realmente?", perguntou Victoria num tom hostil.

"A minha cama nova deve ficar pronta na semana que vem", mencionou Leelee sem muita convicção.

"Veja", disse Victoria apontando para Leelee. "Que coisa mais patética! Uma porcaria de uma cama nova. Faça-me o favor! A vida se reduziu a isso? Não há mais nada para nos animar além de uma bobagem do tipo cama com *design* da Ballard. Nós sabemos disso, nossos maridos sabem. Mas a gente pode fazer alguma coisa em relação a isso. Pode dar um tempero à vida. Se a gente sair, puser mais ação na vida, se nós nos sentirmos bem em relação a nós mesmas, quando voltarmos para o nosso casamento ele será muito melhor."

"Tudo bem, mas vamos ficar cheias de culpa, todo mundo vai saber, nossos maridos vão ganhar chifres...", disse Eliza balançando a cabeça.

"Você pode imaginar aquelas fofocas detestáveis no clube?", perguntou Leelee, concordando.

"Eu tenho um plano", começou Victoria, em seu tom dominador, enquanto com um gesto rápido prendia o cabelo loiro atrás da orelha. Quando Victoria estava em atividade, ela estava *em atividade.* Era a pessoa mais magnética da sala. Não era sem razão que as mulheres ficavam nervosas quando os maridos sentavam ao lado dela nos jantares festivos. (Nos almoços, as mulheres também ficavam invejosas quando *elas* não sentavam do lado dela.) "Um dos maiores problemas, o maior, das relações extramatrimoniais — eu me recuso a chamá-las de traição, Eliza — é que alguém sempre as descobre. A razão é que o amante — quase sempre a mulher, porque, surpreendentemente, os homens são mais discretos — precisa contar para alguém. Isso torna o caso mais excitante, e na verdade é um terço da razão que nos leva a contar. A outra parte é a culpa, que é da nossa natureza. E somente nossas amigas podem mitigar nossos temores. Mas se estamos tendo um caso para nos sentirmos cobiçadas — como Eliza disse na outra noite —, bom, nós só nos sentimos verdadeiramente cobiçadas se contamos para a nossa melhor amiga que alguém nos cobiçou. Faz parte da natureza humana. Assim, a minha proposta é que nós todas tenhamos casos e contemos umas para as outras, mas só umas para as outras."

"Um pacto de infidelidade?", perguntou Eliza, incrédula. Ela parecia estar mais perturbada que as demais.

"Então você está propondo que a gente traia, mas respeitando algumas regras básicas?", perguntou Helen.

"Não que a gente traia, que tenha *casos.* Que a gente procure ser feliz. A gente tem um ano para fazer isso. O relacionamento — ou os relacionamentos, dependendo do que se quer — deve ser iniciado e encerrado em um ano. A gente não vai ter caso com o marido de nenhuma de nós..."

"...Obrigada", interrompeu Eliza com sarcasmo.

"E vamos tentar evitar neuroses. Mas o mais importante é a gente contar apenas umas para as outras."

"Mas..."

"Pensem nisso como se vocês estivessem fazendo um tratamento num *spa*. Vocês fazem as unhas, depilam as virilhas e as sobrancelhas, pintam o cabelo, todas essas coisas que a gente faz para ficar bem. Mas tudo o que vocês realmente precisam é de uma boa transa. Vocês vão ter um marido felicíssimo se fizerem isso."

"Você tá doida", interrompeu Eliza.

"Chhhhh... Eu quero que vocês pensem nisso durante um minuto. Exatamente um minuto, vou marcar no relógio. Saboreiem a comida", disse Victoria, levando à boca um pedaço do seu *carpaccio*.

Algum tempo atrás Helen tinha pensado em ter um caso. Victoria sabia disso porque uma noite, depois de terem se excedido nos drinques, na festa de Quatro de Julho do Beach Club, elas desceram para a beira da praia, tiraram os sapatos, mergulharam os pés na água e confessaram uma para a outra o quanto eram infelizes. Helen não podia compreender seu grau de infelicidade com Wesley. Não havia rancor ou brigas desagradáveis (ao contrário do que acontecia com Victoria e Justin) e nenhuma fonte óbvia de atrito, como problemas de dinheiro ou infidelidade. O que havia era apenas... indiferença. Quando se casou com Wesley, Helen sabia em que estava se metendo; ele era muito mais velho e um lorde reprimido, conservador, bastante tenso, pertencente à aristocracia inglesa. Não se pode dizer que esses tipos são famosos por sua personalidade aberta e efusiva. Mas, exatamente por ser o oposto de tudo isso, Helen achava que seria capaz de administrar a personalidade e o que considerava serem deficiências do marido. Ao passo que Wesley preferia não discutir as coisas, evitar assuntos delicados e brincando se retirar quando as discussões levavam ao confronto ou se tornavam reveladoras. Helen mergulhava de cabeça. Sentia que sua jornada de vida — era assim que ela se referia ao casamento — era uma busca pessoal de informação, compreensão e sobretudo ligação. Mas, quanto mais pressionava Wesley, mais ele se recolhia. Ela sabia que ele se sentia frustrado com relação à carreira, mas ele não falava sobre isso. Ela sabia que os pais dele, que agora estavam na faixa dos setenta, ainda o irritavam imensamente, e ela desconfiava que uma das razões disso era o fato de ele ter se casado com uma coreano-americana, mas ele não falava nos pais. Ela sabia que ele devia ter sonhos e objetivos, mas ele não falava sobre isso. Quanto mais ela tentava, mais distante ele ficava. As conversas eram sempre pontuais, com doses de humor para amenizar um assunto difícil. Se ela ficava nervosa por causa de alguma coisa, ele imediatamente fazia algo para acalmá-la. Talvez esse fosse um traço britânico. Mas, qualquer que fosse a causa disso, o fato é que eles viviam naquela casa moderna e árida como quem tem um relacionamento formal, e Helen estava reeditando a infância que abominara.

Passado o minuto, Victoria levantou o dedo. "Pronto."

"Você é mais abusada do que eu pensava", disse Leelee, apontando o dedo para Victoria. A questão era: *ela* podia ser tão abusada? Infidelidade era algo que jamais ocorrera a Leelee, mas por que não? Mas para ela não seria com qualquer um. Teria de ser com Jack. Ou Jack ou ninguém mais.

"As conseqüências seriam devastadoras. Alguém descobriria e muita gente se magoaria", ponderou Eliza olhando para as amigas, que — disso ela tinha certeza — concordariam com seus argumentos. Ela jamais entraria numa coisa desse tipo. Era divertido pensar nisso durante um segundo, desde que se parasse por aí. E, verdade seja dita, ela havia pensando nisso quando viu Greg Matthews, mas tudo se passou apenas na sua mente. Pode-se considerar mentalmente uma série de possibilidades, mas o que importa são as ações.

"Sei lá... Se realmente nós concordarmos em não falar com mais ninguém...", disse Helen passando o dedo na boca da sua taça de vinho. "Quer dizer, talvez isso nos deixasse mais felizes e ninguém se machucaria a longo prazo."

"A gente precisaria ter uma boa estratégia na hora de escolher o cara", disse Leelee com voz agitada. "Não pode ser alguém com muita visibilidade."

"Pode ser quem a gente quiser", disse Victoria. "Sem regras; apenas a do silêncio."

"E pode ser mais de uma pessoa", sugeriu Helen. "Porque assim a gente não se envolve, não estabelece um vínculo que possa arruinar nosso casamento."

"Gente, vocês estão falando sério?", perguntou Eliza. Ela não podia acreditar que suas amigas estivessem de fato considerando a idéia de serem infiéis. "Isso não vai dar certo. Em primeiro lugar, a gente não prometeu amar e respeitar? Todas nós prometemos isso."

"O índice de divórcio é de mais de cinqüenta por cento", ressaltou Victoria, incisiva.

"Tudo bem, teoricamente a idéia é ótima. Todas nós experimentamos grandes emoções e saímos ilesas da experiência. Mas isso não vai acontecer. Alguém vai se magoar", argumentou Eliza.

"Mas talvez a gente esteja se magoando ao não se dar uma chance. Você quer ficar semimorta?", indagou Victoria.

"Eu não me sinto semimorta", protestou Eliza.

"Presta atenção, Eliza. Você se lembra que teve um 'entusiasmo' por aquele ator que entrevistou, Tyler Trask?", perguntou Helen, inclinando-se.

Tyler Trask. Eliza não podia ouvir aquele nome sem ficar vermelha. Quando via o rosto dele na capa de algum jornalzinho ordinário, precisava fazer tudo o que estivesse a seu alcance para desviar os olhos. Ela simplesmente não podia olhar para aquele rosto.

"E se você se encontrasse com ele?", prosseguiu Helen. "Você disse que tinha o contato."

"Ah, isso foi anos atrás", contestou Eliza. "Tenho certeza de que ele já nem sabe quem eu sou. E talvez eu estivesse exagerando a coisa. Provavelmente não foi nada."

Mas ela sabia que não estava exagerando. Tyler ainda a convidava para as suas pré-estréias e até deixava uma ou duas mensagens quando vinha da Austrália. Agora que ele tinha um filho com a namorada, ela chegou a achar que havia sido esquecida, mas no último Natal ele lhe enviara um cartão postal. Era uma foto do vale de San Fernando em toda a sua glória, numa referência a uma brincadeira deles sobre os arredores de Los Angeles. Ele escrevera apenas: "Gostaria que você estivesse aqui".

"Você sabe que isso não é verdade", disse Helen.

"É isso mesmo, você se lembra do cartão postal?", perguntou Leelee.

Eliza nunca deveria ter falado com elas sobre o cartão postal. "Tudo bem. Vamos supor que eu procure Tyler e tenha com ele esse caso tempestuoso. E daí? Vou deixar meu marido e trocá-lo por um astro que tem mulheres em cada porto?"

"Ninguém está falando em deixar o marido", disse Victoria. "A gente está falando de um ano, de medidas necessárias, emergenciais, que a gente precisa tomar para nos sentirmos seres humanos cheios de vida, atraentes. E o fato de estarmos juntas nisso, de estarmos fazendo esse pacto para termos relações com homens que não são nossos maridos, significa que a gente vai cuidar uma da outra. Se alguém começar a mergulhar de cabeça ou precisar de conselho ou ajuda, ou seja lá o que for, a gente vai estar a postos", disse Victoria, com firmeza.

"Tomem mais um pouco de vinho", propôs Victoria, apontando para as taças. "E fantasiem por mais uns momentos. Pensem numa outra vida, diferente da que vocês têm hoje. Uma vida menos previsível, em que vocês se sintam empolgadas, em que *é importante* estar com boa aparência, uma vida que vocês escolheram." Ela disse a última parte pensando em Eliza, que considerava coisa de adolescente bobinha aqueles entusiasmos por uma celebridade. Mas talvez agora ela reconsiderasse a questão.

Durante alguns minutos ninguém falou, todas elas perdidas em devaneios. O álcool que Victoria não parava de servir teve o resultado desejado. O vinho era um grande nivelador, permitindo a coexistência de desejos e temores. E, no romântico restaurante à meia-luz (uma escolha paciente de Victoria), ele fez todas as mulheres sonharem, até mesmo a relutante Eliza. Em seus pensamentos agora nebulosos elas tinham visões de si mesmas com outros homens. Como havia sido agradável para Helen quando o belo rapaz que era o novo professor de cerâmica do centro de arte envolveu suas mãos nas dele para mostrar como se faz um vaso. Ela se sentiu como Demi Moore em *Ghost*. Tinha desejado que ele pegasse aquela argila e espalhasse sobre seu corpo, que ela se deitasse com ele toda cheia de barro, do modo mais sensual e orgânico, que eles se entregassem às dádivas da natureza... Eliza pensou em Tyler. Ele era a pessoa capaz de libertar essas emoções que ela havia reprimido durante tanto tempo... Leelee pensou no homem dos seus sonhos, aquele que a havia traído terrivelmente, e com a imaginação alimentada pelo álcool sonhou com uma realidade diferente para sua vida.

Victoria sabia o que estava fazendo.

O ajudante do garçom levou os pratos e todas as mulheres voltaram os olhos para Eliza.

"Acho que é a nossa única chance, Eliza", disse Helen.

"Então vocês concordam?", perguntou Victoria, voltando-se para Helen em busca de confirmação.

"Plenamente. Quero voltar para o mundo dos vivos", suspirou Helen.

"E você, Leelee?", indagou Victoria.

Leelee olhou timidamente para cada uma delas. "Claro", disse, com uma risadinha. Pelo menos naquela noite. Assim ela poderia sonhar com Jack, nutrindo uma esperança um pouco maior que a de sempre.

"E você, Eliza?", perguntou novamente Victoria.

"Sinto muito, amigas, mas não."

"Eliza, um dia você vai ver que a vida é muito curta. A gente só tem alguns breves momentos meio desconjuntados, e depois morre. Aproveita a vida. Você precisa se sentir cobiçada, já que é isso que você quer. Talvez você precise de um caso emocional, e não físico. Talvez você só precise de um vínculo com outro homem", disse Helen. Ela freqüentemente trazia à tona a vida e a morte, pois tinha aprendido cedo o quanto as duas estão inexoravelmente ligadas.

"Não pressionem a Eliza a resolver agora; a gente conversa sobre isso amanhã — dia dela no revezamento de caronas —, depois que ela tiver feito as compras no mercado", propôs Victoria, sorrindo.

Antes que Eliza pudesse responder, as amigas foram interrompidas por Anson Larrabee, um conhecido que morava em Palisades. Larrabee era exatamente o tipo de pessoa que seria um perigo para as meninas se tivesse ouvido qualquer trecho da conversa delas nos últimos trinta minutos. Era um sujeito espaçoso, tanto no físico como na personalidade cheia de manhas. Tinha 1,90 metro, uma barriga imensa e um cabelo loiro ainda farto, apesar de seus 47 anos. Sua voz era tão chamativa e volumosa quanto o seu corpo, e ele falava com um ligeiro sotaque sulista. Era o fofoqueiro da cidade, que, com seus comentários venenosos, reinava na coluna social do *Palisades Post* e gostava de almoçar com mulheres para ficar sabendo de tudo o que estava acontecendo com todo mundo no bairro. Embora sua sexualidade fosse dúbia, Anson se referia às recentes divorciadas que acompanhava pela cidade em seu Mercedes conversível como suas "amigas" e as enchia de presentes até elas se ligarem a outra pessoa, sem ressentimentos. No momento ele estava saindo com Imelda Rosenberg, uma atraente eurasiana ex-recepcionista de restaurante que acabara de deixar o marido, um alto executivo da Paramount. Na verdade o marido é que tinha lhe dado um chute; quando descobriu que ela estava dormindo com um tenista, atirou todas as roupas dela pela janela da casa, que fica bem na Alma Real, de onde todo mundo pôde assistir. Um pequeno escândalo, para dizer o mínimo.

"Ora, parece um jantar muuuuuito divertido", disse Anson, com seu sotaque do Alabama. "Aposto que a orelha de metade das mulheres de Palisades está vermelha. Claro que vocês estão tendo um de seus jantares femininos à moda antiga."

Se a intenção dele era fazer rir, não teve muito sucesso. Eliza e Victoria trocaram um olhar rápido e Leelee dirigiu a Anson o seu sorriso mais ácido. Nenhuma delas gostava daquele homem. Se ele fosse apenas um cara sarcástico e inofensivo, elas até o teriam convidado para sentar. Mas todas já haviam sido submetidas à sua língua cáustica e tinham rápida e acertadamente concluído que a melhor coisa que podiam fazer era ficar bem longe dele.

"Ah, Anson, você sabe que a gente nunca fala de outras pessoas", riu Helen. "Deixamos isso para você."

Anson sorriu para o que provavelmente considerou um elogio. "Bom, se vocês lembrarem de alguma coisa interessante para a minha coluna, me falem. Meu prazo termina amanhã. Até agora a única coisa que eu tenho é que Imelda e eu jantamos ao lado de Tyler Trask e ele não tomou nem uma nem duas, mas *três* garrafas de vinho. Provavelmente ele precisa desse álcool todo para agüentar a namorada.

Ouvi dizer que ela é absolutamente entediante. Uma mulher linda, mas sem nada na cabeça."

Todas as mulheres se viraram e olharam para Eliza. Tyler Trask? Por quem Eliza se entusiasmara? Jantando no mesmo restaurante que elas? Claro que isso era um sinal.

"O Tyler está aqui agora?", perguntou Leelee, a cabeça bem erguida para examinar o restaurante.

"Acabou de sair", respondeu Anson. "Provavelmente está lá fora batendo nos *paparazzi*. Por que é que esses atores não podem agir como cavalheiros? Será que eles acham *sexy* dar socos nas pessoas?"

"Achei que o Tyler morava na Austrália", disse Helen. Ela estava perguntando para Anson, mas olhando para Eliza, que molhava um pão no molho de tomate fingindo desinteresse.

"Ele está na cidade, trabalhando num filme. Vocês não lêem *Variety*?", perguntou Anson.

Antes que elas pudessem responder, Imelda surgiu, vinda do banheiro, e abraçou Anson. Eles formavam um casal estranho. Ela era pequena, mas exagerava em todos os detalhes, e com isso parecia fora de escala. Tinha sombra demais nos olhos, ruge demais nas faces, o cabelo grosso e com luzes exageradamente armado em grandes madeixas à Farrah Fawcett que lhe sombreavam o rosto. E suas roupas eram sempre apertadas ou brilhantes. Naquela noite ela usava calças colantes de couro preto e uma chamativa malha com estampa de leopardo. Anson, por sua vez, estava vestido com seus infalíveis tons pastéis; dessa vez uma camisa cor-de-rosa-clara convencional com calça verde-maçã e cinto hortelã-pimenta com estampa de baleia. Ele intitulava o seu *look* de "chique de Palm Beach", o que provavelmente tinha fundamento, considerando que ele não ia àquela praia desde a década de 1970.

As quatro amigas comemoraram quando Imelda lançou um olhar a Anson e ele foi embora.

"*Bye-bye*, meninas", disse ele, acenando enquanto se afastava.

As mulheres esperaram um momento para ter certeza de que ele não as ouviria, e olharam atônitas para Eliza.

"Muito bem, que coincidência o homem dos seus sonhos estar *neste restaurante* hoje, quando você estava falando em ter um caso com ele!", exclamou Leelee, alvoroçada.

"Eu não estava falando em ter um caso com ele", insistiu Eliza.

"Isso é cósmico, querida, são os deuses conversando e dizendo que está tudo certo. Você precisa acreditar em sinais", disse Helen, com olhos sonhadores.

"Vocês parem com isso!", protestou Eliza.

"É sério, Eliza, você sabe que eu não vou tão longe quanto a Helen", começou Victoria. "Mas o que aconteceu é estranho; não pode ser uma coincidência. É claro que a presença dele neste restaurante está dizendo para você embarcar nessa."

Eliza olhou cética para as três. Mas, em seu íntimo, estava explodindo. Embora não fosse tão New Age quanto Helen, ela achava que de certo modo era um sinal. E sabia que, por mais que amasse o marido, Tyler Trask era o único homem na Terra capaz de roubar seu coração. Mas aquilo era perigoso, e ele era perigoso. Valia a pena o risco?

"Eu não estou concordando, mas não me oponho a vê-lo novamente", suspirou ela por fim. "Agora que eu pareço apenas meio decente, seria bom ter alguém que apreciasse isso. Mas eu não estou prometendo nada, e vocês têm que me ajudar a localizá-lo."

As três deram gritinhos deliciados.

"Você não vai se arrepender", prometeu Victoria.

"Não acho que eu ainda tenha espaço para arrependimentos", disse Leelee.

"Gente, que fique bem claro: eu não estou concordando, estou apenas dizendo que vou encontrar Tyler, o que não significa nada, e só se vocês me ajudarem nessa empreitada", disse Eliza.

"A gente sabe, a gente sabe, mas você vai mudar de idéia", garantiu Victoria. Ela faria tudo o que estivesse ao seu alcance para ter certeza de que Eliza concordaria. Eliza era a única que precisava de sua ajuda.

"Não esquece, a gente só vive uma vez. A gente precisa viver cada dia como se fosse o último", disse Helen. Ela se inclinou sobre a mesa e estendeu a mão. Eliza, Victoria e Leelee puseram a mão sobre a dela e as quatro mãos se apertaram.

Nove

Eis o que aconteceu quando Victoria encontrou Wayne pela primeira vez. O tempo estava nublado e, depois de tudo o que ela havia aturado durante o dia, tinha ficado de péssimo humor. Primeiro, não encontrou vaga para estacionar perto da academia em que fazia *kickboxing*. Acabou se atrasando e ficando com o pior saco de pancadas. Depois, foi a um interminável almoço da reunião do Conselho Consultivo Lilly Pulitzer, em que foi exibida a coleção de primavera e as seletas convidadas analisaram cada roupa e todos os acessórios para avaliar se suas amigas os usariam. Ela nunca tinha visto tanto empenho na dissecação de uma blusa de gola olímpica e não podia — *não podia* — acreditar que mulheres maduras, com educação superior — algumas delas com mestrado! — fossem capazes de ficar discutindo durante quarenta minutos o tamanho das tartarugas azuis nos *collants* cor-de-rosa. *Quarenta minutos*! Essas mulheres não tinham o que fazer? Presta atenção, Victoria! Ela não conseguia entender como tinha ido parar naquele inferno suburbano. Depois de ter estudado em Harvard, feito MBA em Stanford e ter sido a mais jovem vice-presidente da Twentieth Century Fox, ela agora estava falando sobre *tartarugas bordadas*! Isso não fazia sentido. Enterrem-me já, pensou ela.

À tarde as coisas só pioraram. Por causa do interminável almoço no Hades, ela acabou sendo a última na fila de carros para buscar os gêmeos na escola. Depois de deixá-los com Marguerita (sua babá espanhola que não falava inglês), saiu correndo para pegar seu horário com Khao no salão Fred Segal. Mas descobriu que havia descido do alto da colina a toda velocidade só para ficar sentada na porcaria de uma sala de espera, durante quarenta minutos, com *Vogues* de dois meses atrás. E tudo por conta do atraso provocado por uma jovem estrela da WB Network que estava se embonecando. E, enquanto estava ali sentada, bufando, Victoria viu uma ninfeta atrás da outra, no modelito Britney Spears, vestindo resumidíssimas duas peças e passando por ela sem sequer olhá-la, e isso porque ela era apenas mais uma mulher velhusca de executivo do estúdio. Está certo, mulher de agente, mas poderia perfeitamente ser mulher de executivo, o que para elas não fazia a menor diferença. E o que é que aquelas mulheres estavam pensando, usando aquelas roupas? Tudo bem, elas estavam na Califórnia, mas ainda era abril, guardem isso para a praia! E quando chegou em casa, com o cabelo finalmente penteado e levando a roupa para a noite – porque havia implorado ao homem da tinturaria que reabrisse a porta para ela poder pegar o vestido colante da Chloé – o canalha do seu marido liga e diz que a pré-estréia tinha dançado; ele ia jantar com Tad Baxter, porque ele era o caso de Tad Baxter. Todo aquele corre-corre para alisar o cabelo, deixar a mulher "demonstrar" a maquiagem nela porque assim ela não tinha de pagar para ser maquiada, uma hora inteira fazendo manicure, pedicure e buço. Tudo tinha sido em vão.

Victoria estava prestes a tirar a roupa, deitar na frente da TV com uma tigela de pipoca de microondas e assistir ao último episódio de *Grey's Anatomy*, que ela havia gravado na noite anterior, quando mudou de idéia. Ela não precisava fazer isso. Ora!, por que ela deveria esperar, em casa, que Justin chegasse depois de ter chupado o pau do seu cliente (nada oficial, mas tudo levava a crer) quando tinha se empenhado o dia inteiro e milhões de horas em ficar um espetáculo. Ela iria àquela pré-estréia.

Já estava muito em cima da hora para procurar uma companhia, mas com sua nova atitude isso não importava. Ela pisaria sozinha no tapete vermelho, veria o filme sozinha — o último filme de Drew Barrymore e Vince Vaughn; parecia bom e ela estava louca para vê-lo — e depois iria à festa sozinha. Na verdade, o fato de estar sozinha não faria muita diferença, porque sempre que ela saía com Justin ele a largava e ia puxar o saco de seus clientes e possíveis clientes. Infalivelmente ela ficava com as outras esposas abandonadas e todas as mulheres começavam a lamentar a pouca freqüência com que viam os maridos e como eles eram horríveis quando apareciam. Normalmente ela apenas prestava atenção, sem nunca abrir o jogo: ouvia tudo e segurava as cartas bem fechadas. Mas nos últimos tempos ela não se importava mais, esculhambava Justin a torto e a direito. Ele não passava de um perfeito idiota e não valia a pena fingir que ela era uma esposa feliz e cumpridora de seus deveres.

Ela estava feliz em ter ido; o filme foi divertido e ajudou a melhorar seu humor. Como era esperado, ela se sentou com outras mulheres enquanto os maridos "assistiam" ao filme (ou seja, esquadrinhavam a sala à procura de clientes ou possíveis clientes) e ficou com um enorme saco de pipoca só para si. Foi ótimo não ter de dividi-lo com Justin, que sempre metia a mão no fundo, deixava cair um monte de pipoca, lambia os dedos engordurados e os mergulhava novamente, cheios de baba. Meu Deus, como aquilo era repulsivo! A pré-estréia tinha sido em Westwood, perto da U.C.L.A, um lugar onde freqüentemente ocorriam pré-estréias, por razões que ela desconhecia, e que agradava a ela: para quem estava em Palisades era muito mais fácil ir até lá do que, por exemplo, a Hollywood. A festa que se seguiu foi no Buffalo Club, um caríssimo restaurante escuro e almofadado que tinha um grande jardim no fundo e ficava num trecho tranqüilo do Olympic Boulevard, em Santa Monica.

Com renovada determinação, Victoria voou pela cidade na *van* Mercedes com duas cadeirinhas idênticas no assento traseiro. Eminem gritava no estéreo do carro. Eminem era uma paixão secreta de Victoria. Ela adorava o fato de ele ter uma atitude libertária e ao mesmo tempo ser obcecado pela filha e não conseguir romper com Kim. De uma coisa ela gostava nos homens fortes: as mulheres fortes os mantinham ajoelhados aos pés delas. Eles eram tão duros e, ao mesmo tempo, podiam ser torturados e manipulados por alguma mulher que sabia exatamente como fazer isso com eles. Kim certamente sabia lidar com Eminem. Victoria também gostaria de fazer isso; ele era gostoso. Ela tinha visto "Eight Mile" umas dez vezes. Quando pensava nisso Victoria não achava que sabia lidar com Justin. Ela sempre pensava nisso na época em que o perseguia e ele a ignorava. Mas de repente ela o fisgara, e agora, sem saber bem como havia acontecido, não conseguia mais chamar sua atenção. Provavelmente porque eles eram muito parecidos, ambos dispostos a ir às últimas conseqüências. E provavelmente porque nunca havia existido entre eles um amor verdadeiro. Tinha havido sexo e paixão, e agora apenas tortura mútua. Patético.

Victoria entrou de cabeça erguida no salão e logo notou que sua nova atitude de mandar tudo às favas estava atraindo para ela mais olhares do que a velha atitude de esposa confiante. O clube estava lotado. As pessoas conversavam, taça na mão, do bar interno ao outro que havia do lado de fora, e todos os assentos estavam ocupados. Sempre que alguém cruzava a porta e chegava ao jardim, todas as cabeças se viravam para ver se Drew ou Vince, ou qualquer outra celebridade, tinha se aventurado a aparecer. E, quando percebiam que era apenas mais um executivo do estúdio, todos voltavam a cabeça para a pessoa com quem estavam conversando e fingiam prestar atenção à conversa. Victoria foi ao bar e esperou pacientemente o *barman* servir vinte homens e trinta ninfetas que haviam furado a fila. Quando finalmente conseguiu um Martini, ela se virou para procurar seus amigos. Ao fazer esse movimento, praticamente trombou com o homem que estava atrás dela e seu copo quase caiu. Ela xingou alto antes de olhar para cima e ver que o homem era Wayne Mercer, que se proclamava o agente todo-poderoso da ACM (Artist's Creative Management) e era o homem que seu marido mais detestava.

"Perdão. Machuquei você?", perguntou ele, apertando desnecessariamente seu pulso. Ela sentiu que havia mergulhado numa onda de colônia Calvin Klein.

Wayne tinha a aparência de todos os agentes: cabelo preto cheio de gel, aparelho nos dentes, terno Zegna, tudo um pouco pegajoso demais, um pouco elegante demais. Ela não tinha idéia de quem havia começado, mas Wayne e Justin estavam permanentemente empenhados numa luta para roubar clientes um do outro. A guerra provavelmente tinha sido iniciada por Wayne, que roubou Dominique Swain de Justin, e depois Justin, em troca, roubou Leelee Sobiesky de Wayne. (É difícil dizer quem realmente ganhou aquela briga, considerando-se a carreira das moças em questão.) Victoria só sabia que o nome de Wayne Mercer era sujo na casa deles e que, se um dia ela o visse numa festa ou em qualquer outro lugar, devia se afastar.

"Quase, mas eu estou bem", disse Victoria pestanejando. Ela pôs a mão no ombro dele e esfregou-o levemente.

Wayne olhou para Victoria e sorriu. "Wayne Mercer", disse, ainda segurando o pulso dela.

"Victoria Rand." Ela havia mantido seu nome de solteira — Coleman lhe parecia muito vulgar —, mas por um segundo desejou não ter feito isso. Teria sido muito divertido ver se Wayne faria a ligação.

"Parece que eu te conheço. Você trabalha no estúdio? Para Drew? Para Vince?", perguntou ele ainda segurando o pulso de Victoria mas deixando os olhos passearem para cima e para baixo no corpo dela.

Ela se sentiu exultante por estar usando aquele vestido, que tinha uma fenda lateral para mostrar suas pernas firmes e conseguia aderir a todas as curvas desejáveis de seu corpo. Ela se sentiu exultante por ter conseguido pegá-lo na lavanderia, exultante por ter se penteado e se maquiado no salão e exultante por ter malhado de manhã.

"Estou comigo mesma", disse ela girando a azeitona na sua bebida e tomando um gole. Depois passou a língua pelos lábios num gesto de sedução. Ela não podia acreditar que estava fazendo aquilo, mas, droga, com esses macacos velhos tudo precisava ficar bem explícito.

Wayne estava fascinado. "Ha, ha", riu ele. "Essa eu não conhecia."

Ela sabia que ele estava doido para ela perguntar com quem ele estava, ela sabia que ele estava "com Vince" porque a sua agência o representava – não ele, exatamente, mas Wayne mudaria as coisas e as contaria assim. Ela sabia que ele ia querer se gabar, já que se associar a uma celebridade era o único meio de se promover naquela cidade, mas ela ainda não queria lhe dar essa satisfação. A conversa iria passar muito rapidamente para o assunto cinema, muito rapidamente chegaria a quem era o marido dela e por fim se encerraria muito rapidamente. Ela queria representar até o final, e por isso não disse nada.

Wayne levantou as sobrancelhas, como se estranhasse o fato de ela não fazer aquela pergunta, e começou a dizer algo. Mas de repente parou, obviamente mudando de idéia, inclinou-se e propôs: "O que você acha de a gente pegar uma bebida, entrar, sentar num daqueles almofadões, jantar de verdade e ter uma boa conversa?" Ele disse a última parte orgulhoso, como se ela *nunca* tivesse tido uma boa conversa.

Victoria inclinou a cabeça e examinou sua presa. É, ele tinha aquele aspecto gorduroso dos agentes, mas afinal tinha também belas pestanas, belos olhos azuis, e sua pele era lisa e parecia macia. Ele obviamente malhava. Não era deslumbrante, mas, ora, era o inimigo do marido dela. Isso era suficiente.

"Acho uma ótima idéia", disse ela sorrindo.

Dez

DEPOIS DO JANTAR NO GIORGIO Baldi, Victoria parecia ser a única do grupo a acreditar que o pacto havia sido aceito. Na semana seguinte, Eliza, Helen e Leelee foram informadas sobre Wayne Mercer, o arquiinimigo de Justin, e seu "espantoso" vigor sexual. Victoria estava eufórica com seu novo parceiro e incentivava as amigas a iniciarem logo suas atividades extraconjugais. Leelee tinha concordado prontamente em trair, mas apenas por achar que tudo não passaria de uma conversa divertida, sem nenhuma conseqüência.Quanto a Eliza, Victoria não ficava chateada com o jeito dela, mas duvidava de que ela fosse capaz. Já Helen só não tinha feito nada ainda por uma única razão: ela sempre demorava muito para fazer qualquer coisa. Precisava analisar, pensar, reconsiderar, hesitar, dissecar e ruminar antes de dar um passo. Eliza ainda não fora convencida. Seu marido era maravilhoso e gostava dela. Por que ela iria estragar tudo?

Mas nos dias seguintes as coisas começaram a mudar. A vida de fantasia foi pouco a pouco dominando a realidade e se tornando muito mais desejável. Pois, afinal de contas, o que era a realidade delas? Compras? Malhação? Levar os filhos para a escola?

Na segunda-feira Eliza estava se aprontando para sair. Na verdade estava se admirando no espelho, e recapitulou em detalhes um Dia de Ação de Graças, muitos anos atrás, quando estava no colegial e percebeu que seu corpo havia sofrido uma metamorfose e agora era o de uma mulher plenamente desenvolvida. Embora não tivesse ganhado muito peso durante a gravidez, nunca mais ela se sentira daquela forma. As gorduras acumuladas em torno do seu corpo, parecendo uma bóia salva-vidas, tinham desaparecido.

Declan saiu do banheiro e sorriu para ela. "Admirando seu corpo novamente?"

"Não. Tudo bem, estou. Estou muito contente porque esse *personal trainer* valeu a pena."

"Também acho, por oitenta dólares a sessão", disse ele. E começou a abotoar a camisa e dar o nó na gravata.

"Valeu cada centavo", concluiu Eliza, calçando os sapatos.

"Talvez eu devesse malhar", refletiu Declan. "Mas quem é que tem tempo?"

Eliza voltou-se para o marido e deu uma olhada em seu estômago protuberante. Ele era um homem alto, e por isso nunca ficaria gordo, apenas estava com excesso de peso, mas tinha sem dúvida uma barriguinha e os braços um tanto flácidos.

"Você devia malhar. Devia arranjar tempo", recomendou Eliza.

"Ora, mas assim eu nunca vou poder ficar com você", protestou ele, vestindo as calças. "Além do mais, você não se importa com o meu aspecto. A gente tem um ao outro."

"Você quer dizer que não se importa com minha aparência?", perguntou Eliza.

"Eu me importo, e você está ótima. Mas, escuta, você já passou dos trinta e é mãe; levando isso em consideração, você está ótima."

Eliza subitamente ficou irritada. "Você está querendo dizer que ninguém mais vai me achar gostosa?"

"Que diferença faz para você o que as outras pessoas acham? Você é casada", disse Declan, vestindo o *blazer*.

"Então por que foi que eu me matei na academia? Se você não se importa com isso e ninguém mais está olhando para mim, para que malhar?", indagou Eliza, falando mais alto.

"Bom, em primeiro lugar, é melhor para você estar em forma. Em segundo lugar, você conhece as mulheres do seu grupo social. Todas elas falam das outras pelas costas. Coitada daquela que estiver com alguns quilos a mais. Olha como a Victoria fala da Leelee."

Eliza atirou-se na cama. "Você acaba de me fazer sentir muito mal. Eu estava superfeliz e agora você fez eu me sentir velha e feia."

Declan aproximou-se e envolveu-a com o braço. "Eu não queria fazer isso, meu amor. Para mim você é magnífica, e sempre vai ser."

"Está bem."

"Será que você quer que outros homens queiram você? Isso não é um pouco estranho, considerando que você é casada?"

"Não. Você não quer que outros homens me achem atraente?", perguntou Eliza.

"Claro, mas eu não quero que você malhe para que eles achem. Há uma pequena distorção nisso."

"Que se dane."

Declan levantou-se. "Olha, querida, você está ótima. Mas a gente mora em Los Angeles. Em cada esquina há uma Angelina Jolie. Não tente se comparar com elas.

"Está bem", disse Eliza.

Declan desceu para o térreo e Eliza sentou-se bufando na beira da cama. Pegou uma das almofadinhas floridas do quarto e acariciou com os dedos o festão da borda. Por que Declan tinha de ser sempre pragmático? Por que ele nunca se permitia participar de suas fantasias bobinhas de que talvez agora ela fosse a mamãe mais *sexy* de toda a humanidade? Ela tinha suado e trabalhado muito para ficar com aquele corpo. Seria bom ter um pouco mais de reconhecimento. Tyler Trask a apreciaria. Ele a apreciou quando ela ainda tinha muitos quilos a mais.

Eliza deitou-se na cama e se lembrou de quando conheceu Tyler. Naquela época as coisas eram diferentes. Ela e Declan estavam vivendo em Nova York e ela ainda trabalhava em período integral, fazendo matérias para a *Chat*. Tinha acabado de ter o Donovan e estava louca para voltar ao mundo dos vivos quando o redator a chamou e implorou para que fizesse uma entrevista com "o incorrigível Tyler Trask". "*Você me faria um imenso favor*", disse ele. *Foi um imenso favor para mim*, pensou Eliza. Ela adorava o seu recém-nascido, mas estava se sentindo massacrada por estar acordando a noite inteira, experimentando os desequilíbrios hormonais e tudo o mais que faz parte do pacote da maternidade. E seu encontro com Tyler efetivamente salvou-a de um afogamento. Ela fechou os olhos e tentou se lembrar de como se sentiu e da razão pela qual ele a fez se sentir tão bem.

Ela havia combinado encontrá-lo no seu quarto de hotel, no Mark. Chegou cedo, nervosa e detestando o fato de estar nervosa. Ele era apenas um ser humano, pensou ela. Por que ficar nervosa? Os atores de Hollywood eram paparicados demais. Na certa ele seria exatamente como todos os outros. Ele estava ao telefone quando ela entrou, e seu assessor de imprensa recebeu-a e lhe ofereceu água. Enquanto conversava educadamente com o assessor, ela observou Tyler de esguelha. Ele era bem mais bonito pessoalmente, um tipo bastante incomum, porque ela achava que os atores eram sempre menos atraentes ao vivo: em geral bem mais baixos do que aparentavam na tela e com traços delicados e irreais, ou então muito fortes de frente mas com a cabeça disforme se vistos de perfil. Com as atrizes acontecia o contrário: elas eram bem mais atraentes pessoalmente, todas magérrimas. Tyler era uma exceção. Tinha mais de 1,80m, um corpão moreno e másculo, e traços marcantes. Ele era homem da cabeça aos pés.

Ele lhe entregou a água. Sorriu. Pediu ao assessor que saísse, o que este fez com relutância. Eles falaram sobre coisinhas irrelevantes, seu último filme, onde ele comprava roupa, e em seguida sobre coisas mais importantes, entre elas por que ele tinha ficado com a terrível reputação de briguento, suas bebedeiras, que o deixavam muito arrependido mas que mesmo assim ele se recusava a ser abstêmio, como sua mãe morreu de câncer e a natureza da fama. Escureceu lá fora, começou a chover e Eliza ligou para a sua babá e avisou que iria atrasar. Tyler lhe disse que ela estava muito bem para uma mulher que acabara de ter filho. Ele fez um pedido no bar do hotel. Aí a entrevista tomou um rumo estranho.

Tyler estava reclinado, sem sapatos, as pernas no braço do sofá, jogando amendoins na boca. Ela, por sua vez, sentara-se no chão, de pernas cruzadas, e girava o vinho tinto no copo.

"Por que você acha que as pessoas são obcecadas por gente famosa?", perguntou Eliza. "Quer dizer, por que você acha que elas querem seu autógrafo ou uma foto sua? O que é isso, a seu ver?"

"Ah, eu acho que sei o que é. Acho que na verdade as pessoas não estão com todo esse entusiasmo por me verem; acho que elas estão mais entusiasmadas com o fato de eu vê-las. É assim: se alguém famoso, alguém que todo mundo conhece, vê você, um sujeito médio, um zé-ninguém, isso de certo modo valida você. É muito louco, mas as pessoas acham que se eu as vejo, reconheço, se fumo ou bebo com elas, então elas existem."

Eliza pensou durante um momento sobre o que ele dissera. Achou que era isso mesmo. Muitas pessoas queriam ser reconhecidas, notadas.

"Você está certo. E tenho certeza de que todo mundo quer que um pouco do seu brilho passe para elas."

Tyler sentou-se direito e sorriu. "Não sei se tenho brilho; sei que tenho fogo. Ei, você quer uma cerveja?"

"Não, obrigada", disse ela olhando-o ir até o minibar. Já eram quase cinco horas. Ela estava bêbada e tinha um bebê em casa. "Eu preciso ir..."

Tyler voltou-se surpreso. "Por quê? Achei que estávamos apenas começando."

Ele olhou-a durante bastante tempo e ela notou intensidade no seu olhar. Ela já havia observado seu olhar na tela, mas na vida real ele era avassalador, e sobretudo agora, quando se dirigia a ela.

"A babá...", disse ela sem muita convicção.

Ele olhou-a novamente e percebeu que ela vacilava. "Você nem me perguntou sobre o meu próximo filme", insistiu ele, voltando ao sofá e desabando nele. Sorveu um gole da cerveja.

Eliza virou-se e ficou diante dele. "Ah, é mesmo! O que é que vai ser?"

"Eu vou representar o sr. Darcy. Vão fazer outra refilmagem de Orgulho e preconceito.*"*

Eliza gemeu. "Não! Outra vez?! Ninguém merece. Não se ofenda, mas a versão da BBC com Colin Firth foi magnífica! Por que é que você concordou em fazer isso?"

"Calma, o livro foi passado para o teatro e estão levando a peça em Londres. E por que não? Eu quero representar um personagem adorável. Todo mundo gosta do sr. Darcy. E o que você tem contra isso?"

"Em primeiro lugar, ele não chega a ser adorável. Embora todas as mulheres adorem o Darcy. Eu não posso negar que também faço parte desse fã-clube", disse ela sorrindo.

"Eu só li o livro, e ele parece um sujeito desagradável. Até o final achei que as mulheres gostariam do Bingley, o cara rico e bonzinho. Ele é todo doce e sensível, interessado e generoso. É disso que as mulheres gostam, pelo menos de acordo com as revistas femininas."

"Não, não! As mulheres gostam de duas coisas: de início elas querem que o cara seja um grande canalha, mas depois que ele mude por causa delas. Não há nada mais sexy *do que um cara mudar por sua causa."*

Tyler concordou. "Então está certo."

"E o que acontece com o Darcy", começou Eliza, o vinho controlando seus pensamentos, "é muito parecido com o que você disse sobre as pessoas famosas. Elizabeth Bennett, e a Jane Austen deixa isso claro, não é a moça

mais bonita da sala ou da cidade, mas é a mais inteligente, a mais desejável se você a conhecer bem, e certamente a mais acessível aos leitores. Porque é assim que todas as mulheres se vêem: como a mais especial quando a conhecemos bem. É por isso que a gente adora o Darcy. Ele pode ter a mulher que que quiser em Londres ou em Hertfordshire, mas ele escolhe a que tem cérebro e espírito..."

A voz de Eliza falhou e isso a constrangeu. Ela olhou para Tyler, sentado no sofá e observando-a muito atento. A sala estava escura e a chuva voltava a cair lá fora.

"Essa parece ser uma descrição de você", disse ele. Antes que ela pudesse responder, Tyler se pôs de pé e se aproximou dela. Tomou-lhe o rosto entre as mãos, inclinou-se e beijou-a. Eliza estava perplexa. Inicialmente não retribuiu o beijo; depois devolveu-o e se recolheu.

"Tyler...", pediu ela baixando a cabeça para que seu olhar não encontrasse o dele.

"Eu sei que você sente a mesma coisa", disse ele acariciando-lhe os braços.

"Eu sou casada...", insistiu ela sem muita convicção. Era casada, mas aquilo parecia muito idiota. Sentia-se de volta ao colegial, dizendo falsamente ao Danny que estava menstruada apenas para não fazer sexo com ele. Ela se sentiu imatura. Imatura por não querer trair, perguntou-se ela? Isso mesmo.

"Só por isso?", indagou Tyler, erguendo o queixo de Eliza para obrigá-la a encará-lo.

Ela olhou em seus olhos. Sentiu como se estivesse num filme. Se ela fosse uma atriz e pudesse ir até o fim com ele e depois ir falar com o Declan: É, meu bem, hoje eu fui até o fim com o Tyler Trask, durante o meu trabalho... Mas ela estava na vida real.

"Seria injusto, errado", disse Eliza sussurrando. Ela sentiu no rosto a respiração de Tyler, e as mãos dele continuavam acariciando-lhe os braços. Teria sido tão fácil render-se e sentir aquele peito firme contra o dela. Ele parecia tão grande e forte, e ela gostou de se sentir pequena e frágil ao lado dele. Isso a fazia se sentir segura e protegida. Mas ela não estava mais segura.

"Não está errado", disse Tyler olhando para ela. "Você é apenas humana. Você não precisa ser uma boa menina, Eliza. Basta fazer o que o seu coração manda."

Foram as palavras "boa menina" que levaram Eliza de volta à realidade. Ela levantou-se de um salto.

"Eu preciso ir", disse ela indo até a cadeira e pegando sua bolsa e o casaco. Em silêncio, Tyler observou-a recolher suas coisas.

"Sinto muito", desculpou-se ela suavemente. Eliza estava constrangida mas determinada a sair dali. Estranhou que Tyler não dissesse nada, simplesmente a seguisse com um olhar cheio de curiosidade. Quando chegou à porta, ela se voltou e encarou-o. "Numa outra vida...", sugeriu ela. Pareceu bobo, mas era verdade. Ela seria dele se as coisas fossem diferentes.

"Eu sei que vou te ver outra vez, Eliza. Nesta vida. Sei que isso está fadado a acontecer. Vou esperar você me ligar", disse ele com tanta força que Eliza ficou convencida. Ele se inclinou para a frente e lhe deu um beijinho na face. Ela abriu a porta e se foi.

* * *

Subitamente Eliza estava de volta à sua cama em Palisades e já atrasada para levar Donovan para a escola. Ser uma boa menina fazia algum sentido? Por que não viver a vida?

Onze

Às dez da noite, Helen finalmente se levantou, vestiu às pressas sua calça do exército e uma camisetinha preta James Perse e preparou uma xícara de chá. Envolveu com as mãos a caneca, deixando o vapor fazer um minitratamento em seu rosto, e abriu a porta de tela. Depois de se instalar na sua cadeira preferida no *deck*, que lhe oferecia uma visão do mar ainda não comprometida pelos homens, ela sorveu um gole do chá de gengibre vermelho e pensou no que faria naquele dia. Subitamente o telefone interrompeu seu devaneio. Ela não iria atender, mas Wesley sempre a censurava por isso. *E se aconteceu alguma coisa com a Langley?*, era o que ele dizia. Ela não queria discutir por causa disso, e assim entrou relutantemente dentro de casa e pegou o telefone sem fio.

"Ah, alô, Helen, é Margaret", disse sua sogra do outro lado da linha. Embora já fosse velha, sua fala britânica continuava enérgica e jovial, ainda que sem nenhum calor.

"Alô, Margaret, você levantou cedo. Que horas são na Inglaterra?"

"Ah, nós não estamos na Inglaterra, ainda estamos em Nova York", respondeu Margaret.

"Nova York? Eu não sabia que vocês estavam em Nova York. Você vão vir para Los Angeles?", perguntou Helen, esperando ouvir um não como resposta.

"Não. Foi por isso que Wesley veio nos ver no último fim de semana. Foi muito divertido, embora a gente tenha lamentado não ver você e a Langley. Mas vamos fazer umas compras amanhã e eu preciso saber qual é o tamanho dela. Quero comprar uns vestidos adequados. Wesley me mostrou algumas fotos e achei que ela estava vestida de um modo um pouco... descontraído. Como uma *hippie*. Descobri uma loja chamada Bonpoint que é simplesmente encantadora, adorável..."

Enquanto continuava a conversa, Helen começou a divagar. Wesley tinha ido visitar os pais em Nova York? Ela sabia que ele tinha ido a Nova York, mas achava que era apenas para conversar com um roteirista sobre um filme. Ele não havia mencionado que seus pais estavam lá. Por que ele não contara a ela? Por que ele não queria que ela fosse? Ela adorava Nova York. Teria sido divertido levar Langley; ela não ia lá desde muito pequena. Elas poderiam ter ido a Serendipity e talvez a algum *show* na Broadway. Por que Wesley não a convidara?

Todas as inseguranças mais profundas e obscuras de Helen a assaltaram. Wesley estava com outra mulher? Ele tinha vergonha dela? Por que é que eles nunca contavam nada um ao outro? Ela desligou o telefone rapidamente e entrou no escritório de Wesley. Encontrou-o sentado no sofá de couro, entregue à leitura de um roteiro.

Ela encostou na soleira da porta e ficou observando-o. Seus traços haviam endurecido nos últimos anos e ele tinha mais rugas na testa. Essas mudanças, aliadas à queda de cabelos, davam-lhe uma impressão mais distinta. Wesley parecia alguém que conseguira o que queria. Ele tinha aquele maravilhoso sotaque da aristocracia britânica, aquele modo de andar confiante de Oxford e aqueles modos suaves de Sloane. E no entanto... ele não conseguira o que queria. Seus bisavós tinham conseguido.

"Você não me contou que foi encontrar seus pais em Nova York", começou Helen de braços cruzados.

Surpreso, Wesley ergueu o olhar. "Não? Perdão, amor."

"Por que é que você não quis que eu fosse?", perguntou ela, com a voz magoada.

"Não achei que você iria gostar de ir. Você não gosta dos meus pais", disse ele numa voz sem entonação, mas denotando mais surpresa do que recriminação.

"Eu gosto dos seus pais", corrigiu ela, sem muita ênfase. Na verdade ela não gostava. "Estou simplesmente perplexa por você não ter me convidado."

"Sinto muito, amor. Da próxima vez você será convidada."

Helen olhou para Wesley, que a olhava. Ela não sentia raiva, apenas... vazio. Era mais uma fachada, como se ela devesse se importar com o fato de ele não a ter convidado. Ela também sentia que não estava certo ele não ter sequer comentado com ela. Mas na verdade eles não se falavam mais. E ela se lembrava de que, quando ele estava contando que ia para Nova York, ela tinha atendido um telefonema do seu professor de cerâmica, bem no meio da conversa. Talvez ele tivesse falado, não fosse aquela interrupção.

"Bom, eu vou sair", comunicou ela.

"Divirta-se", disse ele, já com os olhos no roteiro.

Helen afastou-se, os pés descalços formigando por causa do piso frio de concreto enquanto voltava para o pátio. Ela e Wesley viviam vidas separadas. Literalmente não tinham nada a dizer um ao outro. Será que algum dia tinham tido? Ela não se lembrava. Haviam cultivado um nível de alheamento que isolava a potencial hostilidade de seu relacionamento. Mas agora esse alheamento era tão normal que seria estranho existir sem ele. A única coisa sobre a qual eles discutiam era

Langley, e nesse ponto Helen havia cedido anos atrás. Wesley tinha razão, ele *era* um progenitor melhor. Ele nunca diria algo do tipo, mas ela sentia isso. E, de qualquer modo, o que ela sabia sobre criação de filhos? Fora adotada num orfanato coreano, abandonada pelos pais biológicos apenas para ser "salva" e transportada para Orange County por fanáticos religiosos a quem ela nunca se ligara. Tudo bem, Wesley, ponto para você. Helen sentiu a raiva ferver dentro de si. Culpava Wesley por todas as coisas desagradáveis e por todas as inconveniências da sua vida. Sabia que isso era errado, mas ele estava ali, estava por perto, e quem mais ela poderia culpar?

Por que eles tinham se casado? Deve haver alguma razão que a levara a se casar com ele. Ele era mais velho, mais sábio, e ela se sentia segura com ele. Subitamente ela se arrepiou. Seria somente por que...? Não, não podia ser. E, no entanto, a sua única lembrança de ter verdadeiramente amado Wesley e saber com certeza que ele seria a pessoa ideal para ela fora naquela noite. Ah, meu Deus, ela detestava pensar naquela noite.

Helen apoiou a cabeça no espaldar da cadeira e fechou os olhos tentando pensar em outra coisa, mas sua mente continuava vagando para o momento que definiu as coisas entre ela e Wesley. Ela era jovem. Tinha se formado em comunicações na Universidade de Boston e fora para Los Angeles tentar a sorte no mundo do cinema. Ela não conseguira uma cobiçada vaga no programa de *trainee* da Creative Artists Agency. Em vez disso, optou por um emprego de assistente de desenvolvimento, lendo roteiros de candidatos a filmes na pequena companhia produtora de Dirk Hastings, um importante diretor cujos últimos filmes de ação haviam rendido juntos mais de um bilhão de dólares. Teoricamente era um trabalho glamouroso: ela se encontraria diariamente com roteiristas e futuros diretores, ouviria conversa fiada e depois, à noite, leria roteiros num esforço para encontrar o próximo filme que Dirk iria produzir. O problema era que Dirk já tinha os seus próximos cinco filmes escolhidos e não estava minimamente interessado em produzir um filme com um diretor novato (embora declarasse em todas as entrevistas que pretendia "cultivar talentos"). Assim, o trabalho dela era uma falsidade explicável apenas pela vaidade de Dirk. Ele tinha um escritório luxuoso num *loft* da Sunset, mas, como somente duas outras pessoas trabalhavam lá, Helen se lembrava de se sentir extremamente entediada naquele emprego.

Bons tempos, pensou Helen. Todas as possibilidades do mundo, nenhuma obrigação. Ela passava as tardes com amigas da Universidade de Boston em festas da indústria cinematográfica para as quais seus patrões tinham sido convidados mas as mandavam representá-los, ou em horríveis *happy hours* em que havia "bebida grátis para as mulheres"; nestas elas comiam bobagens e conseguiam economizar o dinheiro do jantar. Tudo era muito despreocupado até aquela noite. Naquela noite fatídica. Helen estava num bar em Melrose com uma amiga cujo nome ela tinha esquecido, deixando um ruidoso grupo de australianos pagarem drinques para elas, quando sentiu um tapinha no ombro. Virou-se e viu um homem mais velho, bem vestido, ligeiramente calvo mas com olhos juvenis.

"Oi, Helen", disse ele com sotaque britânico.

Ela não tinha idéia de quem era. "E aí, tudo bem?"

"Estou bem." Ele olhou para ela e sorriu. "Wesley Fairbanks. Eu conversei com você na semana passada sobre a possibilidade de dirigir Fogos de artifício.*"*

"Claro!", afirmou Helen, ainda sem se lembrar dele. O homem tinha um aspecto tão insípido, será que ela de fato havia conversado com ele? Ela teria se lembrado do sotaque, não teria?

"Bom, até logo", disse ele.

"Não!", protestou ela, incomodada. "Fica aí e bebe alguma coisa com a gente!"

Ele era simpático. Os dois conversaram a noite inteira. Ela não se sentia minimamente atraída por ele, mas ele falava muito bem e era muito inteligente, e isso a impressionou. Ele não se parecia com nenhum conhecido dela em Hollywood. Era totalmente despretensioso, um pouco embaraçado ao buscar trabalho, reservado e polido. Ela estava se divertindo, mas sentia o abismo da idade entre eles e durante a conversa sentiu-se jovem e tola em vários momentos. Não chegou a perceber que ele a olhava de um outro jeito, e se surpreendeu quando ele a convidou para sair.

"Ah, está bem", disse ela. Ela não queria ser esnobe, mas de fato não estava interessada. Ele era velho! E ela só saía com caras mais jovens, caras realmente gostosos, que se pareciam com Brad Pitt.

"No Morton's? Sexta-feira às nove?", perguntou ele.

Ela sempre tinha querido ir ao Morton's. Aquilo parecia muito maduro. Já estava meio cansada de sair com amigos e aproveitar os aperitivos de graça na happy hour. *Tudo bem, ela sairia com aquele cara para ter um bom jantar sem gastar nada.*

"Claro. Mas às dez", propôs Helen. Ela não queria passar a noite toda com aquele sujeito, e pensou que se bebesse um pouco no Trader Vic's seria ótimo.

"Tudo bem. Combinado", disse ele, contente.

Ela anotou o compromisso na sua agenda e não pensou no assunto durante o resto da semana.

Na sexta-feira, Dirk fez uma de suas raras aparições no escritório. Ele era alto e magro, com cabelos fartos, e tinha uma voz forte que podia ser ouvida do outro lado da sala. Helen se sentia um tanto intimidada na sua presença. Ela ouvira falar que ele era mau com as mulheres que trabalhavam nos seus filmes, até mesmo atrizes famosas. Sempre dizia a elas que eram muito gordas e chamava seus agentes para reclamar que elas estavam arruinando o filme por causa de sua obesidade, quando na verdade eram quase anoréxicas. Era um tipo de distúrbio. Ela tinha ouvido falar que ele odiava as mulheres, e dava para acreditar nisso. Mas ele era brilhante, o que mudava as coisas. Brilhante e difícil, um pouquinho louco mas apaixonado, e assim, obviamente, todas as mulheres com quem ele entrava em contato acabavam se sentindo atraídas, e com Helen não foi diferente. Parecia que Dirk nunca a havia notado; embora o escritório fosse tão pequeno e eles já tivessem tido muitas reuniões juntos, ela achava que, se se encontrassem em outro contexto, ele não teria idéia de quem era ela. Mas naquela sexta-feira Dirk entrou intempestivamente no escritório falando sem parar sobre os males do estúdio e parou de repente na mesa de Helen.

"O que é que você acha, Helen? Acha que eu devo mandar esse pessoal da Paramount se foder?"

Helen ficou tão surpresa com o fato de ele saber o nome dela que nem pensou antes de responder à pergunta. "Acho", concordou ela.

"É o que eu achava! FODA-SE O MEU AGENTE! FODA-SE O MEU ADVOGADO! Eles simplesmente querem o meu dinheiro!", disse ele pisando com força no chão de sua sala. Ele entrou e logo depois pôs a cara para fora.

"Você vai jantar comigo hoje. Você provavelmente gosta de sushi. *Como os que sua mãe fazia?"*

"Eu sou coreana, não japonesa, e minha mãe é uma loira de olhos azuis de Orange County que só sabia esquentar comida pronta no microondas", disse Helen, num tom azedo. "Mas tudo bem, eu gosto de sushi.*"*

Ele ficou totalmente perplexo. "Ótimo. A gente sai assim que acabar."

Helen estava sem fala. Não sabia se devia se sentir magoada ou se manter imperturbável, e assim optou por ignorar o fato.

Mas no fim do dia, quando todos da companhia já tinham ido embora e Dirk ainda não havia saído da sua sala, Helen pensou que talvez tivesse interpretado mal alguma coisa que ele falara. Ele a havia convidado para jantar? Ela o via através da porta de vidro da sala, conversando ao telefone, as pernas sobre a mesa e a mão entrando e saindo num saco de salgadinhos. O relógio já tinha marcado a hora de saída e Helen continuava ali. Finalmente ela resolveu bater na sala para ver se ele estava pronto. Dirk olhou para ela e chamou-a para entrar, ainda ao telefone.

"Foda-se esse idiota, foda-se", esbravejou ele ao telefone.

Helen ficara ali, as costas apoiadas na porta, e esperou. Dirk continuou falando durante uns dez minutos, ela começou a sair e então ele ergueu o dedo num sinal para que ela esperasse. Finalmente ele desligou o telefone.

"O que é que você quer?", perguntou ele num tom áspero.

"É que... você me convidou para jantar", respondeu ela frouxamente.

"É verdade?", disse ele examinando-a de alto a baixo. Ela ficou mortificada. "Tudo bem."

Ele abriu a primeira gaveta da escrivaninha, tirou um saquinho de pó branco e um espelho e começou a fazer carreiras com uma nota de vinte dólares enrolada. Aspirou forte a primeira carreira e depois a segunda, e então olhou para Helen.

"Quer um pouco?"

Ela não sabia. Experimentara cocaína uma vez e não ficara louca por aquilo — preferia maconha ou cogumelos —, mas tudo bem. Ela se inclinou e aspirou uma carreira.

"Vamos", disse ele guardando na gaveta toda a parafernália da droga e fechando-a.

Eles foram para um restaurante japonês desconhecido, onde os garçons colocaram o sashimi *diante deles sem sequer perguntar o que queriam. Helen e Dirk não falaram muito, e ela começou a se perguntar o que estava fazendo ali. Será que ele simplesmente não queria ficar sozinho? Talvez ele tivesse visto que cometera um erro, mas não sabia como cair fora.*

Depois do jantar, Dirk convidou-a para ir à casa dele. Ela não queria ir, mas algo nele a amedrontava. Ele era muito instável, exatamente o tipo que faria uma cena se ela dissesse não. Por isso concordou. Ela havia ido de carro para o trabalho, e assim precisou segui-lo no seu Honda. Ele dirigia um Porsche novo turbinado e obviamente adorava correr. Sem ter a menor consideração pelo fato de que ela estava tentando acompanhá-lo e não fazia idéia de onde ficava a sua casa, ele saiu a toda velocidade, subindo sempre por Hollywood Hills, voando pelas esquinas daquelas ruas estreitas que só comportavam um carro por vez.

Sua casa era uma feia estrutura moderna que balançava na extremidade de um barranco, sem área livre na frente nem atrás, e com portões de metal que eram como um mau presságio. Obviamente Dirk não esperou até ela sair do carro; entrou na casa e a deixou sozinha com dois pit bulls *babentos que latiam manifestando claramente que não chegavam a estar emocionados com a sua visita. Quando entrou na sala de estar, ela viu, apesar da escuridão, um enorme televisor e uma parede inteiramente coberta com equipamento de som estereofônico, alto-falantes gigantescos e muitas prateleiras de CDs. Havia sofás de couro preto, um tapete fofo e um lustre de discoteca pendurado no teto.*

"Dirk?", chamou ela.

"Estou aqui." A voz chegou de outro cômodo. Helen atravessou a sala e se viu num vestíbulo; depois entrou no que devia ser o quarto de Dirk, que cheirava mais cocaína, sentado numa cama king size *com lençóis pretos.*

"Sente-se aí", disse ele sem olhar para cima.

Helen estava se sentindo cada vez menos entusiasmada com aquela aventura. Ela ficara lisonjeada com o convite de Dirk para jantar, mas agora ele a enojava: era apenas um idiota dependente de drogas. Além disso, eles não tinham nada em comum.

Dirk ergueu os olhos e ofereceu cocaína. "Não, obrigada", disse ela.

Ele deu de ombros e pôs a cocaína no criado-mudo. Antes que ela desse pela coisa, ele a puxara para si, tirara-lhe a blusa e estava amassando seus seios.

"Ai, Dirk..."

"Shh...", ordenou ele. Recostado, ele tirou a calça e então puxou o braço de Helen até ela ficar de joelhos do lado dele.

"Faça o seu trabalho", comandou ele.

Helen sentiu que ele ao mesmo tempo a atraía e repugnava. Ela nunca havia estado com alguém tão mandão, e francamente isso era um tanto pervertido. Ela fez o que ele mandara. Depois de ejacular, ele recostou-se na cama. Ela limpou a boca e se pôs de pé. Não haveria uma réplica?

"Ei, gracinha, não vai me dar nada em troca?", perguntou ela, atrevida.

Dirk fechou os olhos e cruzou as mãos na nuca. "Não, obrigado."

Helen sentiu o sangue afluir ao seu rosto. "Isso não é legal", disse ela.

Dirk abriu os olhos e olhou-a surpreso. Ele então se inclinou sobre o criado-mudo e cheirou mais duas carreiras de cocaína sem dizer uma palavra.

"Eu vou embora", decidiu ela por fim.

"Não vá. Quero que você veja comigo aquele filme francês", pediu ele, pegando o controle remoto e ligando o grande televisor. Mas então ele se levantou e começou a andar. "Ou vamos dançar? Você quer dançar?"

"Não, obrigada", disse ela. E percebeu que as drogas o estavam atordoando. Ele entrava agora naquele estado frenético que ela já havia visto em demasia em Hollywood.

"Então vamos ouvir música", propôs ele indo para a sala. Ela o seguiu e ele ligou uma música tecno num volume extremamente alto.

"Espera, eu quero que você ouça isso", disse ele e começou a procurar como um louco entre os seus CDs.

"Eu vou embora", repetiu ela, já em direção à porta. Os cachorros saíram da cama e começaram a latir, e, exatamente quando ela ia sair, Dirk pôs a mão na porta e fechou-a com um estrondo.

"Você não vai embora", ordenou ele sem modular a voz. O olhar dele a dardejava com tanta intensidade que ela teve medo.

"Dirk..."

Então o seu comportamento mudou e ele ficou mais grave. "Por favor, fica", gemeu ele. "Mais uma música."

Ela permaneceu onde estava, congelada, observando-o. Ele estava mexendo nos CDs, descartando esse e aquele, e de repente se levantou e foi até o bar. Abriu uma gaveta, tirou de lá mais cocaína e fez outra carreira.

"Isso é bom demais...", disse ele, lançando a cabeça para trás.

Subitamente ele caiu de costas. Os cachorros começaram a latir, subiram e lamberam seu rosto, mas ele continuou imóvel.

"Dirk?", chamou Helen.

Ele não respondeu. Ela esperou e depois chamou outra vez. "Dirk?"

Os cachorros ainda lambiam o rosto dele e Helen foi olhar mais de perto. Havia espuma saindo da sua boca. "Dirk!", gritou ela freneticamente, o ouvido colado ao seu coração. Não havia batimentos.

"Ai, meu Deus!"

Ela não sabia o que fazer. Ligar para o 911? Se fizesse isso ela ficaria envolvida num escândalo de sexo e drogas. Ligar para um amigo? Mas quem? Correu até a bolsa e tirou de lá a sua agenda. Ficou surpresa ao descobrir que naquela noite deveria ter saído com o cara chamado Wesley. No Morton's. Droga! Ela olhou para o relógio. Eram 10:13. Ele provavelmente ainda estava lá, esperando. Por alguma razão ela se convenceu de que precisava contatar Wesley. Ele é mais velho, parece maduro, vai saber o que fazer. Ela ligou para o Morton's, explicou a quem estava do outro lado da linha que precisava falar com Wesley Fairbanks e esperou até ele atendê-la.

"Você precisa vir aqui e me encontrar", disse ela, e Wesley concordou. Ela remexeu na carteira de Dirk até encontrar o endereço exato na carteira de habilitação, e então o passou para Wesley, pedindo-lhe que se apressasse.

Durante o que lhe pareceu uma eternidade, Helen ficou andando de um lado para o outro na sala. Os cachorros ainda latiam mas já haviam se acalmado bastante e acabaram voltando para a cama. Era estranho ver Dirk morto. Estar na mesma sala que o corpo a enchia de medo, então ela se sentou no quarto. Subitamente a campainha soou e os cachorros voltaram a latir. Helen foi abrir a porta e Wesley entrou. Ele lhe pareceu adorável num blazer *de* tweed *com gravata. Ela apontou Dirk. "Meu chefe..", disse.*

Wesley — ele merece que se diga isso — permaneceu absolutamente calmo, como se visse gente morta a todo momento. Verificou o pulso de Dirk e confirmou que ele estava morto. "O que é que você quer fazer", perguntou ele, sereno.

"Quero sair daqui, diabo! Queria nunca ter estado aqui", disse ela. Sabia que devia chamar a polícia ou uma ambulância, mas de que isso valeria? Ele estava morto.

"OK", disse Wesley, como se deixar a cena de um crime, ou de uma morte, fosse totalmente normal. "Mostra para mim tudo que você tocou."

Helen observou Wesley limpar suas impressões digitais, limpar as paredes em que ela podia ter encostado e apagar os seus vestígios. Ela se impressionou com a aparência de total controle e sangue frio de Wesley. Ele não tinha lhe feito nenhuma pergunta constrangedora, como por exemplo se eles chegaram a fazer sexo ou qualquer coisa do tipo; apenas tentava consertar a enrascada em que ela se metera.

"Nossa!, parece que você já fez isso antes", disse Helen, numa tentativa pouco convincente de fazer uma brincadeira para quebrar o gelo. Wesley ergueu os olhos para ela mas não disse nada. Depois voltou a limpar. Quando eles resolveram que tinham acabado, ele se virou para ela.

"Você não deve jamais dizer que esteve aqui. Faz de conta que isso nunca aconteceu", ordenou ele com suavidade mas firmeza.

"Eu prometo", disse Helen meneando a cabeça.

Helen olhou para o corpo com uma sensação de repulsa. Dirk era um cara desprezível, merecia morrer. O simples fato de estar morta não torna boa uma pessoa. As pessoas boas morrem, mas as ruins também morrem. A única coisa que se pode esperar é que as ruins morram antes que as boas.

Wesley levantou-se e pôs os braços em volta de Helen. "Você vai ficar bem. Vou cuidar disso", garantiu ele.

Ela se voltou e olhou para Wesley, que a tinha salvado. Nesse momento Helen soube que se casaria com ele. Ele a tinha salvado, isso era o destino. Eles deviam ficar juntos.

Na segunda-feira, Helen foi trabalhar. Quando seu superior lhe disse que Dirk tinha sido encontrado morto por causa de uma overdose *no fim de semana, ela se concentrou em Meryl Streep e simulou ter sentido um grande choque e depressão. Foi capaz até de derramar algumas lágrimas para coroar seu desempenho. Ninguém suspeitou de nada.*

Isso tinha sido anos antes. Eles se casaram, tiveram uma filha e... e o quê? Helen não podia pensar em nada mais. Wesley havia atendido ao seu pedido, cuidando das coisas, e ela se casara com ele. A clássica donzela angustiada. Ela achou que ele poderia salvá-la para sempre, mas ela percebia que continuava angustiada. Talvez ele não fosse o seu cavaleiro vestido com uma armadura brilhante. Talvez ela tivesse se enganado. E se o homem com quem ela *devia* estar ainda a esperasse lá fora? E se essa pessoa fosse aquela que a faria se sentir inteira?

Doze

Leelee esperava ansiosamente Brad chegar em casa. Era um dia importante, porque ele iria cobrar a promoção que, há semanas, seu chefe vinha sinalizando. A promoção significaria mais dinheiro, o que poderia significar uma nova casa. Secretamente, Leelee já havia procurado o corretor de imóveis e olhado, ainda que apenas de relance, algumas casas. Ela sabia que Brad ficaria chateado e se sentiria pressionado, mas queria sair de qualquer jeito daquele cafofo que ela chamava de casa.

Outra coisa que viria com essa promoção era uma possível mudança em Brad. Com a pressão do trabalho, ele tinha se tornado mal-humorado e rabugento, além de completamente distante. Embora tivessem bons momentos, ela não conseguia superar seu desapontamento com ele, e ele percebia isso. Ela era obcecada com tudo o que não podia comprar e com o fato de já estar com mais de trinta anos e suas amigas estarem em situação bem melhor que a dela. Não queria ligar para isso, mas ligava! Brad a decepcionara. E agora isso estava comprometendo tudo. Eles praticamente não tinham vida sexual: no começo ela não estava interessada e depois era ele que não se excitava. Ela sabia que isso acontecia porque ele não se sentia homem, e quanto a isso não havia nada que ela pudesse fazer. Francamente!

Era ela que estava tentando melhorar a situação deles, decorando lindamente a casa, conseguindo que eles entrassem nos clubes certos e garantindo que seus filhos freqüentassem as escolas certas e tivessem as crianças certas como amigos. Tudo o que ele precisava fazer era trazer dinheiro para casa. Mas ele não conseguia. Seria diferente se ele tivesse uma expressão feliz, mas estava ficando impossível viver com uma pessoa tão deprimida.

Jack nunca faria isso com ela, pensava Leelee. Cada vez mais ela comparava a sua vida com a dele. Se fosse mulher de Jack tudo seria ótimo. Mas ele tinha escolhido Tierney, uma moça superficial, tola, que gostava de sair toda noite. Talvez ele tivesse se arrependido. Talvez ela realmente devesse seguir o conselho de Victoria e ir atrás de Jack. Por que não?

Brad entrou em casa e pôs a pasta num canto enquanto Leelee saltava do sofá de onde estava lendo *Eloise in Moscow* para as meninas.

"E aí?", perguntou, ansiosa. Ela tinha notado que ele estava usando seu melhor terno e as abotoaduras de ouro com o seu monograma, que ela lhe dera de presente de casamento.

Brad balançou a cabeça e foi para a cozinha.

"O que é que você quer dizer?", perguntou Leelee com o sangue subindo.

"Ele disse que não", contou Brad, abrindo a geladeira.

"Foi assim? Você perguntou..."

"Ele disse que eu preciso atrair mais clientes e coisas do tipo, só para enrolar."

"Você acha que ele quer que você saia?", perguntou Leelee, com a voz trêmula.

"Eu não quero falar sobre isso", respondeu Brad, interrompendo-a. Ele foi até o fogão e levantou a tampa de uma panela. Ao ver que eram bolinhos de *soba* com *tofu* e broto de feijão torceu o nariz, com repugnância, e voltou a tampar a panela.

"Brad", começou ela.

"Eu não quero falar sobre isso", insistiu ele.

"Mas a gente precisa..."

"Não, não precisa. Porque você vai dizer exatamente a mesma coisa, como isso te afeta, como *você* não pode ter a vida que quer etc. etc. etc. E eu? Essa situação está me devastando."

Leelee olhou para Brad, que estava com as pupilas brilhantes. Ele voltou para a geladeira e abriu novamente a porta, como se alguma coisa pudesse ter brotado lá dentro nos dez segundos decorridos depois de sua última inspeção.

"Lamento muito que você se sinta assim, Brad", disse ela. "Eu quero apenas o que é melhor para *nós dois* e para as nossas filhas."

"Bom, não aconteceu. E eu não posso fazer mais nada!", disse ele, batendo a porta da geladeira.

Ela teve vontade de gritar, mas em vez disso subiu calmamente para o andar de cima, entrou no banheiro e fechou a porta. Despiu-se, dobrando cuidadosamente suas roupas e colocando-as sobre o cesto de roupa suja, tirou o tapete da parede da banheira e estendeu-o delicadamente no chão. Então entrou debaixo do chuveiro. Enquanto a água quente descia pelo seu corpo, ela pensava em Jack.

Não era difícil amar Jack Porter. Carismático e brilhante como o pai, ele era até mais bonito e tinha aquela confiança despreocupada de quem é privilegiado e tem boa aparência. Era corajoso, mas não perigoso; malicioso, mas não inconveniente. Tinha modos perfeitos e falava com desembaraço em público. Seu único defeito era que às vezes ficava um tanto afetado, não agradável como de costume, mas um pouco metido e arrogante demais. Mas isso não incomodava Leelee. A constante promoção que sua mãe fazia do divino Jack Porter, aliada ao brilho que o rapaz irradiava, tornara-o sempre aos olhos dela a mais mítica, magnética e fantástica criatura. Não havia a menor dúvida de que seu coração pertencia a ele. Na cabeça dela não havia a menor dúvida de que eles terminariam juntos. Houve uma ocasião em Martha's Vineyard em que isso quase aconteceu. Tinha sido em agosto, no verão entre o penúltimo ano de Leelee na faculdade e o último de Jack. Ela se lembrava daquilo como se tivesse ocorrido um dia antes.

Leelee estava no seu quarto se aprontando para uma festa na praia quando uma brisa entrou pela janela e ela viu que teria de usar alguma coisa mais quente do que as camisetas largas e com decote em V que eram as suas prediletas. Tendo deixado em Brookline todas as suas roupas de outono e inverno, ela vasculhou a gaveta da mãe à procura de algo emprestado para usar e só encontrou um suéter preto acanelado e de gola olímpica que se moldava aos seus fartos seios. Ela ainda era um pouco sensível com relação aos seios, aborrecida por eles terem aumentado recentemente, ficando enormes. Eles a atrapalhavam no jogo de hóquei de campo, dificultavam a sua corrida e também a convertiam num objeto de indesejada atenção masculina. Ela ficava enojada quando um sujeito da idade do seu pai a encarava. Tentando evitar isso, usava sempre camisetas bem largas, mas naquela noite infelizmente ela ficara sem escolha.

Quando Leelee desceu a escada, Jack já a esperava, conversando com seu pai. Embora ele estivesse apenas fazendo as vezes de motorista, Leelee sempre fantasiava que ele era o cara com quem iria sair e que a estava buscando em casa. Jack estava rindo de alguma coisa que seu pai dissera quando se virou e viu Leelee entrar na sala. "Oi, Swifty" (ele sempre a chamava de Swifty; era o apelido — ele que gostava de apelidar todo mundo — que ele lhe dera. Ela, em troca, o chamava de Porty), Jack cumprimentou-a calorosamente. Mas alguma coisa mudara nos seus olhos escuros e ele lançou a Leelee um olhar surpreso.

"O que foi?", perguntou Leelee aproximando-se de seu pai e de Jack.

"Nada", respondeu Jack.

"Você está bonita, filha", disse seu pai. "Aonde é que vocês vão?"

"Eu estou dando uma festa na praia. Vou embebedar a sua filhinha", disse Jack, dando um tapinha nas costas do pai de Leelee. Ele riu e lhes desejou boa noite. Somente Jack Porter podia conseguir uma coisa dessas, pensou Leelee.

Logo que entrou no carro, Leelee começou a reprogramar as estações de rádio. "Você não pode ficar ouvindo essas bandas horríveis, Jack!", repreendeu ela. Leelee adorava ser maternal com Jack e freqüentemente o censurava por isso ou aquilo. Eram os papéis que eles representavam: Jack, o filho malcomportado, e ela, a mãe. Leelee achava que isso indicava a proximidade deles e demarcava território se qualquer outra garota tentasse assumir esse papel.

Depois de girar bastante os botões do rádio ela subitamente percebeu que Jack não havia dado partida no carro e em vez disso a estava olhando. Ela ergueu o olhar para ele.

"O que é?", perguntou ela. Ele a fitava de um jeito curioso que ela nunca tinha visto, como se estivesse resolvendo alguma coisa ou estivesse confuso com algo.

"Você está diferente", disse ele por fim.

Leelee enrubesceu, e infelizmente, com sua pele clara e sardenta, isso era indisfarçável. "O que é que você quer dizer?", perguntou ela na defensiva.

"Ainda não tenho certeza. Você cortou o cabelo?", perguntou Jack.

Leelee levou a mão ao cabelo vermelho e ficou brincando com as pontas. "Não."

Jack apertou um pouco os olhos, como se estivesse pensando. "Há alguma coisa que eu não estou conseguindo localizar."

Pela primeira vez Leelee sentiu que Jack estava de fato olhando para ela como uma garota e não como a melhor amiga da família, como havia sido durante tantos anos. Ela vinha esperando por esse momento fazia muito tempo, mas foi pega totalmente de surpresa.

"Mas é bom ou ruim, Porty?", gaguejou ela finalmente.

"Bom, bom!", murmurou ele, ainda olhando-a atento. Jack era capaz de comer uma pessoa com os olhos. "Vou pensar nisso, Swifty. Depois te conto", disse ele, dando partida no carro e saindo da entrada da garagem.

Já em Katama Beach, depois de terem tirado do porta-malas o barril de cerveja e o colocado ao lado da fogueira que alguns dos amigos de Jack tinham acendido, Leelee foi direto ao encontro de Hilary, que, como as suas demais amigas, sabia tudo sobre seu amor, sua total devoção a Jack e seus planos de casar com ele no futuro. Embora nunca tivessem namorado, Leelee havia deixado claro para todas que Jack era dela, e teria ficado absolutamente traumatizada se uma das suas amigas tivesse tentado conquistar o seu homem. Depois de ouvir a conversa que tinha ocorrido no carro, Hilary olhou para Leelee da cabeça aos pés.

"É porque finalmente você está mostrando o peito", disse ela, sorvendo a bebida do copo de plástico azul que segurava.

Leelee imediatamente arqueou o corpo e abaixou Hilary junto com ela até a areia. "Do que é que você está falando?", sussurrou ela, constrangida. Meu Deus, ela agora estava tão inibida naquele suéter!

"Você sempre usa umas camisetas largas, ninguém sabe que debaixo delas você tem um belo peito."

"É fácil para você dizer isso! Você é uma tábua!", retrucou Leelee. Ela estava mortificada. Será que Jack havia notado os seios dela?

"Ei, não fica ofendida, boba, isso é bom! Eu não sei por que você esconde o peito", disse Hilary.

Leelee olhou através da fogueira e viu Jack diante do barril de cerveja. Ele estava curvado enchendo com a mangueira dois copos de plástico quando olhou e viu Leelee olhando para ele. Através das chamas ela viu seu rosto se iluminar e recebeu um grande sorriso dele. O coração de Leelee derreteu.

"É mesmo? Você acha que é por isso?", perguntou ela.

"É por isso. Hoje você está um escândalo. Você devia usar roupas mais apertadas. Exibir o que tem", aconselhou Hilary.

"Tudo bem", disse Leelee, tomando um gole de cerveja. Parecia estranho, quase pornográfico, ficar de repente mostrando os seios, mas, se foi isso que fizera Jack se sentar e ficar olhando, era isso que ela devia fazer. E Hilary tinha razão: ela devia exibir o que tinha. Ela sabia que suas pernas não eram grande coisa e xingava a mãe por ter lhe transmitido aquelas coxas fortes, musculosas. Infelizmente não havia nada que as melhorasse, por mais exercício que fizesse. E Leelee fazia exercício à beça: era uma estrela nos times de hóquei sobre grama, hóquei no

gelo e lacrosse, *da universidade. O melhor era mesmo esconder as pernas atrás de calças e saias longas e mostrar os seios recém-descobertos, que poderiam ser seu passaporte para o amor.*

O resto da noite assumiu um longo tom de espera surreal. Hilary soube por um dos melhores amigos de Jack que ele estava adorando Leelee e pensava até em dar uns amassos nela. Leelee não podia acreditar. O momento tão esperado chegara. Era muito estranho, porque eles tinham se visto diariamente naquele verão. Nervosa demais com a expectativa e eufórica com o fato de que finalmente chegara o momento, Leelee acabou bebendo mais do que o normal — que já era muito. Ela enchia sua caneca a cada meia hora e tragava sofregamente a cerveja esfriada com pedras de gelo (que tinha gosto de xixi de gato). No início da noite ela não quis ficar perto de Jack, mas no final ele pôs o braço em volta dela e ficou esfregando de leve as suas costas, num comportamento bem amoroso.

Alguns casais haviam desaparecido atrás das dunas e outros estavam se arranjando no carro ou no estacionamento. Leelee se perguntou se Jack ia sugerir que eles também fizessem isso. E como ele sugeriria? Agarraria sua mão e a levaria para o escuro? A maioria das estrelas estava coberta por uma camada de neblina, e portanto a única luz vinha da fogueira. Ela se imaginou aconchegada numa duna ou debaixo da alta cadeira vazia do salva-vidas, nos braços de Jack... Era doce pensar nisso.

"Dá para acreditar que você e Jack finalmente vão ficar juntos esta noite? Isso é espantoso!", disse Hilary.

"É mesmo, é mesmo", disse Leelee segurando sobre o fogo o espeto com o seu marshmallow. *O doce estava ficando tostado, bem no ponto de ser envolvido por dois Graham Crackers e uma barra de chocolate Hershey´s, fazendo o mais delicioso S´More. "Eu sinto... bom, eu me sinto tão calma agora, sabendo de tudo o que vai acontecer. Normalmente eu não saio do lado do Jack, mas esta noite, agora que o assunto já está resolvido, posso relaxar e ficar por aqui, deixar ele conversar com quem quiser, e apenas me divertir."*

"Vocês dois formam um belo par", disse Hilary levantando-se. "Quer mais uma cerveja?"

"Claro", disse Leelee. Por que não? Ela tinha todos os motivos para comemorar.

Finalmente, depois que quase todo mundo tinha ido embora, Jack veio até ela e pôs as mãos nos seus ombros. Hilary, com quem ela estivera conversando, dirigiu à amiga um grande sorriso de cumplicidade e Leelee recostou-se no peito de Jack.

"Vamos embora?", perguntou ele.

"Vamos", respondeu ela, e voltando-se para Hilary despediu-se: "Tchau."

"Comportem-se, hein!", disse Hilary balançando o dedo na direção deles com um jeito maternal.

Jack pegou a mão de Leelee e começou a subir com ela a duna a caminho do estacionamento. "Pode deixar", gritou ele sobre o ombro.

"Prometo", disse Leelee sorrindo.

Jack estava andando rápido, e só quando começou a caminhar na areia Leelee percebeu como estava bêbada. Nossa, a sua cabeça estava girando. Se ela pudesse comer alguma coisa, acalmar um pouco aquele turbilhão. Mas isso não importava. Finalmente, ela ir beijar o Jack!

Jack abriu a porta para Leelee, que imediatamente ligou o rádio. "Eu adoro essa música!", gritou ela quando ouviu "Mr. Blue". Ela começou a cantar junto. Olhou para Jack, que deu um sorrisinho.

"Leelee...", começou ele. Ele a chamara de Leelee, e não de Swifty! Isso era o máximo!

"Ah, meu Deus, eu esqueci meus sapatos!", disse ela interrompendo-o e batendo na cabeça. "Eles estão do lado da fogueira!"

"Você quer que eu volte lá para buscar?", perguntou ele.

Eram sandálias Jack Rogers novas. Mas ela não queria que ele fosse lá. Ela estava hesitante. "Tudo bem", disse, finalmente. Ela se sentia estranha. Estava alvoroçada, sabendo que aquela noite acabaria de modo diferente. Todas as noites anteriores em que Jack a deixava em casa, e ela agradecendo e fechando a porta e entrando em casa e dormindo sozinha, com a areia dos pés sujando a cama e o cheiro de fumaça ainda no cabelo e cerveja no hálito e ninguém para se aconchegar... Tudo isso tinha acabado! Ela teria um beijo de boa-noite!

"Tem certeza?"

"Tenho, quer dizer, não, quer dizer, tenho." Ela deu uma risadinha. Era demais! Jack e Leelee sentados numa árvore, SE B-E-I-J-A-N-DO, cantou ela mentalmente.

"Você está bem?", perguntou Jack, preocupado.

"Por quê? Estou bem, estou bem", disse ela, explodindo numa gargalhada. Ela não conseguia parar. Aquilo era divertido demais.

Jack olhou para ela e então deu partida no carro. "Você bebeu demais. É melhor ir para casa", disse ele dando marcha a ré.

Então ele a beijaria na casa dela, não ali. Ótimo! Leelee baixou o vidro da janela e sentiu durante todo o tempo a brisa soprar em seu rosto. Aquilo era bom. Subitamente Jack deu uma freada brusca num semáforo.

"Desculpa, eu não vi", disse ele.

"Tudo bem", respondeu Leelee, que tinha sido impelida para a frente. Por sorte ela estava usando o cinto de segurança. Mas infelizmente a sacudida a deixara enjoada. Muito enjoada. Agora ela via bem quanto álcool tinha ingerido. Demais. Jogou a cabeça para trás, apoiando-a no assento.

"Você está bem?", perguntou Jack.

"Minha cabeça está girando...", respondeu ela. Ah, meu Deus, ela se sentia mal. "Vou vomitar...", disse por fim, projetando o corpo para a frente.

Jack encostou o carro e Leelee saiu. Ela correu para uns arbustos e, exatamente quando ele a alcançava, começou a vomitar. Vomitou muito.

"Shh, está tudo bem", disse Jack esfregando-lhe de leve as costas.

Ela não conseguiu falar. Estava muito mal, sem espaço para constrangimentos. Sentia gosto de vômito na boca, no nariz, por toda a parte. Ela nunca havia estado tão mal. Depois que ela botou para fora todo o jantar, Jack a ajudou a entrar no carro.

"Você está bem?", perguntou ele, preocupado.

Ela estava tão tonta e se sentia tão mal que pôde apenas balançar a cabeça. Começou a cochilar, e depois só se lembrava de que, antes de desmoronar na cama, ela havia sido ajudada por Jack a ir até a porta e subir a escada.

No dia seguinte, Leelee acordou mortificada e furiosa consigo mesma. Além disso, teve de lidar com uma monstruosa ressaca. Jack ligou para saber como ela estava e riu quando ela disse que estava muito constrangida.

"Não se preocupe, Swifty", disse ele.

"Tudo bem, mas eu posso me redimir com você? Vamos sair hoje, comer uns camarões fritos. Prometo que não vou vomitar", disse ela.

Jack deu aquele riso adorável. "Eu adoraria, mas vou viajar hoje à noite. O Henry Walsh está fazendo aniversário e vai rolar uma festa nos Hampton. Eu vou passar lá antes de voltar para Washington."

O quê? Ele estava indo embora? O verão tinha acabado? E o beijo? "Eu não sabia que você já estava voltando", desabafou Leelee.

"Achei que tinha te contado. Perdão."

Apesar dos elogios e brincadeiras que Jack fez nos vinte minutos seguintes da conversa, ele manteve a decisão de partir. E assim, quando ela desligou o telefone, percebeu que tinha mesmo perdido a sua chance. Sentiu-se torturada nos meses seguintes, sobretudo quando precisou voltar para a escola e ouvir as amigas falarem de seus namorados. Como é que ela podia ter ficado bêbada?

Mas uma noite, depois de muito vinho na ceia do Natal, Leelee confessou tudo para a sua mãe, que em troca deu o melhor conselho possível.

"Minha filha, você não vai querer se divertir com o Jack Porter agora! Ele é homem para casar. Deixe que ele se divirta e você também pode se divertir. Um dia ele vai estar pronto para se casar, vai procurar uma esposa e perceber que era você que ele queria durante todo o tempo", aconselhou sua a mãe.

"Você acha isso?", perguntou ela, esperançosa.

"Claro. Por que comprar uma vaca se você pode ter o leite de graça?", disse ela.

E Leelee achou que ela estava certa. Que Jack tivesse todas as suas aventuras amalucadas, ligações tolas e namoricos sem importância. Quando chegasse a hora, ela tomaria uma providência. Porque a única coisa que ela queria na vida era ser a sra. Jack Porter. Na verdade, ela achava que seria a primeira-dama Leslie Porter.

Mas não fora isso que acontecera. Aquilo tinha sido um erro terrível. Mas os erros podem ser corrigidos, não podem? Leelee saiu do chuveiro e se enxugou com uma felpuda toalha com monograma. Sim, sua vida estava toda errada. Precisava ser consertada. E havia chegado a hora.

Treze

VICTORIA CHEGARA TARDE EM CASA, depois da aula de tênis, e estava se arrumando para encontrar algumas mães da escola de seus filhos no Terry's, para um "almoço de trabalho", em que seriam definidos os itens do leilão de caridade do inverno. Ela normalmente não atendia o telefone, deixando a secretária eletrônica receber o recado, mas sem pensar atirou os tênis para o outro lado do quarto e correu para a extensão que havia do lado da cama.

"Alô", disse ela.

"Sua cobrinha, você não me disse que era a mulher do *Justin Coleman*", começou a voz do outro lado.

Victoria sentiu as gotas de suor escorrerem em sua testa. Era Wayne Mercer. Ela reconheceria aquela voz em qualquer lugar.

"Você não me perguntou", respondeu ela calmamente. Então ele havia descoberto quem ela era. Impressionante. Ela tinha dado apenas seu primeiro nome e alguns detalhes vagos, mas ele se empenhou na pesquisa. Porém, não havia razão para surpresa. Ele era um cara esperto.

"Eu sabia que te conhecia. Falei isso logo no começo", disse ele, orgulhoso.

"É verdade, você falou."

"Mas você sabe quem sou eu?", perguntou ele.

"Sei", respondeu ela.

"Não, quer dizer, você sabe *quem sou eu*?", perguntou ele.

"Você é o rival do meu marido", respondeu ela calmamente. Essa era a parte do jogo de que ela mais gostava: o gato e o rato. Não poderia ser chamada de corte, porque ela nunca havia gostado de finais de contos de fada. A perseguição fazia mais o gênero dela.

Wayne começou a rir. Victoria não gostava da risada dele; era afetada demais, pegajosa. "Você não vale nada, hein? Que tipo de mulher vai para a cama com o homem que seu marido mais gostaria de ser?"

Por algum motivo ela quis proteger Justin. "Ele não gostaria de ser você, Wayne. Ele te abomina."

"Fala sério! Ele quer minha vida, meus clientes, meu trabalho, tudo. E até a vagabunda dele me quer, então não dá para acusá-lo de nada", disse Wayne rindo novamente.

Ele era cruel. Victoria tinha esperado mantê-lo fora de tudo e achava, equivocadamente, que poderia domá-lo, mas não pôde. "Você é mau", disse ela.

"Não tanto quanto você", replicou ele quase languidamente. Depois seu tom mudou: "Vai me encontrar amanhã no nosso lugar e vai vestida do jeito que eu gosto".

"Amanhã eu não posso", Victoria começou a protestar.

"Você pode e vai", disse ele e desligou o telefone.

Por que ela sempre se metia com idiotas? Suas amigas ficavam pasmas com os homens que ela escolhia e diziam que, embora pudesse ficar com *qualquer homem* que quisesse, Victoria sempre escolhia os que a tratavam de um modo horrível, os drogados ou os idiotas. Qual seria a doença dela? Mas ela sabia da verdade: de certa forma, bem no fundo, ser a vítima num relacionamento era reconfortante para ela.

Porque, apesar de todo o seu sucesso, ela não tinha muitos outros lugares reconfortantes na sua vida interior. Victoria olhou para o outro lado do quarto, para a foto do seu casamento, e suspirou. Suas amigas tinham dito para ela não se casar com Justin. E também seu pai, mas ele era um idiota que traía sua mãe, e por isso ela não lhe deu atenção. Podia ser que o conselho dele inclusive tivesse selado o acordo. Aquilo era um grande "foda-se" para o seu papaizinho. E agora ela estava no meio de um pesadelo. Havia desejado Justin tanto, lembrou, arrepiando-se levemente com a recordação. Ele era Deus para ela. O que é que ela estava pensando?

Foi porque ele não a queria. No primeiro dia do seu estágio de verão na International Artists Association, Justin Coleman foi o único agente que não dirigiu um segundo olhar a Victoria. Ele apertou sua mão, disse um breve "prazer em conhecê-la" e imediatamente se distraiu com outra coisa. Isso nunca havia acontecido com ela, muito menos em Hollywood. Todos os outros homens, e até mulheres, lhe tinham lançado um olhar de avaliação ou voltado a olhá-la quando ela andava pelo escritório. Seu cabelo estava perfeitamente liso. Ela usava um *tailleur* Prada curto o suficiente para mostrar suas pernas bronzeadas. Calçava um Jimmy Choos de salto 5. Ela sabia que sua aparência era admirável. Se Justin fosse *gay* ele lhe teria voltado um olhar avaliador, já que cada centímetro dela estava coberto e adornado de modo preciso e elegante. Ela não podia imaginar por que ele a desprezara, mas estava determinada a chegar ao cerne da questão.

Não levou muito tempo e ela chegou: ele estava noivo de Marcy Ostroff, a filha do lendário produtor Arthur Ostroff, que nas últimas três décadas tinha tido doze *shows* de sucesso na televisão e era também um dos maiores clientes da IAA. Aquele casamento era claramente um passo na carreira de Justin, concluiu Victoria. Justin não era maravilhoso, mas era bonito, com cabelo escuro, olhos e sobrancelhas escuras. Não era alto nem muito musculoso, mas exalava confiança e atitude, e era sua arrogância que o tornava mais magnético. Sobre Marcy nem vale a pena falar. Claro, ela era magérrima, tinha seios grandes e empinados (provavelmente não dela, mas de um cirurgião plástico muito bom) e um cabelo ondulado cor de mel. Mas seu nariz fora mal trabalhado (provavelmente feito por outro cirurgião plástico), os olhos eram muito separados um do outro e, francamente, sua aparência não tinha nada de especial ou interessante. Se ela não fosse filha de Arthur Ostroff, estaria atendendo o telefone em um consultório de dentista. Em vez disso, ela era o braço direito do pai, impondo-se como "produtora associada" em todos os projetos dele, para desgosto de profissionais reconhecidos que haviam trabalhado para ele durante anos. O casamento seria em agosto, dois meses depois, e esperava-se que fosse o casamento daquele verão, talvez até mesmo do ano. Victoria prometeu para si mesma que não haveria casamento.

Para grande surpresa de Victoria, Justin mostrou-se incrivelmente imune às suas investidas. Ela tentara puxar conversas banais com ele — nunca sozinha, só quando havia muita gente no elevador ou na cozinha. Pedia orientação sobre restaurantes ou sobre onde jogar tênis, sempre lembrando a todos que ela era nova na cidade. Mas Justin nunca propôs nada. Em vez disso outros trinta colegas ligaram para ela convidando-a para jantar no Spago ou para um jogo no Bel Air Golf Club. Teimosamente, Justin se negava a morder a isca. E, para piorar as coisas, como ela era estagiária e estava numa posição subalterna, ele fazia questão de passar para ela todo tipo de trabalho. Chegara ao cúmulo de mandá-la ir ao McDonald's comprar um lanche para uma jovem estrela em ascensão que estava louca para comer McNuggets. Ou seja, Victoria estava fazendo MBA em Stanford e correndo para comprar *fast food* para uma idiota que não tinha nem completado o segundo grau. Mas ela não se queixava;

estava, simplesmente, fazendo um investimento. Usava saias curtas e flertava com todos os amigos de Justin à espera do momento em que ele a notaria.

Agora, Victoria ria amargamente ao pensar nisso. Se tivesse desistido daquilo, esquecido Justin... Mas não, ela tinha de ser teimosa. Ela tramou e planejou, e finalmente chegou sua hora. Ela estava no Fred Segal, na Melrose, experimentando uma roupa para o casamento de uma amiga, quando de repente ouviu no provador ao lado a inconfundível voz nasalada e chorosa, com os esses forçados, pedir ao vendedor que levasse outros *jeans* para ela experimentar. Victoria já havia ouvido aquela voz. No escritório de Justin, quando precisou ser telefonista dele, e até mesmo no *Entertainment Tonight.* Era Marcy Ostroff. Victoria esperou um minuto e saiu do provador. Marcy estava na frente de um grande espelho enrolando uma mecha de cabelo com o dedo e ficando de frente e de costas para se examinar. Ela estava com o *jeans* mais apertado que Victoria já tinha visto e uma camiseta enfeitada com lantejoulas. Era uma figura repulsiva.

"Está ótima!", mentiu Victoria.

"Você acha?", perguntou Marcy, retorcendo-se diante do espelho.

"Uma graça. Você tem um corpo lindo."

"Obrigada", disse Marcy, num tom que indicava sua concordância com o comentário. Ela se voltou e olhou para Victoria, que estava resplandecente num vestido branco com ilhoses. "Você também é bonita!", disse ela, como que surpresa.

"Você acha?", perguntou Victoria modestamente. Ela sabia que tinha boa aparência. "Tenho que ir a um casamento..."

"Ah, meu Deus, eu vou me casar!"

"É mesmo?"

"É. No dia 31 de agosto, no Hotel Bel Air."

"Que interessante", disse Victoria. "Acho que um cara com quem eu trabalho vai casar nesse mesmo dia..."

"Quem?", perguntou Marcy, irritada.

"Justin Coleman", respondeu Victoria.

"É o meu amorzinho!", disse Marcy, gritando de alegria. "Você trabalha no IAA?"

"Trabalho", disse Victoria. "Você deve ser a Marcy! Já falei com você por telefone! Vou te dizer uma coisa: Justin é um cara ótimo. E está completamente apaixonado por você!"

"Humm, ele é uma gracinha", disse Marcy. Ela ficou perdida em seus pensamentos e depois voltou-se para Victoria.

"Qual é o teu nome?"

"Victoria Rand."

"Eu sou Marcy Ostroff." Ela destacou bem o segundo nome, para garantir que Victoria o ouviria. "Quer almoçar comigo?"

"Claro", disse Victoria. Se para conseguir Justin ela precisava da mediação dessa senhorita, que fosse.

"Não pára, me fode", pediu Victoria. "Mete – mais forte, mais forte", repetiu ela.

Justin a imprensara contra a porta de seu escritório. Tirou sua blusa, arrancando todos os botões, e puxou para baixo sua calcinha. Agora ela estava com uma das pernas para cima e a outra enrodilhada nele. Com a calça nos tornozelos, ele sacudia Victoria com uma ferocidade que ela nunca tinha visto antes.

"Mais forte, mais forte", implorou Victoria.

"Sua puta!", disse Justin e a esbofeteou várias vezes. Ela gostava de brutalidade. O melhor sexo era sempre bruto.

Segundos depois o corpo de Justin se sacudiu e ele gozou. Então ele se lançou imediatamente para trás e puxou para cima a calça, abotoando-a antes que Victoria tivesse chance de retomar o fôlego. Ela sentiu o esperma descer-lhe pela perna e o suor nas axilas. Estava com a respiração pesada; tirou a saia e desmoronou no sofá do escritório de Justin.

"Ei, cuidado com o sofá. Acabei de trocar o estofado", disse Justin. Ele se olhava no espelho que mantinha na gaveta de cima, passando as mãos pelo cabelo para endireitar o topete.

Victoria colocou os pés no chão e se sentou. "Vamos jantar?"

"Não posso", disse Justin, ainda se olhando no espelho.

"Marcy?"

"Não posso", repetiu.

Já tinham se passado três semanas desde que ela se tornara a melhor amiga de Marcy e uma desde que Justin finalmente sucumbira às suas investidas. Ela planejou sua sedução do mesmo modo que planejava os seus projetos na escola de administração. A contínua torrente verbal de Marcy sobre Justin a ajudou com muitos dados. Felizmente Marcy era fútil e indiscreta, e com isso confessou até mesmo detalhes extremamente íntimos. Por exemplo, que Justin gostava do sexo rude, que nada o entusiasmava mais do que o sexo anal e que a sua maior fantasia era fazer sexo debaixo da mesa de um restaurante. Informação preciosa.

Inicialmente Justin pareceu estranhar o fato de Victoria ter se tornado amiga de Marcy. Ele a ignorava, e quando isso não foi mais possível deu-lhe todas as indicações de que a sua presença não era bem-vinda. Mas uma noite os três foram a um restaurante polonês no Valley. Victoria havia escolhido o lugar porque seu cabeleireiro (que ela normalmente não escutava) lhe dissera que, além de a comida ser boa (o que não era verdade), o restaurante à meia-luz tinha tendas de couro escuro com grossas toalhas de mesa vermelhas que chegavam até o chão. Ele contou que ele e o seu amante tinham ficado muito ocupados debaixo da mesa uma noite, e isso era tudo o que ela precisava saber. Convencer Justin a ir era um desafio, mas ele concordou quando ela disse que aquele era o restaurante predileto de George Clooney. E, quando Marcy foi ao banheiro e Victoria escorregou para baixo da mesa e desceu o zíper de Justin, ele ficou feliz por ter concordado. Marcy voltou e perguntou onde estava Victoria. Justin, naquela situação complicada, conseguiu se desvencilhar e resmungar que Marcy devia ir procurá-la. Quando ela voltou, confusa, Victoria estava sentada na sua cadeira perguntando onde é que a amiga tinha se metido. Eles riram da confusão e Justin ficou muito animado o resto da noite. A partir de então foi uma orgia de sexo.

Mas, embora Victoria estivesse transando com Justin, ela não conseguia levá-lo a cancelar o casamento ou a se livrar de Marcy. Ele continuava determinado a se casar com ela. E se casou. E Victoria voltou furiosa para o último ano da escola de administração. Ela sempre havia conseguido o que queria quando se tratava de homens, e certamente isso aconteceria com Justin. Quanto mais inatingível era ele, tanto mais ela o desejava. Ele se tornara o seu maior desafio, e isso, de certa forma, elevou sua opinião sobre ele, de modo geral. Victoria tinha certeza quanto ao sucesso de Justin, porque ele sabia lidar com as pessoas. O sucesso dele seria o seu. Ele era um cara competitivo, ela só precisava adivinhar o que ele realmente queria ou o que o levava a querer alguma coisa. Foi preciso pesquisar um pouco, mas ela descobriu o que ele queria. Ele queria acabar com seus inimigos a qualquer custo. E os seus maiores inimigos eram os agentes rivais que roubavam seus clientes.

Ao se formar na escola de administração, Victoria voltou para Los Angeles e foi trabalhar na Fox. Certo dia ela cruzou "acidentalmente" com Justin no almoço no Ivy. Ela perguntou sobre Marcy e ele foi vago em sua resposta. Ele perguntou quais eram os seus planos e ela também deu uma resposta vaga. Mas naquela mesma semana ela foi almoçar com Marcy, que contou que estava saindo com Wayne Mercer. Ela sabia que Wayne era o maior inimigo de Justin. Naquela noite bateram em sua porta. Era Justin, com flores na mão. Ela não o deixou entrar, dizendo que não estava sozinha. Durante três meses ela resistiu, afastando-o, e ele a cortejou como se ela fosse a maior celebridade do planeta e ele quisesse ser seu agente. As cortesias eram espantosas: roupas novas, uso de jatos particulares, uma BMW disponível para ela. (Tudo pago pela IAA.) No final ela foi vencida por algo bem singelo. Claro que os buquês de rosas eram lindos, mas o que a conquistou foi a margarida que ele colocou no tapete de sua porta certa manhã ao lado de um bilhetinho escrito à mão: Por favor, diga sim. *Ela finalmente disse sim. O divórcio foi feito em tempo recorde, e Victoria e Justin fugiram para Las Vegas.*

Felizes para sempre, riu Victoria. Não. Um casamento que acontece graças a falsidades continua sempre falso. Justin não se importava com ela, e ela não se importava com ele. Mas agora Wayne era mais que um problema. Ele era perigoso, ao contrário dos homens com quem ela se relacionara. Já estava na hora de tirar o *plug* da tomada.

Catorze

"QUANDO DE REPENTE A GENTE ganha permissão para entrar de novo no festivo mundo dos solteiros, todos os exemplares do sexo oposto parecem, de certo modo, espantosamente atraentes. Você entende o que eu quero dizer?", perguntou Helen para Eliza durante um intervalo da aula de ioga da IEB. A IEB — ou seja, "Ioga e Bicicleta" — ficava em Venice, e Helen estava tão obcecada por aquilo que insistiu com Eliza para que ela experimentasse. Os primeiros trinta minutos eram passados na bicicleta, numa deferência ao coração, e os trinta minutos finais eram em sessões de alongamento e ioga. Uma combinação perfeita.

"Imagino", disse Eliza.

"Chega de sublimar meu desejo sexual. Quer dizer, olha aquele cara ali", sussurrou Helen, indicando um homem magro com cabelo loiro comprido que desenrolava seu tapete de ioga. "Ele é gostoso. Provavelmente um ator passando fome, mas acho interessante", disse ela com um sorriso. Aquele era exatamente o tipo de Helen: esguio, cabelo claro e criativo. Pelo menos é o que ela sempre dizia, embora seu marido não fosse esguio nem tivesse cabelo claro. Criativo ele era.

Eliza olhou para o rapaz, que, embora bonitinho, não era definitivamente o seu tipo. "Ele parece ter doze anos", disse.

"De jeito nenhum", protestou Helen, balançando a cabeça. "Você acha?"

"Um bebê", confirmou Eliza.

O professor entrou e os alunos foram até os tapetes começar as saudações ao Sol. Cachorro olhando para baixo, cachorro olhando para cima. Todos contorciam ritmicamente o corpo em posições enroscadas, tentando ganhar serenidade e ao mesmo tempo perder peso.

Helen havia inicialmente concordado com a idéia e agora abraçara a decisão de ser infiel. Não que ela fosse inconseqüente quanto às promessas que fizera ao se casar. Não era esse o caso. Mas era como se nas duas últimas semanas ela tivesse feito uma análise tridimensional de seu casamento e sua relação com Wesley e percebido que, se dormisse com outro homem, isso não afetaria ninguém. Em primeiro lugar, era realmente natural os seres humanos serem monogâmicos? Ou era apenas um mito que a sociedade criara para manter as pessoas sob controle? Elas não eram monogâmicas na Roma antiga, uma civilização brilhante, segundo alguns até um marco. É verdade que ela desmoronara, mas, no ritmo em que o governo dos Estados Unidos estava acumulando inimigos, quem sabe por quanto tempo a sociedade americana ainda existiria?

Em segundo lugar, ela e Wesley raramente faziam sexo. E isso com certeza não era natural. Antes do casamento sua atividade sexual era intensa; alguns até a classificariam como promíscua. Um pouco devassa, ela admitia, pensando retrospectivamente, mas sem problemas. Havia tantos homens que ela achava atraentes, por que não experimentar todos? Ela queria ter uma ligação real, permitir que alguém visse o que se passava no fundo da sua alma e fizesse seu coração bater novamente. E o seu casamento poderia até mesmo ganhar com isso.

"Não acho que ele seja tão novinho, Eliza, não acho mesmo. Deve ter uns 24 anos", disse Helen depois que a aula terminou e elas estavam indo para a Jim Patisserie para um chá com sanduíches. Discretamente, ela passara a aula toda olhando o loiro gostoso.

Eliza revirou os olhos para Helen. "Você está enganada. Ele é um frangote. Mas isso não significa que ele não se interesse por você", disse ela.

"Você acha?", perguntou Helen com os olhos brilhando. "Quer dizer, é..., aqui ele me vê toda suada e repulsiva, mas outro dia nós conversamos longamente sobre o retiro de ioga que ele fez nas ilhas Fiji. Ele disse que a natureza lá é assombrosa e que ele se sentiu como se tivesse renascido."

"Renascido? Isso me parece um tanto pretensioso", disse Eliza. Helen sempre parecia acreditar nessas conversas. Será que ela realmente levava a sério uma pessoa dessas?

"Eu já li um pouco sobre isso. Acho fascinante. Se você quiser, vai ter uma conferência no mês que vem na U.C.L.A.", disse Helen.

Eliza parou e encarou a amiga. "Helen, você está mesmo pensando em fazer isso?", perguntou ela.

"Ir à conferência?"

"Não, dormir com esse cara", disse Eliza.

"Eu estou mesmo pensando, Eliza", disse Helen. "Preciso ser reanimada. Preciso ficar inteira outra vez."

"E você vai ficar inteira outra vez fazendo sexo com esse almofadinha da IEB?"

"Talvez não com ele, mas preciso tentar. Preciso iniciar minha jornada."

"Sei lá, Helen."

"Acho que você também devia. Mas só com o Tyler. Porque você com certeza tem alguma coisa com ele, uma coisa cósmica, e acho que você precisa tirar esse cara do seu sistema, para não ficar perseguida por ele. Quando estiver no leito de morte, você ainda vai pensar nele. Mesmo se você tiver tido uma vida ótima com o Declan — e talvez você tenha —, recebido um Prêmio Pulitzer por alguma reportagem, vai achar que devia ter resgatado aquele pedaço da sua vida. Desfrute cada dia sem pensar no futuro.

Eliza quase protestou, mas se conteve e balançou a cabeça. Helen tinha razão; ela detestava admitir isso. No fundo, sabia que queria Tyler. E agora ele estava na cidade.

Quinze

Às dez horas da noite Leelee estava em casa diante do computador. Aquela era a sua hora preferida do dia. As meninas tinham feito tudo direitinho: tomado banho, ouvido histórias, ido para a cama, tudo como se tivessem dado corda nelas. Ela adorava o ritual, assim como Charlotte e Violet. Leelee sabia que tinha sorte: as duas meninas de cabelo loiro-claro mais lindas da cidade eram dela. Embora tivessem apenas dois e quatro anos, as pessoas já diziam que elas deviam ser modelos ou atrizes. Ela jamais faria isso, temendo ser prejudicial para as garotas, mas se desmanchava toda com os elogios e acreditava que, se as duas fizessem um teste, deixariam Dakota e Elle Fanning no chinelo.

Brad estava vendo um jogo na tevê. Ele sempre via algum esporte: beisebol, futebol, hóquei, basquete, ela nem sabia bem. Ele gostava de todos os esportes americanos de que todos os homens gostavam. Ela era mais dos *reality shows*, *The Bachelor* e *The Apprentice* (sobretudo o da Martha Stewart), mas obviamente era viciada em *Desperate Housewives*. Mas, se precisasse escolher um único programa para assistir, seria *Oprah*. Adorava aquela mulher!

Mas a televisão estava longe da mente de Leelee quando ela se sentou na cadeira "Bedford", da Pottery Barn, diante do seu Macintosh azul-bebê, no pequeno escritório ao lado da cozinha, que ela reivindicava como sendo exclusivamente sua. Aquele era o seu minúsculo retiro. Ela mandara pintar as paredes de rosa-claro, mantivera as portas brancas e, na janela estreita, pusera uma cortina de listras brancas e cor-de-rosa. Numa das paredes havia uma reprodução de Mary Cassatt representando uma mãe com um bebê, e da outra parede pendia um mural branco coberto de papéis das escolas e dos grupos de brincadeira de que as meninas participavam, e também um mural emoldurado com fita cor-de-rosa e branca onde havia fotos e cartões com comunicações de nascimentos. As gavetas estavam cheias de cartões de visitas com o nome dela, Leslie Swift Adams, com o nome dela e o de Brad: Bradley e Leslie Adams, e com o nome das meninas: Charlotte Swift Adams e Violet Belle Swift Adams, cada um desses conjuntos correspondendo a uma cor e meticulosamente dispostos. Tudo tinha um monograma, desde os papeizinhos autocolantes que havia em sua escrivaninha até a capa da cadeira onde ela se sentava. Leelee adorava pôr monogramas. Na verdade toda a casa tinha incontáveis artigos com monograma: o tapete da casa, as toalhas de banho, as toalhas de mão, os panos de pratos e toalhas da cozinha, as colchas, os blocos de anotações, os copos, a baixela de prata, os copos de escovas de dentes, as molduras de fotos, os álbuns de fotos etc. Ela estava sempre esperando a entrega de alguma coisa pedida em algum catálogo, e o que quer que chegasse tinha inevitavelmente um gigantesco "A" aninhado entre um "B" e um "L" menores.

Leelee estava no Messenger conversando com Jack Porter. Ela nunca mantivera um diário, mas tudo o que teria escrito num diário ela mandava para Jack. Bom, nem tudo. Ela quase não falava de Brad e das meninas, e aliás o que iria falar do marido? Ela preferia trocar mexericos vulgares, resumos de eventos do dia e conselhos banais com o cara que tinha sido o seu confidente desde os dois anos de idade. Jack não mencionava muito a mulher; em vez disso falava do seu trabalho, do trabalho do pai ou discutia política. Mas o que ele mais gostava de fazer era "provocar a Leelee". Para isso, ele mandava as piadas mais obscenas e explícitas que encontrava. Normalmente Leelee ria sozinha e o chamava de "menino levado" ou apenas as ignorava. Naquela noite, porém, ela se sentia diferente.

Quando as quatro amigas concordaram em ser infiéis aos maridos, Leelee tinha topado imediatamente porque jamais se permitiria ser do contra num grupo. Ela se considerava um membro da equipe, e seu grupo de amigas era extremamente importante para ela. Assim, se fosse preciso, seria "tudo por uma boa causa". No fundo da sua mente ela estava certa de que não chegaria a haver traição, porque em primeiro lugar o casamento da Eliza e do Declan era bom, e, embora a Eliza tivesse uma queda por um astro do cinema, não importa que relação ela afirmasse ter tido com ele cinco anos antes, era absolutamente improvável que ela fosse para a cama com ele. A Eliza era uma pessoa razoável; não arriscaria a vida por uma fantasia da *Us Magazine*. Provavelmente a Victoria trairia, mas Leelee suspeitava que ela já tinha feito isso. Seu casamento com o Justin já estava arruinado e acabaria em divórcio, ela não tinha a menor dúvida disso. Uma vez Brad havia ido ao Peninsula tarde da noite para conversar com clientes da Suíça que haviam acabado de chegar na cidade e vira Justin com duas garotas bebendo no bar. Claro, talvez fossem clientes, mas tenha paciência. Brad era casado e tinha filhos que estavam em casa. Por que é que ele tinha de estar num hotel com duas garotas? Helen era menos fácil de avaliar, se mantinha sempre tão distante que nunca se podia dizer nada sobre ela. Talvez ela tivesse uma "ligação espiritual" com alguém de outra dimensão e considerasse isso uma traição. O fato era que Leelee tinha certeza de que dali a algumas semanas a idéia do pacto já estaria sem efeito.

Mas, sentada ali, conversando com Jack, enquanto ele lhe contava uma piada atrás da outra, cada uma mais suja que a anterior, ela fez uma pausa antes de mandar a sua habitual resposta em tom de censura. E se ela parasse de fazer com Jack o papel de mamãe desaprovadora e aceitasse os seus flertes? Eram flertes, não eram? Do contrário, por que ele usava com ela aquela linguagem e sugeria uma segunda intenção? Ele tinha uma porção de amigos homens. Subitamente entusiasmada, Leelee releu a última coisa que Jack escrevera:

O que é pior do que achar pentelhos na pia? Achar caspa nos pentelhos.

Típico do Jack, um pouco imaturo, um pouco aleatório. Leelee respirou profundamente e começou a digitar:

Eu não tenho caspa nos meus. Mas você é babaca demais para descobrir se eu estou falando a verdade. É ou não é?

Ela rangeu os dentes e apertou a tecla Enviar. Jack pareceu levar quatro horas para responder. Enquanto Leelee esperava, seu corpo experimentou todas as emoções: da felicidade ao pânico. Finalmente veio uma mensagem.

Estou fascinado. Isso é um convite?

Dezesseis

Após duas semanas de vigência do pacto de infidelidade, as quatro mulheres se encontravam em estágios diversos em sua busca por outro homem. Victoria e Wayne estavam a todo vapor. Helen se apresentara ao jovem gostoso da IEB e o convidara para um café que se convertera em quatro horas de conversa sobre os ensinamentos de Deepak Chopra. Leelee e Jack estavam trocando piadas fortes, cheias de insinuações de um lado e do outro, mas ainda não haviam passado para o sexo virtual e nem tinham certeza de que isso aconteceria. Apenas Eliza não tinha feito nada para contatar Tyler Trask e ainda estava indecisa quanto à idéia.

Naquela noite de quinta-feira, Helen e Wesley iam dar uma festa para apresentar seus amigos da cidade a um dos amigos mais antigos de Wesley: Harry Sutherland (também conhecido como duque de Locksdowne), acompanhado de sua noiva Tessa, ex-modelo e uns vinte anos mais nova que ele. Helen e Wesley sempre recebiam, seja com jantares, em festas de Oscar ou *brunches;* nenhuma ocasião era pequena demais. Helen gostava de recepções por temática, e sabendo que Wesley e Harry certa vez tinham passado um mês hospedados no La Mamounia, em Marrakesh, decidiu que a noite seria marroquina.

Isso significava que todos se sentariam em almofadas de cetim (compradas especialmente para o evento) junto de uma mesa baixa e se regalariam com pratos tradicionais como *quababs* de frango e de carne, *tagines* de cordeiro, couscous de vegetais, seguidos de chá de menta e *baklawa*. Tudo servido por um garçom vestido com autênticos trajes marroquinos. Helen gostava de aproveitar todas as oportunidades para apimentar suas festas, e estava particularmente interessada em impressionar a nova mulher de Harry depois que os pais de Wesley, normalmente reticentes, contaram que ela era muito "brilhante". Se essa mocinha havia deslumbrado seus sogros tão difíceis de agradar, então Helen queria ter certeza de que, quando voltasse a encontrá-los, Tessa teria apenas coisas boas para dizer sobre ela. Helen sempre achava que seus sogros a desaprovavam e não se importava muito com isso ("longe dos olhos, longe da mente"); mas, quando havia uma chance para que eles ouvissem alguma coisa sobre ela, queria que a informação fosse dada com superlativos.

Declan estava irritado com as almofadas. Assim que ele e Eliza chegaram e viram que Helen estava oferecendo um de seus jantares étnicos, as pernas dele já começaram a doer. Como é que ele, com seu tamanho, ia jantar sentado numa almofada com as pernas metidas embaixo de uma mesa de apenas 20 centímetros de altura? Aquilo ia ser uma agonia! Ao ver de imediato que Declan estava contrariado, Eliza o abraçou e lançou um olhar de consolo.

"Sei o que você está pensando", disse ela, com um sorriso.

"Ela está louca?", perguntou ele. "Esse cenário ficaria ótimo para uma festa de crianças, não de adultos."

"Sinto muito", disse Eliza.

"Vou precisar de uns bons drinques para poder me sentar. O que você quer beber?"

"Vinho branco", disse ela.

"Já volto."

Eliza seguiu Declan com os olhos enquanto ele foi até o bar. Tentou observá-lo com objetividade, mas isso era impossível. Eles já estavam juntos há tanto tempo — quase dez anos — que ela às vezes se esquecia de que ele não era uma extensão dela. Ele era decididamente bonito. Ela gostava da sua altura, dos seus cabelos pretos ainda muito fartos e de seus lindos olhos azuis. Ele era inteligente e espirituoso, e se dava bem com quase todo mundo. Era bom saber que ela podia ir com ele a qualquer ambiente social e tê-lo de bom humor ao seu lado. E ele era um homem de sucesso; trabalhava para o mesmo banco há anos, sempre subindo na carreira. Não, ela não tinha nenhum problema com Declan. Por isso toda aquela história da traição era complicada. Se fosse levada a cabo seria apenas por razões egoístas, hedonistas, meramente um esforço para alimentar sua vaidade. Ela de fato sentia falta daqueles momentos em que um olhar de alguém especial fazia seu estômago saltar. Era muito injusto que se tivesse de dizer adeus a essa emoção depois de assinar o contrato de casamento. Às vezes ela ainda tinha esses momentos com Declan, normalmente quando estavam numa festa e ela o via conversar com outra pessoa que se impressionava com ele. Era então que ele lhe parecia mais magnífico. Isso era doentio, ela sabia. Ela gostava mais do seu marido quando alguém gostava dele. Não, não era isso. É que às vezes é preciso que outra pessoa goste do que temos para que nós o valorizemos.

Era divertido. Eliza se lembrava de que ela nunca tinha gostado da fase "estamos nos conhecendo" dos encontros. Claro, havia os momentos do coração sobressaltado, mas ela sempre ansiava por se aninhar na zona de conforto em que se está totalmente relaxada com uma pessoa, sem se importar de ser vista com uma roupa íntima pouco atraente ou com as unhas malfeitas. Mas agora tudo o que ela queria era outra dose da fase "estamos nos conhecendo". Claro, a maçã do vizinho é sempre mais vermelha.

"Você está mergulhada em pensamentos", disse Victoria, que se se aproximara sem que Eliza percebesse.

"Estava mesmo, desculpa", confirmou Eliza.

Victoria, que vestia um *tailleur* branco Stella McCartney e estava com o cabelo puxado para trás num rabo-de-cavalo lustroso, deu um sorriso sacana para Eliza. "Posso imaginar em que, ou melhor, em quem você estava pensando."

Eliza riu. Victoria estava bonita. Ela sempre se vestia bem. Eliza tinha achado que sua calça de seda preta e a túnica Jil Sander estavam lindas, até ver sua amiga. Victoria simplesmente já nascera com estilo.

"Então, quais são as novidades?", perguntou Eliza.

"Nada de importante", disse Victoria. "Bom, não é verdade. Está rolando uma coisa, mas eu conto mais tarde. Seu marido está vindo."

Declan aproximou-se e a conversa tomou outro rumo. Victoria queria falar de Wayne, que a vinha perturbando há semanas, mas ela preferia não falar sobre aquilo quando seu marido estivesse a três metros de distância. Meu Deus, Justin! Ele a repugnava tanto. Como é que ela pudera se casar com aquele mala? Ela sempre tinha tido um gosto terrível para homens, isso estava claro. Ela gostava dos idiotas. Teoricamente seria muito mais fácil encerrar o seu casamento agora e evitar sofrimentos futuros. Mas ela achava que não podia. Em primeiro lugar havia os seus filhos. Eles adoravam Justin. Embora se encolhessem de medo quando ela e Justin brigavam — o que agora ocorria de hora em hora —, ficariam devastados se a presença dele em suas vidas ficasse reduzida a visitas de fim de semana. Ele quase não ficava em casa, mas quando isso acontecia as crianças faziam uma festa. No entanto, ela vivia um conflito. Sabia que, com tanta tensão em casa, os filhos virariam *serial killers* quando crescessem. Droga! O que ela devia fazer?

Mas Victoria sabia que havia outras razões para não deixar Justin. Ela não queria admitir que tinha fracassado. Não que ela quisesse impressionar todo mundo; a essa altura não se importava com o que as pessoas pensavam. Havia apenas uma pessoa cuja opinião a interessava. Na verdade ela não se *importava* com a opinião dela, mas não queria que ela tivesse razão. E essa pessoa era seu amado pai. Ela o havia visto uma vez em quinze anos, quando estava andando na rua em Nova York com Justin. Eles estavam juntos há pouco tempo e tinham acabado de almoçar na Madison Avenue. Quando saíram do restaurante, com quem eles quase trombam? Com o querido papaizinho. Papaizinho empurrando um carrinho de criança com a sua nova mulher, Tracy, uma loira ordinária com uma plástica malfeita no nariz e seios siliconados, que podia ser filha dele. Victoria havia cortado relações com o pai quando descobriu que ele era um namorador em série que havia traído sua mãe desde os primeiros tempos do casamento. Depois de anos jogando fora as cartas do pai e desligando o telefone quando ele ligava, ela agora estava cara a cara com o seu arquiinimigo. Chocada demais para fugir, depois das apresentações iniciais ela ficou vendo o pai conversar, curiosamente distanciado, com o homem que seria o seu marido. Ela achou que Justin se saiu bem e ficou orgulhosa dele, e de certo modo sentiu-se um pouco mais em paz com o pai. Foi por isso que não desligou o telefone quando ele ligou no dia seguinte. Mas depois que ele a advertiu de que cometeria um enorme erro se casasse com Justin, de que ele não era homem para ela e de que ele tinha "olhos enganadores", ela mais uma vez desligou o telefone na cara dele e o riscou da sua vida para sempre. Se ela se divorciasse de Justin, ficaria provado que seu pai tinha razão. Ela não podia admitir isso. De jeito nenhum. Não depois de todo o sofrimento que o pai havia lhe causado.

"Jantar", disse Helen levando seus convidados para a sala de jantar. Ela tirou os sapatos no vestíbulo e sugeriu aos outros que seguissem seu exemplo, antes de ir à cabeceira da mesa e sentar-se no chão.

"Isso é um banquete", disse Harry, agradecido.

"Senta do meu lado", disse Helen, puxando Harry para baixo. Desde que ele e Tessa haviam chegado, era a primeira vez que não estavam de mãos dadas, se tocando, enfim, manifestando publicamente seu afeto, e Helen queria aproveitar o momento. No círculo de amigos de seu marido, Helen tinha sido sempre a esposa bonita e bem mais jovem, e gostava desse papel. Mas agora ali estava Tessa, uma mulher ainda mais jovem, mais magra e mais bonita, e Helen sentia que seu papel lhe tinha sido roubado.

"OK, e Tessa pode sentar do meu outro lado quando voltar do banheiro", disse Harry.

"Tudo bem", disse Helen. Para um homem adulto, ele estava agindo como um bebê. Sim, Tessa era linda. Ela não tinha literalmente nenhuma gordura no corpo, e um cabelo loiro brilhante e pernas compridas como palmeiras, mas ora! Helen nunca tinha visto Harry tão gagá. E ele era um homem atraente, daquele jeito britânico: alto, magro e de cabelo emaranhado. Ele definitivamente havia tido a sua cota de mulheres. Meu Deus, amor novo! Helen não lembrava mais como era isso. Ela olhou para a mesa onde Wesley havia se instalado ao lado de Eliza e Leelee. Às vezes ela não podia acreditar que esse homem era o seu marido. Ela detestava admitir isso, mas às vezes se sentia como uma perfeita estranha.

Helen tinha fotos de Wesley quando menino; ele era magnífico, com a beleza etérea que têm as crianças inglesas bem-nascidas. Mas agora que tinha crescido, seus traços serenos haviam se desmanchado um pouco, tornando-o inteiramente comum. Era quase como se ele estivesse escapando, que é como Helen se sentia quanto ao casamento deles. Não havia rancor, nenhum drama, nenhuma tensão. Os dois tinham vidas separadas. Wesley era obcecado por filmes e os via praticamente todo dia ou noite. Quando não estava vendo um filme, levava Lauren para a escola ou outra atividade e retocava um roteiro em que vinha trabalhando há anos. Helen se ocupava com seus projetos de fotos, retiros de ioga e seminários sobre New Age, e de modo geral tentava curar seu lado espiritual, que ela considerava ferido. Quando o casal estava sozinho, a vida era um pouco sonolenta demais, e por isso eles gostavam de dar festas.

"Helen, está ótimo!", gritou Leelee da sua extremidade da mesa. "Não acredito que você fez tudo isso! Parabéns!"

Todos ergueram a taça e brindaram aos donos da casa. Leelee ficou de fato impressionada, e definitivamente com um pouco de inveja. Sua vida deveria ser assim. Ela deveria poder dar essas festas incríveis, viver numa mansão enorme e ter durante as 24 horas do dia serviçais que atendessem a todas as suas necessidades. Foi o que ela pensou quando se casou com Brad. Ela olhou para o marido, que parecia bastante robusto espremido entre Victoria e Tessa. A jovem estava rindo de alguma coisa que Brad dizia e Leelee se perguntou o que ele poderia estar dizendo de tão engraçado. Tessa provavelmente não acharia tão engraçado se soubesse que Brad era um fracassado. Era tão difícil estar cercada de pessoas mais bem-sucedidas do que Brad, e era isso que acontecia há muito tempo. Ela havia se casado com um funcionariozinho. E agora ele estava ficando grisalho, engordando, e em geral não tinha nada para contar porque vender ações — ou seja lá o que ele fazia no banco, ela não tinha idéia — era muito entediante. Ele não era nenhum Jack Porter, isso era muito óbvio.

"Senhoras e senhores, quero agradecer a todos por terem vindo", disse Wesley levantando-se com a taça na mão. "Quero brindar primeiramente ao meu mais caro amigo no mundo, Harry. E mesmo assim acho que ele está me pregando alguma peça, porque não posso acreditar que uma criatura tão deslumbrante possa se casar com esse malandro..."

"Eu a subornei!", gritou Harry.

"Mas falando sério, bem-vinda à nossa casa. Tessa, você é tão encantadora e é muito bom conhecê-la. Espero que você venha nos visitar com mais freqüência do que o Harry — sem o Harry, se possível. E eu quero agradecer à minha encantadora mulher por esse jantar fantástico. Obrigado!", Wesley ergueu sua taça enquanto Helen balançava a cabeça.

Eliza achou o brinde de Wesley tão bonitinho que não pôde entender por que Helen o considerava tão idiota. Victoria achava Wesley tão destituído de atrativos físicos que não podia se imaginar dormindo com ele. Leelee se perguntou quem era mais rico: Wesley ou Harry? E Helen nem sequer prestou atenção ao que o marido falou. Ela estava pensando no rapaz gostoso da aula de IEB.

"Gente, tenho uma surpresa!", disse Helen. Ela tocou uma sineta e, alguns segundos depois, entraram na sala três bailarinas de dança do ventre e vários homens carregando instrumentos musicais.

"Não acredito!", gritou Leelee.

"Vamos dançar, gente!", gritou Helen. Ela se levantou e diminuiu as luzes.

Os músicos começaram a tocar e as bailarinas começaram a balançar os pandeiros e a se contorcer. Durante toda a noite os garçons não paravam de encher as taças e todo mundo estava mais ou menos embriagado. Assim, o clima foi de decidida excitação quando os músicos entraram. Muitos dos convidados não tardaram a se juntar às bailarinas em sua dança. Enquanto os tambores soavam, as velas bruxuleavam e lançavam sombras dramáticas sobre as pessoas que dançavam.

Leelee e Helen tentavam fazer a dança do ventre uma diante da outra, rindo e agitando as mãos no ar. Harry e Tessa estavam praticamente fazendo sexo; estavam a tal ponto imersos no seu mundo de recém-casados que não se importavam com o que as pessoas pensavam. Wesley, Eliza e Declan eram notoriamente avessos a dançar, já tendo declarado em muitas ocasiões que eram surdos para a música e desqualificados para a dança, e por isso eles ficaram sentados, bebendo e observando seus amigos. Não diziam uma palavra; a música era alta demais e eles estavam absortos em seus pensamentos. Naquela noite Eliza desejou secretamente ter ritmo ou algo do tipo para poder se levantar e simplesmente se soltar. Porém, mais do que isso, ela queria que Declan a puxasse pela mão e dançasse com ela. Ela queria que ele fizesse algo diferente, mostrasse um impulso espontâneo e que ela pudesse se deixar levar por ele. Eliza queria ser cortejada.

O casal mais surpreendente foi Justin e Victoria, que dançavam apaixonadamente, de um modo provocante. Foi um desses momentos em que a linha entre o amor e o ódio se torna indistinta e a emoção simplesmente assume o comando. A dança foi se tornando cada vez mais frenética, e Victoria e Justin continuavam trocando olhares estranhos enquanto dançavam cada vez mais próximos um do outro, até que Justin se virou e começou a dançar do mesmo modo com a dançarina do ventre. Sem perder uma única batida, Victoria continuou dançando com Helen e Leelee, rodopiando furiosamente. Suadas e excitadas, as três tiraram a blusa e dançaram de sutiã ou corpete.

O álcool, a música, a qualidade da comida, a escuridão da noite e a combinação de muitos outros fatores deram uma intensidade maior à reunião. Talvez observar um casal apaixonado quando os outros se sentiam no fim do amor tenha tornado tudo mais contagiante. De qualquer modo aquele foi o momento em que todas as mulheres perceberam que de fato iam mudar sua vida. Não haveria recuo. Elas queriam que todas as noites fossem assim. Queriam ouvir a batida dos tambores, o som dos pandeiros, o pulsar do coração.

Dezessete

Declan tinha muito orgulho de Eliza por ela continuar a trabalhar depois do nascimento dos filhos. Ele não suportava a hipocrisia das mulheres americanas, tão preocupadas com direitos iguais e feminismo mas capazes de jogar fora toda a carreira logo depois de terem filhos e esperar que o marido trouxesse dinheiro para casa e as ajudasse nos afazeres domésticos e com as crianças. Eliza concordava com ele até certo ponto, e por isso havia sempre discussão. Ela dizia que muitas dessas mulheres que tinham carreiras absorventes, por exemplo em bancos de investimento ou na advocacia, não imaginavam como seria difícil deixar os filhos em casa e haviam escolhido carreiras incompatíveis com a maternidade em tempo parcial. Mas Declan tinha outra opinião: ele acreditava que essas mulheres conduziam sua vida a pleno vapor até fazerem trinta anos, formando-se em direito ou em administração, galgando posições importantes nas empresas, e desde o início sabiam que logo que tivessem filhos abandonariam tudo. Como é que isso se concilia com a emancipação? Ele fazia essa pergunta, acrescentando que com isso a responsabilidade de ganhar a vida é lançada sobre o marido, enquanto a mulher arruma uma babá em tempo integral e exige ser levada a sério. Mas isso não tinha real importância para eles, porque Eliza ainda trabalhava.

Eliza tinha muito orgulho do fato de trabalhar. Claro, ela trabalhava sobretudo em casa e em condições que ela mesma estipulava, mas ainda assim era um emprego; ela ganhava dinheiro. Ela teria gostado que Declan admirasse isso um pouco mais e não achasse natural o fato, sem nunca lhe fazer homenagens especiais, apenas porque a mãe dele havia trabalhado durante toda a sua infância. Às vezes simplesmente desejava que ele não fosse tão duro com ela. Era preciso sempre escrever mais, fazer mais exercícios, limpar mais a casa, brincar mais com as crianças. Ela muitas vezes desejava suavidade, um marido que dissesse que tudo o que você faz é fabuloso. Mas isso seria um conto de fadas. E ele tinha razão, ela achava, em lhe dar umas sacudidas. Os elogios ela recebia das amigas, que se impressionavam muito com o fato de ela conseguir conciliar maternidade e jornalismo. O fato é que escrever era algo que ela fazia com muita facilidade, e em vista disso ela não podia realmente se orgulhar. Na verdade Eliza sabia que devia ser um pouquinho mais severa consigo mesma e partir para um livro. Escrever artigos era uma coisa, mas qualquer um podia fazer isso. A questão era escrever um livro.

Mas, por enquanto, Eliza era colaboradora da *Chat Magazine* e fazia quase todas as entrevistas com celebridades, além de escrever uma pequena coluna chamada "O que acontece em L.A.?", que cobria inaugurações de lojas e restaurantes e aberturas de exposições. Davam-lhe considerável liberdade na escolha de quem ou o que cobrir, e assim ninguém acharia estranho ela ter escolhido Tyler Trask para a sua próxima reportagem de capa. Afinal de contas ele era um astro importante com um filme importante para estrear dentro de poucos meses e, se ela tivesse sorte, estaria em Los Angeles estrelando outro filme, o que facilitaria a organização de uma sessão de fotos. Os contatos iniciais com o seu assessor de imprensa tinham sido muito tranqüilos; eles estavam adorando a idéia de tê-lo numa capa — depois do incidente no bar ele passara a ser considerado um tanto controverso, e portanto não muito fácil de colocar em destaque. Marcou-se rapidamente o local e a data para Eliza encontrá-lo, e quando ela mencionou que o tinha entrevistado para a *Chat* alguns anos, antes o assessor de imprensa fingiu lembrar-se dela com agrado. Ficou combinado que ela encontraria Tyler às duas da tarde da sexta-feira em seu *trailer* no terreno da Sony e eles fariam as fotos lá. Quando Eliza desligou o telefone, sua mão tremia. Finalmente ela estava partindo para a prática.

"Foi muito bom", disse Mark ao rolar na cama afastando-se de Helen. Ele pegou no criado-mundo sua garrafa de Aquafina e entornou-a na boca. Helen distraidamente observou seu gogó subir e descer a cada gole e quis um cigarro. Melhor ainda, um baseado.

"Você tem um baseado?", perguntou ela.

"Eu não curto isso", disse Mark passando a mão pelo cabelo loiro. "Quero manter meu corpo saudável."

Valia a pena manter aquele corpo saudável, pensou Helen. Mark, da IEB, tinha músculos rijos, nenhuma gordura e um bronzeado perfeito. Um verdadeiro surfista da Califórnia, o tipo que sempre atraíra Helen. Engraçado ela ter se casado com Wesley, que não era absolutamente esse tipo.

"Vamos tentar outra vez?", disse Helen, atirando-se sobre ele.

"Você tá maluca, mulher!"

"O quê? Você não tem pique?", perguntou Helen, desapontada. Ela tivera um orgasmo, mas seus efeitos se dissiparam rapidamente e agora ela parecia sentir que estava faltando alguma coisa. Mark era uma gracinha, e o almoço deles, regado a vinho, tinha sido muito interessante; ele lhe falou sobre as suas ambições de ser ator, mencionou que para se sustentar trabalhava numa escola alternativa para crianças e até discutiu budismo, que descobrira há pouco tempo. Tudo parecia promissor, e Helen ficou eufórica por ele ter sugerido que fossem até o pequeno apartamento dele em Venice.

É isso!, pensou ela. *Finalmente estou prestes a voltar a viver!*

Assim que Mark fechou a porta do seu apartamento detonado, eles tiraram as roupas e desabaram na cama desfeita (na verdade apenas um colchão no chão), enroscados um nos braços do outro. Provavelmente por ser ator, Mark levava muito a sério e era bastante dramático no ato da fornicação; houve beijos longos e apaixonados, muitas carícias nos mamilos e muita cunilíngua. Foi bom, a não ser pelo fato de Helen perceber que não havia nada capaz de uni-los. Tudo pareceu simplesmente vazio. Ela pensou no sexo com Wesley, que agora ocorria apenas de quando em quando, e se perguntou se seria melhor. Era estranho, mas ela não conseguia se lembrar. Talvez por não estar quase nunca sóbria quando eles transavam.

"Tenho pique, sim, mas você precisa me excitar", disse ele levando a cabeça de Helen para o meio de suas pernas.

Era a primeira vez que Helen via de perto o pênis dele, e ela não ficou impressionada. Tomou-o na boca com desinteresse e começou a chupá-lo. Mas depois de algum tempo o peruzinho do rapaz continuava flácido e ela parou.

"O que é que foi?", perguntou ela.

"Desculpa", disse Mark, levantando-se. Ele parecia constrangido, e rapidamente pegou sua cueca no chão e a vestiu. "Acho que eu preciso de um suco de clorofila ou alguma coisa do tipo. Aquele vinho no almoço não me caiu bem. Você quer tomar um suco Jamba e tentar novamente?"

Helen fixou em Mark um olhar avaliador. Claro, ele era jovem e bonitinho. Meu Deus, ela achara que uma ligação extramatrimonial a satisfaria mais. No entanto, ela não sentia nada. Na verdade, quanto mais olhava para ele, mais o achava meio idiota.

"Desculpa, preciso buscar minha filha na escola", disse ela, levantando-se e pegando suas roupas.

"Filha?", perguntou ele, surpreso.

"É", disse ela, vestindo sua roupa íntima. Ela se sentia muito liberada ficando nua diante de um rapaz gostoso. Embora tivesse feito sexo com ele, ela se lembrava da época em que estar nua diante de qualquer pessoa a deixava muito constrangida. E naquela época o seu corpo era bem mais bonito! Sem celulite, sem estrias, sem gordurinhas em lugares indevidos. Meu Deus, se ela pudesse ter a confiança que tinha agora, com aquele corpo... sai de baixo!

"Que idade ela tem?", perguntou Mark, ainda surpreso.

"Sete", disse Helen.

"Hum..., você quer falar sobre isso?", perguntou ele, parecendo preocupado, talvez pensando que ela pretendia se casar com ele.

"Não", disse ela olhando para o relógio. Droga, ela não ia chegar a tempo na escola de Lauren. Teria de pedir novamente a Wesley que pegasse a menina. "Vou ter que sair voando."

Ao dirigir de volta para casa ela pensou no seu primeiro mergulho amoroso. Não fora tão difícil. Na verdade, ela havia se sentido bem durante a experiência. O segredo seria encontrar alguém que realmente lhe agradasse. Talvez alguém com quem ela já tivesse dormido. Porque não importava se ela tivesse dormido com a pessoa antes do casamento; era como se já não fizesse efeito. Ela teria de verificar nas suas agendas antigas. Mark tinha sido apenas um aquecimento; ela agora estava pronta para fazer bom sexo.

Leelee tinha passado a manhã no Beach Club com Violet, a tarde com Charlotte na aula de balé e depois jantara com outra mãe e filha no Cheesecake Factory. Por fim, pegara no Terry's uma refeição para viagem que levara para Brad, dera banho nas crianças e as pusera na cama. Então ela pôde correr para o computador. Brad estava trabalhando até tarde, graças a Deus, e ela finalmente ia falar com Jack. Até então a sua parte favorita do dia era o *mocha latte* com baunilha da Coffee Bean & Tea Leaf que ela tomava de manhã, mas agora, definitivamente, era quando ela falava com seu velho amigo, no Messenger.

Ela ficara chateada com Jack durante muitos anos, mas ele havia sido muito solidário na fase dura em que Brad se arruinara financeiramente. Ela não podia falar sobre o assunto com ninguém, mas Jack foi o único ponto brilhante da sua vida, a única coisa que a separava da sua situação e a fazia se sentir especial e ímpar. Era como se o fato de Jack Porter, o magnífico filho daquele que provavelmente seria o próximo presidente dos Estados Unidos, tê-*la* escolhido para ser a sua melhor amiga e confidente lhe desse um valor que nenhuma outra coisa na vida lhe dava. E é por isso que ela o protegia tanto e ansiava por aquela amizade. Se Jack a escolhia entre todas as mães suburbanas era porque ela era tão especial quanto sempre se achara. Era isso que ela detestava na sua terrível situação financeira! Ela detestava ser apenas um número. Como é que ela fora acabar assim? Como é que Brad havia feito isso com ela? Como é que Jack pudera fugir com aquela idiota da Tierney Hanson? Mas ela não queria pensar nisso agora. Ela queria se conectar e ouvir o que estava acontecendo do outro lado do país. Leelee ficou alvoroçada ao ver o sinal anunciando que havia uma mensagem.

Ei, belezura! Precisei ir a Vineyard hoje para ver o encanamento da casa e pensei em você, garota. Lá está gelado agora. Lembra aquele ano em que nossas famílias idiotas resolveram comemorar o Natal lá? Um desastre.

Leelee se lembrava. Tinha sido divertido passar o Natal com Jack. Tudo ficava melhor com ele.

Eu também estava pensando em Vineyard. Lembra daquelas festas em Katama Beach? Bons tempos. Ainda me lembro do cheiro das fogueiras e sinto a areia debaixo dos pés.

Ela esperou a resposta dele.

Você vive na Califórnia, pode ter uma festa na praia todo dia. Quem está morrendo de frio sou eu.

Não era a resposta que ela queria. Leelee sorveu um gole do Pinot Noir que ela havia aberto e posto na taça de vinho Tiffany Crystal, mais um presente de casamento. A noite estava fria e ela se sentia romântica.

É, mas você não mora aqui.

Ela hesitou em mandar aquilo, que poderia ser interpretado de muitos modos. Normalmente ela faria uma introdução e diria: *você não mora aqui e nós não somos jovens, e eu tenho saudade dos nossos amigos e da Costa Leste*, mas naquela noite ela queria se arriscar.

Lembra aquele verão... Não, melhor não falar sobre isso.

Que verão? Por que não falar sobre isso?

Aquele verão em que você e eu quase transamos. Mas você se embebedou e acabou tudo... ha ha. Você aprendeu a controlar a bebida, Swifty?

Então não era delírio dela. Ele também sabia que a coisa quase tinha acontecido. Mas por que não aconteceu numa outra noite? Por que ela só teve uma chance?

Eu aprendi a controlar a bebida, obrigada. Aprendi uma porção de coisas. Mas nunca soube por que você foi babaca a ponto de não tomar a iniciativa comigo durante todos esses anos. Certamente não achou que um pequeno vômito estragava tudo. Foi timidez?

Eles não haviam conversado num tom tão sério há anos. Era surreal.

Acho que eu fui mesmo um babaca. Não queria estragar a nossa grande amizade. Eu me arrependo disso.

Nossa! O grande Jack Porter admitindo um erro! Ela estava entusiasmada.

Você pode corrigir isso. Não precisa se arrepender. Nunca é tarde demais.

Leelee ficou esperando uma resposta durante uma eternidade. Teria ido longe demais? Ela olhava no relógio da tela os minutos mudarem. Somente depois de três minutos apareceu uma mensagem.

Me encontra no Ritz em Boston no fim de semana depois do Dia do Trabalho. Acabei de fazer uma reserva sob o nome de Porty Swifty. Vou reservar uma passagem para você na AA. Fico esperando.

Leelee releu a mensagem três vezes antes de respirar. Santo Deus! Aquilo estava acontecendo. Ela não havia ainda digerido totalmente a informação quando ouviu a porta da frente bater. Brad estava em casa. Quando eles foram para a cama, Leelee estava se sentindo ao mesmo tempo excitada e benevolente, e assim tirou seus apetrechos sexuais do esconderijo e seduziu o marido. Há muitos anos eles não faziam um sexo tão bom.

Depois do orgasmo, Brad virou para o outro lado. Leelee sabia que ele estaria dormindo dentro de dois minutos, e então precisou dizer:

"Esqueci de falar: eu devo ir a Boston no mês que vem. É um evento para o senador Porter e meus pais querem que eu vá. Eles vão pagar."

"Tudo bem", respondeu Brad, já meio dormindo.

"Obrigada. É só um fim de semana."

"Ótimo", disse Brad e, antes que ela percebesse, ele já estava roncando.

Leelee só conseguiu dormir horas depois.

Dezoito

VICTORIA QUERIA MARCAR OUTRA saída noturna das garotas, mas foi difícil encontrar uma data conveniente para as quatro, porque era final de verão. Eliza e as crianças iam visitar a família dela em Chicago durante uma semana e Helen e Wesley estavam indo para o Havaí na semana seguinte. Assim, havia apenas uma tarde disponível para todas elas se encontrarem. Elas se reuniram para um chá de atualização de informações na terça-feira às quatro horas. Victoria morava numa casa em estilo espanhol na Toyopa Road, em Huntington Palisades, eqüidistante das casas de Helen e de Eliza. Quando se casara com Justin, ela fizera questão de dizer a ele que não entendia nada de decoração e assim o assunto fora entregue a Marcus Harrington, um conhecido *designer* de Los Angeles que tinha afinidade com a arte e o mobiliário orientais. Victoria nunca quisera ser uma dessas mulheres que passam horas contemplando borlas e franjas, e não queria se aborrecer dissecando os prós e os contras das peças de banheiro e de cozinha em níquel escovado comparadas com as de aço inoxidável. Com isso, Marcus teve plena liberdade para fazer tudo como gostava. O resultado foi uma agradável e sofisticada casa de inspiração asiática mas com mobiliário predominantemente moderno, poucas obras de arte nas paredes e ainda menos objetos refletindo a verdadeira personalidade dos seus moradores. Assim estava perfeito para Victoria, que via o lar como um lugar funcional para comer e dormir, e pouco mais que isso. Sua única exigência era que a casa fosse mantida imaculada.

"Ah, meu Deus, onde foi que você arranjou essas tortinhas? Elas são deliciosas!", disse Leelee, cortando outro pedaço da torta de maçã e fazendo-o aterrissar em seu prato. Victoria pusera na mesa chinesa de palhinha uma bandeja preta laqueada com fileiras de tortinhas de maçã, pêra e nozes em travessinhas com flores vermelhas ao lado das fatias de limão e dos bastõezinhos de mel para o chá. Quando convidava alguém para o chá, Victoria levava muito a sério a empreitada. Mas ela própria nunca se permitia comer doces.

Victoria olhou repugnada para Leelee. "Marguerita comprou no Urth Caffe."

"Magníficas!", disse Leelee. Ela sabia que Victoria estava lhe dirigindo aquele olhar porque a achava gorda, mas na verdade isso não importava. Victoria era esquelética e, embora essa fosse a moda, não era uma moda atraente. Nenhum homem que ela conhecia ficava tarado pelo modelito anoréxico Nicole Kidman. Eles gostavam de mulheres com peitos grandes e curvas. Somente os costureiros *gays* queriam que as mulheres parecessem garotos e por isso decidiram que o corpo de Karen Carpenter passaria a ser moda. Mas atenção para o seguinte, gente: Karen Carpenter morreu de anorexia e Kate Moss tem problemas com drogas; essas mulheres magérrimas não podem ser paradigmas.

"Então, quem começa?", perguntou Helen recostando-se no sofazinho sem braços e sorvendo um gole do chá de camomila. Ela estava louca para falar sobre o seu garotinho, mas não queria monopolizar.

"Bom, quem tem alguma coisa para relatar?", perguntou Victoria, olhando para cada uma delas.

Antes que alguém pudesse responder, veio da sala o barulho de um aspirador de pó.

"Ah, meu Deus, perdão", disse Victoria levantando-se e caminhando pelo chão de sequóia em listras; ela entrou à esquerda no cômodo seguinte para falar com a empregada.

"Esta torta é boa *mesmo*", disse Eliza, pegando um pedaço. Ela não gostava de comer na frente de Victoria, que fiscalizava muito a dieta das três, e por isso freqüentemente surrupiava um pedaço quando a amiga não estava por perto. Patético.

"Eu sei. Eu bem que queria limpar a travessa, mas a Vicki ia ter um chilique", disse Leelee maldosamente.

Fazendo barulho com os saltos metálicos do seu Jack Rogers, Victoria voltou e ficou de pé diante das três.

"Austin vomitou na nossa sala e Marguerita precisa limpar. Eu não agüento esse barulho; vamos para o meu quarto? Aproveito e pego o vestido que você quer que eu empreste, Helen, e a gente pode ter um pouco de silêncio e privacidade."

Era mais uma ordem do que uma sugestão.

"O Austin está bem?", perguntou Eliza.

"Está melhorando", respondeu Victoria, pegando a bandeja do chá. "Alguém quer mais torta ou eu posso deixar só o chá?", perguntou ela, olhando para Leelee.

Leelee queria mais torta, mas não podia ser a única a dizer isso. Victoria às vezes era escrota. Ela detestaria ser o marido dela.

"Já terminei", respondeu Leelee.

"Bom", disse Victoria estalando seus saltos no chão de madeira e subindo a escada.

O quarto bege de Victoria era muito amplo; numa das extremidades ficava uma austera cama de ferro-batido enfeitada com almofadas marroquinas e uma colcha afegã, além de mesinhas laterais de madeira teca com abajures vermelho-sangue. Na outra extremidade havia uma salinha com um sofá bege-claro, duas poltronas estofadas com tecido *paisley* bege e vermelho da Ralph Lauren e uma mesinha de café de ébano. As mulheres sentaram-se nessa extremidade, com a brisa do oceano entrando pela janela.

Victoria saiu do quarto e voltou imediatamente depois com o seu monitor de bebê, que ela ligou na tomada ao lado do sofá.

"Quero ouvir como é que a Marguerita está conversando com os meninos. Eu pedi para ela falar *só espanhol*, mas uma mãe me disse que no parque ela estava falando com os meninos num péssimo inglês!", contou Victoria. "Quer dizer, por que é que eu tenho uma babá espanhola se meus filhos não vão falar espanhol?"

"Será que você não precisa de uma câmera oculta?", perguntou Helen, brincando.

"Acabei de encomendar uma", disse Victoria. "Então, onde é que a gente parou? Você não quer começar, Helen?"

Helen pôs no pires a sua xícara de chá e sorriu para as amigas. "Peguei o gostosinho da IEB. Foi bom, mas não aquela maravilha. Acho que preciso de alguém mais velho. A gente está em épocas diferentes da vida..."

Eliza e Leelee ficaram surpresas. Helen já tinha conseguido? E estava pronta para o número dois? Mas Victoria recebeu a informação clinicamente, do mesmo modo que um médico ouve os sintomas de um paciente.

"E como você se sente?", perguntou Victoria.

Helen balançou a cabeça. "Eu me sinto bem. Muito melhor, na verdade."

"Uau! Precisamos de mais detalhes, por favor", disse Eliza.

"Isso mesmo. Do tipo: pau grande, pau pequeno", esclareceu Leelee.

"Médio", respondeu Helen. E então ela relatou com todas as minúcias cada beijo, toque e sensação, e fez também uma descrição anatômica completa para o seu público arrebatado. Ao terminar, recostou-se na cadeira.

"Puxa!", exclamou Eliza.

"Sabem o que é divertido?", começou Helen retoricamente. "Depois do casamento a gente de repente passa a ser uma virgem imaculada. É como se as pessoas — quer dizer, os homens — nos pusessem na categoria das mulheres proibidas; eles deixam de olhar para a gente e nem mesmo passam a impressão de que somos seres sexuais. E depois, quando estamos casadas já há alguns anos, depois de termos um filho ou dois, eles nos olham de modo diferente. É como se a gente tivesse entrado novamente no jogo. Será que é porque estamos mais confiantes? Será porque temos algum tipo de realização espiritual que nos torna inteiras, uma realização que vem do casamento? Não sei... Mas você pode ou não sentir isso. E desde que a gente fez esse pacto, eu senti. Tenho sentido que eu sou novamente uma pessoa sexual viável e que os homens me percebem assim. É emocionante. É excitante."

As mulheres refletiram sobre o que ela falara. Eliza ainda não sentia nada daquilo, embora quisesse. Ela não sabia se algum homem a via como um ser sexual. Leelee entendia o que Helen queria dizer. Aquilo acontecera subitamente com Jack, e antes não acontecera nunca. Victoria sabia o tempo todo o que Helen estava dizendo e sentia que sempre era percebida desse modo. O que era preciso fazer era simplesmente não pensar em si mesma como uma virgem imaculada pelo fato de estar casada. Assim, nenhuma pessoa a veria desse modo.

"E vocês?", perguntou Helen finalmente.

"Eu vou encontrar Tyler Trask na sexta-feira. Vamos ver o que acontece", disse Eliza. Essa notícia foi recebida com gritinhos e alguns comentários picantes. Eliza tentou desviar a conversa de si mesma o mais rapidamente possível, e então perguntou a Leelee em que estágio ela estava.

"Vocês têm que prometer que não vão contar para ninguém. O que a gente está falando é segredo de Estado", disse Leelee.

Todas prometeram.

"Então está bem. Eu vou a Boston me encontrar com o Jack Porter. Temos trocado praticamente um *email* por segundo. Ele já não agüenta mais o casamento. Ele gosta de mim..." As faces de Leelee ficaram vermelhas quando ela disse isso. As outras mulheres se espantaram.

"Isso é inacreditável!", disse Helen.

Parecia uma reunião de colegiais. As três reviveram aquele sentimento que se tem quando uma amiga, que é popular mas não a mais popular, fica com o cara mais popular, por quem ela sempre foi apaixonada. Apesar das reservas que todas tinham, o alvoroço delas era tamanho que estavam atordoadas. Elas se sentiam jovens.

Finalmente foi a vez de Victoria. Ela se recostou na poltrona e fitou cuidadosamente as amigas.

"Fiz sexo com o Wayne Mercer na noite passada", disse ela por fim. "Ele é arquiinimigo do meu marido. A gente transou no chão da cozinha da casa dele, no banheiro e na sala. Ele foi magnífico. Sujo, rude. Esse cara não presta."

Todas olharam atônitas para o rosto bem-cuidado de Victoria.

"Nossa, isso é uma verdadeira punhalada no Justin!", espantou-se Eliza.

"É", disse Victoria. "O engraçado é que eu o fiz pôr o filme *Seersuckers* como fundo — mudo, obviamente. É aquele com o Tad Baxter, aquele incompetente que o Justin representa. Wayne me disse que vai roubá-lo do Justin."

"Você endoidou!", concluiu Helen.

"Não. Só quero me vingar", corrigiu-a Victoria.

Antes que alguém pudesse dizer alguma coisa, ouviram um som alto e indistinto. Olharam em torno e perceberam que vinha do monitor do bebê. Victoria se curvou e ajustou-o com o dedo.

"Interferência", observou ela.

"É disso que a gente não precisa", disse Leelee.

Mais tarde, quando já iam embora e estavam se despedindo, elas viram Anson Larrabee de pé na extremidade do gramado de Victoria, segurando a correia da sua *corgi*, Samantha, que fazia xixi.

"Oi, Anson", disseram as quatro numa voz cantada. Nenhuma delas gostava daquele bufão enorme, que estava usando calça Capri verde com cinto e mocassins cor-de-rosa.

"Olá, senhoras", disse Anson. Dirigiu-lhes um olhar estranho, sobre o qual, naquele momento, nenhuma delas pensou qualquer coisa. Mais tarde, porém, elas gostariam de ter pensado.

Dezenove

O CALISTA PASSOU SUAVEMENTE A esponja com espuma no calcanhar de Anson e esfregou com extremo cuidado a pele morta do dedão, exatamente como ele havia recomendado. Era um "dia de beleza" para Anson e Imelda, e eles estavam no Aggie's tirando cutículas, passando esmalte e fazendo uma rápida massagem no pescoço para relaxar.

"Isso é que é vida", disse Anson com seu sotaque sulista, sem deixar de vigiar a lixa de unhas da manicure.

"Eu sei. Quem disse que a vida é só trabalhar duro?", perguntou Imelda, aumentando com o controle remoto as vibrações de sua massageadora.

Já fazia muitos meses que Imelda e Anson estavam saindo, e aquela relação era benéfica para ambos. Imelda gostava de jantar fora e ir ao cinema e Anson sempre estava pronto para esses programas. Anson, por sua vez, gostava de ser visto na companhia de mulheres atraentes, e normalmente saía com divorciadas antes que elas achassem um novo marido. Imelda fora apresentada a Anson pela amiga dela, Rebecca, que já tinha saído com ele entre o segundo e o terceiro casamentos. Quando eles se separaram não houve asperezas ou lágrimas, apenas despedidas afetuosas. Imelda insinuou-se facilmente enquanto Rebecca estava com Anson e o ajudaria a encontrar uma substituta quando o deixasse por outro.

"Certo", disse Imelda, sem prestar atenção. Ela não tinha nenhum problema em se desligar quando Anson falava. Ele falava sem parar, o que tornava bastante útil essa habilidade.

"Ele é *gay* mas é muito bom", disse Anson. "Mas eu não quero que as pessoas fiquem falando por aí que viram um *gay* entrar na minha casa com uma mesa de massagem."

"Anson, você é o único que iria falar!", disse Imelda, explodindo numa gargalhada.

"Você é terrível!", disse Anson.

No meio da risada, Anson observou Victoria Rand entrar e dizer alguma coisa às mulheres da recepção.

"Olha quem está aqui", apontou Anson dissimuladamente.

"Vaca!", sussurrou Imelda.

"Viva! Victoria!", retumbou Anson acenando do outro lado do salão. "Como é que você está?"

Victoria respirou fundo. Ela detestava Anson. Ele era tão venenoso e imprestável, uma dessas pessoas a quem você gostaria de jamais ter sido apresentado. Mas era melhor não afrontá-lo. Ela realmente não se importava, mas ele era seu vizinho e parecia que, por alguma razão, Justin queria puxar o saco dele. Assim, ela suspirou e foi falar com ele e Imelda. Afinal de contas, o gigantesco e gordo Anson espremido numa minúscula cadeira de pedicure era um espetáculo irresistível.

"Olá, Anson. Oi, Imelda", cumprimentou Victoria.

"Estamos no nosso dia de beleza!", disse Anson. "Você vai se juntar a nós?"

"Não, vim só marcar hora."

"Para garantir que suas unhas estejam lindas? O Justin me disse que o que mais desagrada a ele numa mulher são as unhas descuidadas", comentou Anson.

"É mesmo?", perguntou Victoria, surpresa. Justin provavelmente havia mesmo dito aquilo, mas o mais bizarro era o fato de Anson se lembrar. Ele se lembrava de tudo, dos mínimos detalhes. E por isso era perigoso.

"Disse. Então, para onde você está indo com tanta pressa?", perguntou Anson.

"Preciso pegar um vestido na Elise Walker e depois levar os meninos para o caratê", respondeu Victoria, se perguntando por que estava contando aquilo tudo a ele. Anson conseguia manipular todas as informações, tornando-as sinistras.

"Ah, é? Para que é o vestido? Um encontro *sexy*?", perguntou Anson levantando as sobrancelhas.

Victoria foi pega de surpresa. "Encontro *sexy* com Justin? Difícil. É só uma festa da empresa."

"Que pena! Imaginei que talvez você e o seu encantador maridinho fossem sair para dançar ou algo igualmente interessante", disse Anson.

Era estranho ele ter falado em dançar, porque ela e Wayne tinham acabado de combinar de ir a um clube de dança espanhola no centro de Los Angeles, mas não havia a menor chance de Anson saber disso.

"Não, nada de interessante."

"A dança é um bom exercício", acrescentou desajeitadamente Imelda.

"Bom, preciso correr", disse Victoria sem querer perder nem mais um minuto.

Anson esperou a porta se fechar atrás de Victoria e então voltou-se para Imelda e sussurrou:

"Ela é uma moça desagradável."

"Vaca", disse Imelda.

"E vai aprontar", profetizou Anson, com ar de conhecedor.

Imelda sabia que Anson falava assim quando tinha informações sobre alguém. "O que é que você está querendo dizer?"

Anson olhou em torno cuidadosamente para se certificar de que ninguém os ouvia. "Bom, você sabe que a Victoria é minha vizinha. E você sabe que eu tenho um monitor de bebê", disse ele movendo as sobrancelhas para cima e para baixo para expressar a insinuação.

"Mas você tem um bebê?", disse Imelda, confusa.

Anson suspirou. Imelda definitivamente não havia descoberto a pólvora. Muitas vezes ele se sentia como se tivesse lidando com uma criança retardada. "Queridinha, você não precisa ter um bebê para ter um monitor de bebê."

"Por que não?"

Ele já estava se impacientando. "Porque você pode usar um monitor para ouvir outras coisas. Existe interferência. A casa da Victoria fica no fundo da minha e o monitor dela está literalmente a poucos metros dali. Se ela está falando no quarto em que o monitor está ligado eu posso ouvir tudo o que ela diz ou faz. Ela está na minha freqüência. Eu ouço ela fazendo sexo, no telefone e discutindo com as amigas coisas que elas não deviam estar fazendo."

"Como o quê, por exemplo?"

"Eu te conto quando for a hora. Pode acreditar em mim, não é um bom segredo para guardar. Mas o melhor é que eu tenho um gravador ligado no meu monitor, e assim vou registrar tudo e pôr num lugar seguro. Pretendo usar esse material algum dia, quando for oportuno. E aí essas piranhas vão estar nas minhas mãos. Elas vão implorar pela minha amizade, vão saber que tenho o controle de tudo e vão sofrer nas minhas mãos."

"Você é um cara mau, Anson", disse Imelda com um sorriso tolo. Era isso que ela gostava em Anson, a maldade dele. O marido dela havia dito que ela era a pior pessoa que ele jamais conhecera, mas isso porque ele não conhecia Anson.

Vinte

ELIZA ESTAVA INDO SE ENCONTRAR com Tyler Trask no *set* do filme dele. Ela resolveu se convencer de que "se uma árvore cai na floresta e ninguém está ali para ouvir, ela não faz barulho". Mas estava em dúvida. Tinha muita experiência com segredos revelados e sabia que as pessoas dificilmente mantinham a boca fechada. Além disso, sabia que a natureza humana pode ser trapaceira e não há meio de prever o que as pessoas irão fazer ou dizer, e muito menos você mesma.

Enquanto dirigia sua *van* BMW pela Washington Boulevard, pensou em Tyler. Difícil acreditar que ia vê-lo novamente. Ela iria mesmo trair Declan? Eliza pensou em Bridget e Donovan. Ambos adoravam o pai. Ele era tudo para os dois, o ursão gigante em que eles subiam, o cara que manobrava as panquecas no ar toda manhã de sábado para eles comerem, o cara que espantava todos os demônios que estavam nos armários. Ela ia correr o risco de estragar a vida deles apenas por um impulso hedonista? Toda noite, às sete e meia, seus filhos esperavam na janela o pai surgir na entrada da garagem e davam gritos de alegria quando ele aparecia na porta. Por uma aventura de uma noite valia a pena roubar isso deles? Os pais dela nunca haviam traído. Estavam casados há quarenta anos. E também os pais de Declan ainda eram casados. Ela precisava lembrar, afinal de contas, que quem tramara esse plano tinha sido Victoria, cujos pais eram divorciados. Ela achava que as pessoas que têm pais divorciados levam o casamento menos a sério. Todas as suas amigas cujo casamento durara menos de um ano e não gerara filhos tinham pais divorciados. Os filhos seguiam o exemplo dos pais. E que tipo de exemplo ela estaria dando se dormisse com um astro de cinema? Muito patético.

Mas havia o outro lado. A metade morta que desejava voltar a viver. Ela queria se sentir bonita, queria se sentir desejável, e sabia por experiência que, exatamente naquele momento, Tyler Trask era o único homem vivo na face da Terra capaz de fazê-la se sentir assim. Talvez por isso ela havia passado mais de uma hora se aprontando, rejeitando roupas como se fossem frutas podres, até finalmente se decidir por uma camisa branca enfiada sob uma saia justa preta com fenda lateral. Era um figurino clássico. Mas, com o primeiro botão da camisa aberto, os sapatos pretos Manolo Blahnik e um lencinho turquesa Ralph Lauren, a roupa ficava mais descontraída. Depois de pensar durante trinta minutos se fazia um rabo-de-cavalo ou deixava o cabelo solto, escolheu a segunda opção e gastou mais dez minutos com uma chapinha. Quem foi que disse que ficar bonita não dá trabalho?

"Há quanto tempo!", exclamou Tyler, ao abrir a porta do *trailer*.

"É mesmo", disse Eliza, corando. Ela abaixou o rosto para que Tyler não percebesse o seu rubor e entrou no *trailer*.

O interior era luxuoso, com confortáveis assentos de couro, uma tevê de plasma, uma cozinha totalmente equipada e uma cama no fundo. A visão da cama a fez ficar ainda mais vermelha. Eliza ainda estava nervosa demais para olhar para ele, e ficou examinando demoradamente o lugar, reparando como tudo estava muito limpo e em ordem, a não ser a mesa de café de mármore, onde havia um bloco com anotações, livros sobre Franklin Delano Roosevelt e o New Deal, um exemplar do *New York Times* e muitos copinhos com restos de café. Embora entrasse pouco sol pelas fendas da persiana, as luzes do *trailer* não estavam acesas.

"Senta aí", disse Tyler, apontando o sofá. Ela o olhou de viés e viu que estava usando camisa xadrez e calça de brim. Descontraído. Por que Declan não podia se vestir assim? Ele era sempre tão formal.

Eliza foi até o sofá e sentou-se. Quando Tyler se sentou à sua frente, ela finalmente voltou os olhos para olhá-lo. Ela já havia visto o rosto dele inúmeras vezes em filmes ou entrevistas na televisão, e por isso achava que não ficaria perturbada ao encará-lo em carne e osso. Mas estava enganada. Embora ele fosse saudado como um dos atores mais expressivos da história, o celulóide nunca havia sido capaz de captar as profundezas dos seus olhos. Havia neles algo que atraía as pessoas, fazia-as querer explorá-los cada vez mais intensamente, sabendo todo o tempo que nunca chegariam a penetrar neles. Toda a expressão de Tyler era tão vigorosa, tão viril, que Eliza literalmente sentiu que ele era um ímã puxando-a para si. Ela quase se sentiu nauseada de desejo até que uma coisa atrás dele atraiu o seu olhar. Então seu coração se confrangeu e ela foi trazida de súbito para a realidade. Era uma foto de Jane, a namorada de Tyler, que tinha no colo o filho deles, Christian, de um ano. Ela teve ânsia de vômito. Mas se pôs de pé e pegou a foto dizendo com uma voz muito doce: "Ah, meu Deus, este é o seu filho? Ele é uma gracinha!"

Ela repôs a foto no lugar, mas Tyler, em vez de responder ao seu comentário, girou-a num movimento rápido e suave, tomou-a nos braços e a colocou em seu colo.

"Eu sabia que você voltaria para mim", disse ele.

Vinte e um

Os TELEFONEMAS ERAM amedrontadores.

"Escuta aqui, sua vaca, esteja aqui em meia hora ou eu vou ligar para o seu marido", sibilou ele.

Ou "Sua filha da puta, estou na sua rua e vou entrar se você não vier até aqui."

Victoria sentia o estômago embrulhar e não sabia o que fazer. Ele ligava quando Justin estava dormindo do lado dela, e ela não tinha alternativa senão vestir-se apressadamente e sair para vê-lo. Ela implorava a Wayne que parasse de ligar, mas ele não se abalava e ela acabava passando para o quarto de hóspedes depois de dizer a Justin que estava com insônia e não queria atrapalhá-lo, mas durante todo o tempo temia que o telefone tocasse e ela tivesse de implorar a Wayne, sussurrando, que fosse sensato, bom, *misericordioso*, o que de nada adiantaria.

A única pessoa que ela podia culpar por estar nessa situação era ela própria. Claro, fora divertido no início, emocionante. Ela adorou a idéia de transar com o inimigo do seu marido, porque aquilo era uma maldade. Mas depois ficou sabendo que Wayne era mau. No início ela achou que *ele* iria cooperar com ela, mas logo ficou claro que *ela* iria cooperar com ele. E ela não teve escolha. O sexo ficou mais rude — até doloroso. Ele era sádico e gostava de esbofeteá-la, de deixar marcas em seu corpo. Ela tentou várias vezes acabar com aquilo, mas ele ligava e ligava. Uma vez ela disse que precisava ir buscar os meninos e ele apareceu na frente da escola! Outra vez ele a levou para um canto numa festa em que Justin estava a três metros de distância e pressionou sua virilha contra ela e a fez prometer encontrá-lo. Nada disso ocorria porque ela era magnífica, mas apenas porque ele adorava controlá-la, gostava de se sentir dando um soco em seu inimigo. E então, quando um de seus clientes o deixou e passou para Justin, Wayne enlouqueceu. Dirigiu toda a sua fúria para Victoria, e se transformou em um monstro.

Na noite anterior ela havia mais uma vez tentado encerrar o caso com ele, e ele ficara fora de si.

"Você, sua putinha, você não pode sair disso", disse ele imprensando-a contra a parede no vestíbulo da casa. Ela sentia os dedos dele apertando tanto o seu pulso que uma marca vermelho-escura já se formava.

"Acabou, Wayne, você tem que aceitar isso", disse ela entre dentes.

"Não vai acabar enquanto eu não disser que acabou, sua vagabunda", afirmou ele, torcendo com mais força o braço dela.

Ele não estava acostumado a ser dispensado. Afinal de contas e era um agente; queria controlar e ser dono das pessoas e depois descartá-las nas *suas* condições.

"Vamos agir como adultos e encerrar esse caso. Foi divertido, mas agora acabou", tentou ela pela última vez.

"Não, eu não estou pronto para isso", disse ele.

"Por que, Wayne? É o seu ego? Porque eu sei que sou boa, mas não acredito que seja *tão* boa assim."

Wayne soltou-a e começou a caminhar pela casa. Tinha um olhar desvairado. Ela havia pensado inicialmente que era apenas um daqueles olhares malucos que têm as pessoas em Hollywood, mas depois de passar umas poucas noites com Wayne ela percebeu que era cocaína. Ele estava consumindo a droga em grande quantidade, e era essa a principal causa da sua insanidade.

"Você não vai embora, sua vaca! Eu tenho um vídeo que mostra nós dois juntos! Se você for, eu conto para o Justin!"

Ele já havia feito essa ameaça antes e por isso ela estava assustada. Seria para valer? Que vídeo? Ela já ouvira falar desses tipos doentes que têm câmeras ocultas no quarto, mas Wayne era um deles? Ele havia mostrado definitivamente o que era de fato.

Victoria jamais havia imaginado o quanto Wayne era cruel e insano, e sabia que seria impossível lidar sozinha com ele. Desejou poder falar com Justin, mas, conhecendo o seu temperamento, desistiu. Também ele sabia ser cruel e ríspido. Se lhe contasse, tudo estaria arruinado. Embora o casamento deles não fosse maravilhoso, ele certamente acabaria se Justin soubesse de seu caso com Wayne. Ela temia perder os filhos. O divórcio seria uma encrenca. Ela não trabalhava havia alguns anos, por isso seria preciso tirar dele tudo o que ela pudesse, no caso de uma separação, e a sua infidelidade não seria um ponto a seu favor.

Victoria não era o tipo de pessoa que baixaria a cabeça numa situação assim. Ela queria assumir o controle. Mas precisava de ajuda. Por isso tinha de convocar suas amigas. Ela temia que essa dependência, o pedido de ajuda a elas, fosse um sinal de fraqueza, mas a verdade era que ela era fraca e efetivamente precisava da ajuda das amigas. Também isso a enfurecia. Ela não queria depender de ninguém nem parecer fraca. Assim, Victoria decidiu que suas amigas não podiam ser menos inocentes que ela e precisavam ter algum conhecimento de tudo antes que ela lhes revelasse o seu segredo. A menos que se ande com o sapato de alguém, não se tem idéia do que essa pessoa sente, lhe dizia o seu pai. Talvez houvesse um pouco de verdade nisso.

Quando chegou a hora, um mês e meio depois do pacto de infidelidade, Victoria ligou para Helen e Eliza e pediu que fossem almoçar com ela. Leelee não foi chamada: Victoria estava irritada com ela e gostaria de não tê-la trazido para o pacto. Por um lado, Leelee estava se saindo bem, com a perspectiva de encontrar Jack para um fim de semana romântico. Isso significava que estava totalmente empenhada. Mas Victoria desconfiava que ela era imatura e não muito sincera, por isso preferia contar seus problemas para Helen e Eliza, que eram bem mais racionais. Eliza acabara de ter seu encontro com Tyler, e assim tinha mergulhado no projeto, e Helen havia começado um caso com Daniela Fox, a lésbica de batom que era a única mulher na cidade capaz de seduzir mulheres heterossexuais. Victoria estava curiosíssima para ouvir os detalhes.

Quando ia abrir a porta, o telefone tocou. Victoria mordeu o lábio. Ia atender? Provavelmente era Wayne, e ela não queria falar com ele, por isso ignorou a ligação.

"Ah, meu Deus, Victoria, que coisa terrível", lamentou Eliza depois que a amiga lhes confidenciou toda a situação que estava vivendo.

"Esse cara é perturbado", concluiu Helen. Qual é o signo dele?"

Victoria fuzilou Helen com o olhar. "O quê?"

"Desculpa, é que eu..." Helen desistiu de completar. Mas, fosse ele de Touro ou de Leão, Victoria estava sofrendo as conseqüências.

"O que é que nós podemos fazer?", perguntou Eliza.

A garçonete pôs na mesa as entradas: peixe grelhado para Helen e Eliza e um hambúrguer para Victoria. Elas estavam no Houston's, um lugar barulhento, aberto e cheio de turistas na hora do almoço.

"O Wayne disse alguma coisa sobre vídeos e eu preciso descobrir se ele realmente tem esses vídeos. Preciso entrar no quarto dele quando ele não estiver lá. O problema é que ele tem um sistema de segurança de última geração — o cara é paranóico e não me deixa sozinha nem um segundo quando estou lá", suspirou Victoria.

"Mas, conhecendo você, eu sei que você tem um plano", disse Eliza.

Victoria virou-se e sorriu, pela primeira vez no dia. "Você me conhece; sempre tenho um plano."

"E qual é?", perguntou Eliza, esperando.

"Vamos roubar a fita. Nós duas vamos à casa do Wayne. Vamos pegar essa fita."

"Não sei...", começou Eliza. Ela não queria se meter naquela confusão sórdida. Claro, queria ajudar a amiga, mas... roubar uma coisa? Entrar furtivamente no quarto de alguém? Ela não era uma heroína de romance de detetive, seus nervos jamais suportariam isso.

"E eu?", perguntou Helen, ofendida.

"Desculpe, minha querida, mas todas nós sabemos como você entra em pânico nessas situações tensas", respondeu Victoria com olhar de conhecimento.

"Você tem razão", disse Helen, sabendo que era verdade. Ela seria inútil. "Então qual é o plano?"

Victoria limpou as migalhas na toalha, respirou fundo e detalhou seu plano para as amigas. Ela havia pensado no assunto durante toda a manhã e sabia que estava bem arrematado. Helen assentiu com a cabeça e concordou que o plano era bom, mas evidentemente ela não tinha de fazer nada; a ação cabia a Eliza. Depois de muita bajulação, Eliza cedeu.

Somente quando elas estavam indo para o estacionamento foi que Victoria se lembrou de perguntar a Eliza sobre o encontro dela com Tyler.

"Foi...", começou Eliza.

"Maravilhoso?", perguntou Helen.

"Qual é o tamanho dele?", indagou Victoria. "Eu sempre tive curiosidade de saber."

"Por favor!", pediu Eliza. "Tudo bem, é o seguinte: eu ainda não estou pronta para falar sobre isso, OK? Preciso de mais tempo."

Suas amigas ficaram desapontadas, mas sabiam que era difícil obter esse tipo de informação de Eliza, e por isso não tinham escolha a não ser esperar.

"Muito bem, mas você tem que contar para a gente logo. Estamos morrendo de curiosidade", disse Victoria.

"Daqui a alguns dias eu conto tudo", prometeu Eliza.

Vinte e dois

Ficar ouvindo os segredos de Victoria e suas amigas tinha se convertido numa obsessão para Anson. Era melhor do que assistir a *Desperate Housewives*, melhor do que comer chocolates Teuscher e certamente melhor do fazer sexo. Todo o seu tempo livre ele passava agora com o canecão de chá no confortável sofá, atento aos segredos mais bem guardados daquelas quatro amigas, a todas as confissões que elas faziam e aos detalhes mais pitorescos de sua vida sexual.

Quanto mais ouvia a conversa delas no seu monitor de bebê, agitando o saquinho de chá dentro da água quentíssima, menos acreditava no que diziam.

Victoria era uma pessoa muito dura, todo mundo sabia disso, e ele não se surpreendia com o fato de ela estar procurando amor com outro homem. Ele sempre a detestara, ela parecia muito arrogante e quase nem lhe dizia olá. O marido dela também era um idiota, cortava Anson no meio da frase quando ele lhe pedia para dar uma olhada no roteiro. *Todo empregadinho de restaurante nesta cidade tem um roteiro. Pede para eles.* Ele não precisava ser tão desagradável. O caso de Eliza o chocou. Tyler Trask? Era um canalha. E Eliza não parecia ser do tipo que trai. Mas tampouco ela era tão boazinha quanto parecia ser.

Em mais de uma ocasião ele lhe havia pedido — não explicitamente, mas ela sabia o que ele queria — para apresentá-lo ao redator da sua revista, pensando em ter um trabalho extra. Ele era bom em entrevistas, sabia que seria ótimo fazendo isso para uma revista. Mas ela se fizera de desentendida. Desde então ele a havia posto na sua lista. Helen era tão avoada que ele não se surpreendeu nem um pouco. De qualquer modo, o casamento deles provavelmente era aberto. Ele não sabia muito bem o que fazer com esse terceiro elemento do grupo, mas sempre tivera um ressentimento para com ela por ter marcado o seu *show* de arte na biblioteca no mesmo dia em que ele estava lendo uma seleção de crônicas suas na Village Books. Mas a que ele mais detestava era Leelee. Aquela loira chefe de torcida, baixinha e gorda. Ela era tão falsamente doce e agradável, e ao mesmo tempo capaz de golpeá-lo pelas costas. Anson sabia que ela era pessoalmente responsável por ele não ter sido aceito no Beach Club. Como é que ela podia ter tanto poder? Ele morava na cidade havia muito mais tempo.

Inicialmente Anson achou apenas divertido saber que suas vizinhas bem-comportadas estavam traindo os maridos, mas, quanto mais ele pensava naquilo, mais ficava claro que poderia usar a informação em seu proveito. Ele tinha um roteiro brilhante à espera na gaveta. Certamente Justin poderia levá-lo para os estúdios ou encaminhá-lo ao agente certo em seu escritório. E exatamente agora o melhor modo de chegar a Justin era por meio de Victoria, e para conseguir isso ele precisava fazer com que sua estratégia estivesse à altura dela. Foi por isso que pôs na sua coluna a primeira nota velada. Gastou muito tempo para escrevê-la, misturando — como sempre — bajulação e intriga, e durante o resto da noite ficou rindo com aquilo.

Com quem você preferiria ficar: com Justin Coleman ou com Wayne Mercer? Ah, parem de pensar nisso, mulheres, não estou falando de amor — todos nós sabemos que Justin tem um casamento feliz com a sua sempre leal Victoria.

A minha pergunta é: quem você mais gostaria que a representasse? A starlet *Hadley Whitaker está entre os dois exatamente agora. Ela ficará com a IAA ou com a ACM? Fiquem ligadas. É o que eu vou fazer.*

Aquilo era apenas o início. Na semana seguinte Anson escreveria algo sobre Helen. Seu marido era um diretor; talvez ele servisse para alguma coisa. E quem sabe? Por meio de Eliza ele poderia conseguir que Tyler Trask estrelasse o seu filme. O mundo era a ostra dele.

Vinte e três

O Ritz, em Boston, sempre tinha sido o hotel predileto de Leelee. Ela já havia ficado no Plaza Athénée, em Paris, e no Connaught, em Londres, mas nada se comparava ao hotel da sua cidade natal, onde ela passara muitos fins de semana gloriosos escapando do internato e da faculdade com um bando de amigos para a regata Head of the Charles. O aniversário de cinqüenta anos de seu pai tinha sido comemorado lá; foi lá que ela ofereceu um chá no dia do seu *début* e — o mais especial — era lá que a família Porter oferecia *brunches* quando estava na cidade. Ela não precisava de outra razão para adorar o lugar, mas a teve quando Jack a encontrou naquela noite chuvosa de sexta-feira, numa suíte no sexto andar.

Ao subir no elevador ela se sentiu como a condessa Oleska indo ao encontro de Newland Archer. Por alguma razão o lugar lembrava Edith Wharton, e no avião ela havia lido justamente *A era da inocência* para se preparar psicologicamente. O homem da recepção lhe disse que Jack já havia chegado, ou melhor "o sr. Swifty" já havia chegado, e a cada botão vermelho que acendia no elevador Leelee sabia que estava um andar mais perto do seu amado. Ela tinha decidido que entraria dramática e misteriosamente, e tentaria fazer com que a relação sexual ocorresse o mais rápido possível. Se eles demorassem, teriam tempo para convencer um ao outro a desistir; embora ela não fosse desistir, ele poderia. Havia o risco de que eles se tornassem vítimas do seu velho relacionamento e começassem a enrolar, e então tudo o que eles acabariam fazendo seria atacar o minibar e assistir ao David Letterman. Tedioso. Leelee não podia absolutamente permitir que aquela fosse outra oportunidade perdida. Ela ia laçar o seu homem.

O elevador parou, Leelee saiu e caminhou para a sua suíte. Ajeitou o cabelo para a frente e alisou a saia. Tinha sido penoso voar de uma extremidade a outra do país de salto alto e meias, e a saia estava um pouquinho apertada demais. Mas ela sabia que não teria tempo de trocar de roupa e havia sofrido para ficar *sexy*. Ela estava usando até mesmo uma cinta-liga preta que acabara de comprar na Victoria's Secret. Nos seus *emails* brincalhões, Jack freqüentemente aludia à sua queda por cintas-ligas.

"Você veio", disse Jack ao abrir a porta. Ela nunca o achara tão magnífico. Via-se que acabara de sair do banho, vestido com um roupão branco do Ritz e secando o cabelo com uma toalha.

Leelee deu uma olhada para ele e pulou nos seus braços. Surpreso, ele quase caiu de costas, mas segurou-se na porta para se firmar enquanto ela o envolvia com as pernas e o beijava apaixonadamente. Jack levou-a para o quarto e suavemente colocou-a na enorme cama com dossel. Ela não disse nada, apenas sorriu. Era assim que tinha de ser. Ela se sentiu a sra. Jack Porter. Pensou em Tierney e deu uma risadinha. Ela sempre a detestara. Enquanto ela e Jack se abraçavam, alternando beijos longos e molhados com outros mais sôfregos, ela percebeu que essa forma de represália contra Tierney era melhor do que suas maquinações anteriores. Ah, os seus atos patéticos de vingança. Eles só lhe haviam trazido raiva, não prazer, como agora.

Quando Leelee foi forçada a se mudar para Los Angeles, resolveu que, para passar o resto de sua vida com Brad, precisava superar a raiva que sentia dele. Então ela canalizou para Tierney o seu rancor. Sempre que estava tendo um dia ruim, mais ou menos a cada dois meses, ela ia de carro até o Kinko's, em Manhattan Beach. Ali ela xerocava uma carta que escrevera usando letras recortadas de vários jornais. Ela fazia uma cópia, usando as luvas plásticas tiradas de uma caixa de tintura da L´Oréal, e depois rasgava em pedaços a original. Colocava a carta num envelope endereçado para uma caixa postal de Dallas, no Texas, que ela havia descoberto na internet. Quando a carta era recebida em Dallas, uma pessoa retirava a segunda carta e a postava, e assim o selo ficava com o carimbo do Texas. Ninguém teria a menor idéia de que a verdadeira remetente da carta era Leelee.

Ao voltar para casa, dirigindo pela congestionada Lincoln Boulevard, Leelee deixava a imaginação à solta e sentia uma onda de alegria. Que pena que ela não pudesse estar lá para ver a destinatária da carta abrir outro bocado de ódio anônimo postado por ela. Mas dava para imaginar o rosto contorcido de Tierney e apenas torcer para ter levado a ela um décimo da dor que ela lhe havia causado. Afinal de contas, isso era vingança.

"Ei, ei, você ainda está aqui?", perguntou Jack, olhando atentamente para ela.

Leelee percebeu que havia entrado em órbita. Então se virou para ele e esfregou a mão em seu peito. "Totalmente. Só estou muito feliz."

Jack sorriu maliciosamente para ela e se recostou na cama, os braços dobrados atrás da cabeça. "Eu sei. É esquisito."

"Esquisito?", perguntou Leelee, subitamente preocupada.

"Não esquisito ruim, só esquisito. Quer dizer, agora, depois de todos estes anos."

"Eu sei. Você, seu canalha, você me fez esperar demais!", disse ela dando-lhe soquinhos. Eles sempre tinham tido uma relação despreocupada. Seria estranho mudar agora, porque eram amantes, seu modo de interagir.

"Mas não valeu a pena?", disse Jack com os olhos brilhando. "Quer dizer, eu não sou o melhor?"

"Você é, Jack", disse Leelee radiante.

Vinte e quatro

"Você contou alguma coisa para o Anson?", perguntou Helen, furiosamente, a Daniela.

"Do que é que você está falando? Claro que não", respondeu Daniela calmamente, sorvendo um gole de seu Cosmopolitan. Seus enormes olhos verdes retribuíram o olhar de Helen.

"Então o que é isso?", perguntou Helen agitando o *Palisades Post* diante do rosto de sua amante. Era uma nota da coluna de Anson: *A produtora Daniela Fox tem andado pela cidade com uma encantadora mulher asiática. Ela parece conhecida, ou pelo menos alguém que talvez eu conheça, mas não tenho certeza. Boa sorte no seu novo relacionamento, Daniela!*

"Ele só menciona o meu nome. Não escreveu nada sobre você", disse Daniela, numa postura ainda tranqüila. Eis algo de que Helen não gostava em Daniela: nada parecia perturbá-la. Na verdade ela era completamente inatingível pelo que quer que fosse. Fazia todo sentido o fato de ela ser uma produtora bem-sucedida: ela nunca parecia aturdida ou transtornada.

Helen e Daniela estavam no Father's Office, um bar na avenida Montana, em Santa Monica, que começava a ficar cheio de pessoas solitárias em busca de cerveja e companhia. Helen iria jantar com

Daniela, mas tinha perdido a vontade. Elas estavam juntas há menos de um mês, mas Daniela não valia a pena o risco da exposição, e obviamente não era tão discreta quanto Helen achava. Era estranho, porque ela havia achado que Daniela não era fofoqueira, mas parece que se enganara. A não ser que uma de suas amigas tivesse contado a Anson. Aí faria sentido, percebeu Helen subitamente. Até porque ele tinha mencionado Justin na semana anterior.

"Sinto muito", disse Helen. "Estou com medo de ser descoberta."

"Sem problema", disse Daniela friamente. "Beba alguma coisa."

Era mais uma ordem do que uma sugestão, e Helen se sentiu compelida a dizer sim. Para falar a verdade, ela temia um pouco Daniela. Depois que as coisas não tinham corrido bem com o rapaz da IEB, ela havia pensado que talvez fossem os homens de modo geral que não podiam lhe dar aquilo de que ela precisava. Talvez pelo fato de sua mãe ser uma mulher fria e a sua mãe biológica tê-la abandonado, ela precisava encontrar o cuidado e o amor de outra mulher para satisfazê-la. Parecia doentio, mas ela sentia que precisava tentar. O problema é que Daniela era mais homem que qualquer outro homem com quem ela já havia estado. Era muito exigente na cama — quase mais agressiva do que os homens com quem ela já transara — e havia se acostumado a ligar para Helen e lhe dizer o que ela devia vestir quando fosse encontrá-la. Inicialmente isso era emocionante e excitante. Ela gostava de receber ordens e era divertido usar os vestidinhos *sexy* que eram os preferidos de Daniela. Sem falar que sua amante era muito atraente, com um cabelo ruivo anelado e uma pele macia. Mas, quanto mais elas faziam sexo, mais ela percebia que não se satisfazia totalmente com uma mulher. Ela precisava ser penetrada, *profundamente*, e os apetrechos não funcionavam com ela. Estar com alguém que tem seios foi inicialmente uma novidade, mas depois de algum tempo não havia muita coisa para fazer com eles, e já se passara um mês. Daniela, por sua vez, podia ficar horas a fio brincando com os peitos dela, o que acabara aborrecendo Helen. Sem falar que ela não tinha encontrado nada da ternura ou dos vínculos que esperara encontrar na relação com uma mulher. Então ela havia esbarrado em Parker, que fora seu amante antes de Wesley, e eles tiveram uma longa conversa sobre como o tempo havia passado rápido e como a vida era tão efêmera, aí uma coisa levou a outra e eles acabaram fazendo sexo naquela manhã. Ela achara a transa formidável, o que mais uma vez confirmou que era preciso terminar com Daniela.

"Preciso terminar a nossa... relação", começou Helen timidamente.

Os olhos de Daniela se arregalaram como se ela tivesse ouvido algo aterrador, mas essa foi a única parte do seu rosto que denunciou emoção.

"Você nunca vai encontrar o que está procurando", reagiu Daniela, gelidamente. "Você está desestruturada demais, incapaz de emoção. Você acha que deve receber tudo, mas não percebe que precisa *participar* de uma relação para que ela seja bem-sucedida."

Helen ficou perplexa com a perversidade de Daniela. "Ah, isso não é verdade..."

"É verdade, sim", disse Daniela friamente. "Olhe para si mesma. Você não consegue se relacionar com o seu marido, morre de medo da sua filha e é tão fria quanto um peixe num saco."

"Eu não tenho medo da minha filha", contestou Helen, elevando a voz.

"Tem, sim", insistiu Daniela.

"Por que é que você diz isso?"

"Você evita a sua filha. Fica longe dela. Não sabe ser mãe para ela."

"Eu não sei por que você está me dizendo essas coisas horríveis", protestou Helen, afastando a cadeira e levantando-se. "Não imaginei que você fosse tão cruel."

Daniela sorriu calmamente. "Não sou cruel; eu simplesmente digo a verdade."

Helen não pôde sair dali com a rapidez que desejava. Como é que Daniela dizia aquelas coisas horríveis? Inventar todas aquelas mentiras maldosas somente porque estava levando um fora. Ela devia saber que o melhor era não se envolver com uma mulher. As mulheres são umas escrotas! E dizer aquilo sobre Lauren. Aquilo fora uma piada. Ela não tinha medo de Lauren.

Helen abriu a porta do carro e saiu do estacionamento, ainda ruminando os comentários de Daniela. Medo de Lauren? Absurdo! Tudo bem, é verdade que ela havia deixado Wesley tomar as rédeas na criação dela, mas ela estava sempre *presente*. A verdade era que ela não queria prejudicá-la. Lauren era uma boa menina e merecia uma boa mãe, e ela não sabia ser uma boa mãe. Ninguém jamais lhe ensinara isso. Nunca lhe havia ocorrido que ela teria uma filha; ela sempre achava que teria filhos. E, depois de um parto muito difícil, que acabou sendo uma cesariana de emergência, quando a enfermeira finalmente lhe entregou Lauren, ela ficou em estado de choque. Tinha tanta certeza de que esperava um menino que durante a gestação ela nem se dera ao trabalho de descobrir qual era o sexo da criança. E ali estava aquela menina minúscula, que segundos antes tinha o cordão umbilical enrolado em torno do pescoço e quase morrera, e agora Helen devia ser responsável por ela? Ela entrou em pânico. O que não significava que ela não amasse sua filha. O que não significava que ela fosse uma pessoa má. Ela estava tentando ser a melhor pessoa possível por causa da filha. Era só isso que podia fazer.

Vinte e cinco

Mais flores para a senhora", disse Juana, colocando um vaso com rosas na mesa da sala de jantar.

"Obrigada, Juana", disse Eliza andando até a mesa para pegar o cartão. *Por favor*, pediu a si mesma, *que elas sejam de Declan*. Mas não eram, obviamente. O cartão vinha com as palavras *Obrigado pelo seu apoio.* Eliza deu um suspiro profundo enquanto rasgava o cartão em pedaços minúsculos e os jogava no cesto de lixo. Tyler Trask.

"Posso te ligar?", ele perguntara enquanto ela deixava o seu trailer. *Ele ficou segurando o braço dela, como se não quisesse deixá-la ir embora.*

"Não, por favor...", respondeu ela sem olhar para ele. Ela estava envergonhada. Tinha sido um erro reiniciar o contato.

"E mandar emails*?", insistiu ele.*

"Meu Deus, não. Por favor, eu não posso..."

Ela sentiu as lágrimas assomarem aos seus olhos. Olhou para o teto, desejando alojá-las de volta nas órbitas, mas sentiu que escorriam para as faces. Tyler levou suavemente o corpo dela para perto do dele e enxugou uma lágrima com seus dedos.

"Não chora", pediu ele baixinho.

"Sinto muito", desculpou-se ela sem encará-lo.

"Você não fez nada errado", garantiu ele, tranqüilizando-a.

"Está bem", disse ela. Ela havia feito tudo errado. O que é que ela estava fazendo ali? Ele tentou levá-la para perto de si mas ela resistiu.

"Eu preciso saber como entrar em contato com você. Não quero desestabilizar sua vida, mas simplesmente não posso deixar de ter contato", pediu ele.

"Eu não sei, eu não sei", suspirou Eliza. Meu Deus, aquilo era muito confuso.

"Vou te mandar flores."

"Não! Declan vai ver", protestou ela.

"Eu não vou assinar o cartão com o meu nome. Vou fingir que sou outra pessoa. E só vou mandá-las quando estiver pensando em você. Quero que você saiba."

O que é que ela podia fazer? "Está bem", cedeu ela. Ela se sentia fraca demais para discutir. Estava emocionalmente exausta. Queria se encolher toda e desmoronar na cama de Tyler. Mas não podia. A vida era séria e ela não podia se permitir ser frívola.

"Preciso ir", decidiu, afastando-se dele.

"Eliza, espera", disse ele, segurando-a.

Ela se virou e olhou nos olhos dele. Esteve prestes a mudar de idéia.

"Deixa eu te dar um beijo de despedida", sussurrou ele.

"Não", recusou ela, enxugando uma lágrima com as costas da mão.

"Por favor."

"Não", disse ela. Sim! Sim! Me beija, me pega pelos braços e vamos para longe, para a terra do felizes para sempre. Onde eu sempre ficarei trêmula quando o vir e não haverá pressões, senso de realidade, apenas... felizes para sempre.

Ele suspirou e olhou para ela. Então se inclinou e beijou os olhos dela. E depois disso ela se foi.

Ele havia dito que só mandaria as flores quando pensasse nela, mas as mandava diariamente. Isso ao mesmo tempo a preocupava e animava. Todo dia uma torrente de rosas com um cartão diferente. Todas dele. Eliza receava que Declan as visse, mas bem no seu íntimo o que ela mais temia era que ele parasse de mandá-las, que ele parasse de pensar nela. Ela não podia parar de pensar nele. Mas aquilo era uma fantasia.

Eliza estava aliviada por ter dito ao redator que não ia escrever a matéria; ela não achava que poderia ocultar seus sentimentos no artigo. Alguém descobriria. Ela se sentia como se todo mundo já tivesse descoberto.

Será que ela podia realmente confiar nas amigas? *Não diga tudo aos amigos.* Não foi isso que o sr. Matthews lhe havia dito no colégio? Na época foram suas amigas que contaram para outras pessoas o seu caso com o professor e provocaram a demissão dele. Ela não imaginava que elas fariam isso, e elas não fizeram para prejudicar ninguém, mas eram fofocas, era o tipo de assunto que inevitavelmente vaza. Desde então ela havia tentado ser a pérola da discrição. Ela se recusava a fazer qualquer comentário que menosprezasse Declan, mesmo quando seu desejo era esganá-lo, porque sabia que suas amigas se lembrariam do que ela falara. E agora elas sabiam tudo sobre Tyler.

"De quem são as flores?"

Eliza virou-se de repente. Ela não tinha ouvido Declan entrar. O que é que ele estava fazendo em casa tão cedo?

"Ah, uma mulher da comissão da escola, apenas um agradecimento por, é..., sabe, pela minha ajuda no leilão", disse ela.

"Delicada", comentou Declan indo até a geladeira e abrindo a porta. "Só que você não gosta de rosas."

Ela olhou para as flores. Ela realmente detestava rosas. Tinha se esquecido disso. "É, você tem razão. E então, o que você está fazendo em casa?"

"Tive uma reunião em Santa Monica que terminou cedo e aproveitei para vir ver vocês", disse ele pegando na geladeira uma vasilha com restos de salada. "Onde estão as crianças?"

"Lá fora com a Juana. Preciso dar uma olhada nelas."

"Espera um pouco, fica comigo um segundo. Antes que a loucura comece", disse ele começando a comer a salada mas evitando as ervilhas, que ele detestava, e ela sabia. Meu Deus, eles sabiam tudo um sobre o outro. Ela detestava essa flor, ele detestava essa verdura. Havia tanta história. Mas subitamente Eliza percebeu que estava olhando para essa história pelo ângulo errado. Talvez não fosse uma coisa tão ruim. Talvez descobrir outra pessoa ou ficar com tremedeira ao ver alguém como Tyler não fosse tudo o que se supõe. Porque logo você inevitavelmente conhece as idiossincrasias de uma pessoa, do que ela gosta e desgosta, e o que era desconhecido deixa de ser. E de certo modo é *sexy* alguém conhecê-la tão bem e ainda amá-la.

"Tudo bem", concordou ela, virando-se. Seu marido era alto, ela sempre havia gostado disso. Ele estava elegante numa camisa com riscas azuis e brancas, um *blazer* azul com botões dourados e calça de brim. Ele fingia ser o sr. Bolha quando dava banho nas crianças. Ligava para ela com freqüência durante o dia, com tanta freqüência que ela às vezes chegava a se aborrecer, mas ele precisava ouvir sua voz e compartilhar tudo com ela. Queria abraçá-la quando eles dormiam, embora os pêlos do seu braço fizessem cócegas nela. Dizia: "Se morresse agora morreria feliz por ser casado com você". As batidas aceleradas do coração continuavam ali, presentes durante todos aqueles anos.

"Conta para mim como foi o seu dia", disse Declan.

Vinte e seis

É DIFÍCIL LEMBRAR DO CLIMA QUANDO se vive no sul da Califórnia. Não há estações que ajudem a precisar a época de uma lembrança. O tempo é quase sempre perfeito; nada de neblina, tempestades ou furacões para emoldurar um acontecimento. As pessoas vão nadar em janeiro. As aulas freqüentemente avançam pelo mês de julho. A existência ali é como uma gigantesca aquarela em que toda a tinta escorreu e borrou numa confusão colorida, deixando as imagens indecifráveis.

As mulheres do pacto sabiam o que queriam fazer, mas escolher o momento era difícil. Qual dia ou mês seria *o dia*? O que diferenciaria esse dia de outro dia? Elas tinham vidas, rotinas, padrões. Tudo era cíclico, contínuo. A vida era quase sempre agradável, estável. Assim, como escolher os momentos para obter o que se desejava? Freqüentemente era preciso esperar.

Victoria sabia dos meios e do esforço necessários para se livrar de Wayne, e havia convocado a amiga para ser sua ajudante, mas a oportunidade estava se tornando um problema. Era preciso entrar na casa de Wayne para procurar as fitas de vídeo, mas inicialmente ele estava hospedando um amigo e depois começara uma pequena reforma na cozinha e por isso estava acampado na Península. Ela havia esperado que com tudo isso acontecendo ele se distraísse, mas Wayne estava mais exigente e mais insistente do que nunca, e ela estava francamente aterrorizada. Ele a forçava a aparecer em eventos com Justin e fazia sexo com ela praticamente em público. O medo que Victoria sentia de ser descoberta parecia estimulá-lo incrivelmente. Ela tentava se desvencilhar, mas ele era agressivo e estava sempre drogado. Ameaçava-a e até bateu nela algumas noites em que ela o afastou. Até então Justin não havia notado nada — felizmente ele nunca estava em casa —, mas ela não podia mais viver tão tensa. Ela pulava toda vez que o telefone tocava; todo toque de campainha era como um punhal trespassando o seu coração. Temia que as crianças fossem prejudicadas e tinha medo do que Wayne poderia fazer com ela. Quanto mais ele ameaçava perturbar a vida dela, mais ela amava a vida. Ela podia morrer por ter entrado naquela confusão. Se tivesse se lembrado de que ele se drogava, ela poderia estar a salvo dessa angústia. Afinal de contas ela havia feito sexo com ele menos de dez anos antes, tentando provocar ciúme em Justin, e ele não se lembrava absolutamente dela. Esse fato poderia ter sido um alarme no momento em que ela o percebeu.

Mas agora tudo o que ela precisava fazer era esperar. Wayne estaria de volta à casa dele no fim de semana anterior ao Dia de Ação de Graças e ela tomaria a providência planejada. E se vingaria dele em grande estilo. Ele ia pagar. Seria penoso para ele. E então ele nunca mais voltaria a estar na vida dela e toda a lembrança dele se apagaria.

Numa manhã de sábado, em outubro, Victoria teve de afastar da sua mente todos os pensamentos da sua vida ilícita e acompanhar Justin e os meninos numa festa de aniversário do filho de um grande produtor de Hollywood. Austin e Hunter, que tinham apenas dois anos e meio, não haviam nunca encontrado o garoto, que estava completando cinco anos; tampouco Victoria conhecia o produtor e a mulher dele. Mas isso era comum nesses eventos, mais voltados para os adultos fazerem contatos, trocar cartões de visita e conhecer as mulheres dos concorrentes do que para a criança que ia soprar as velinhas. Victoria ia a tantas festas desse tipo que mantinha um armário cheio de presentes de aniversário empacotados, bem organizados por idade e sexo. Se a criança era muito importante (ou seja, se seus pais eram muito importantes) ela recebia um presente da prateleira superior, quase sempre brinquedos eletrônicos e *playstations*. Os amigos, aqueles que eles conheciam de fato e com quem passavam horas juntos, recebiam os presentes da prateleira mais baixa: jogos de tabuleiro, quebra-cabeças e livros com ilustrações (embora nunca fossem livros sobre animais que agiam como seres humanos; estes deixavam Victoria furiosa).

"Victoria, nós vamos chegar tarde", berrou Justin enquanto Victoria terminava de abotoar a camisa de Austin. Embora a maioria das crianças usasse roupas descontraídas nessas festas, Victoria se recusava a vestir os filhos assim. Se era uma festa, eles usavam camisas Papa D'Anjou engomadas e calças Ralph Lauren de tecido canelado. Afinal de contas ela era da costa leste e lá as pessoas se vestiam assim. Ela sempre se espantava com o modo relaxado como as pessoas se apresentavam em Los Angeles. A maioria dos adultos vestia seus filhos com roupas esportivas até em ocasiões especiais, e se viam aqueles garotos pálidos e fracotes usando enormes malhas Lakers e *shorts*, como se seus pais se recusassem a acreditar que o filho era incompetente nos esportes e achassem que um dia ele acabaria por surpreender a todos e jogaria basquete como Kobe Bryant. Era patético. E as meninas estavam sempre vestidas com estampas de animais e calças estranhas. Estampas de animais em crianças! Victoria se arrepiava com aquilo.

Com os pais era ainda pior. As mães achavam que tinham dezesseis anos, e embora Victoria concordasse que todas tinham um corpo sensacional graças ao Pilates, ela não achava que *jeans* de cintura baixa com calcinhas fio-dental de renda cor-de-rosa que apareciam sempre que elas inclinavam o dorso para a frente (o que elas faziam o maior número de vezes possível) fosse um belo panorama. Suas amigas de Greenwich ficariam horrorizadas. Os maridos dessas infelizes não ficavam devendo em nada. Na festa a que eles tinham ido no domingo anterior — oferecida na praia, no clube — um dos pais estava usando uma camiseta com os dizeres: *Esqueça o cavalo e cavalgue a vaqueira!* Victoria teve ânsia de vômito.

"Vamos logo; não quero me atrasar", gritou Justin quando Victoria descia a escada com Austin pela mão.

"Você sabe que poderia ter ajudado a aprontar os meninos; se tivesse feito isso eles estariam prontos antes", disse Victoria.

"Eu estava trabalhando fora", justificou-se Justin, abrindo a porta dianteira do carro e puxando os meninos para dentro.

"Eu adoraria trabalhar fora", suspirou Victoria, mal-humorada. "Infelizmente alguém tem que ficar em casa para cuidar dos meninos."

"Você é a *mãe* deles, Victoria. Por que você se ressente de tudo o que faz por eles? Você age como se isso fosse obrigação dos outros."

"Tá bom", disse Victoria encaixando Austin na sua cadeirinha. Ela não queria admitir, mas Justin não deixava de ter uma certa razão. Eles eram muito dependentes dela. Ela precisava alimentá-los, vesti-los, levá-los à escola e aos programas adequados. Se não fizesse isso, ninguém mais faria. Eles tinham a babá, é verdade, mas normalmente queriam a mamãe. E isso às vezes a cansava. Ela queria relaxar, ler um livro, permitir-se um feriado. Ela adorava os meninos e não os trocaria por nada, mas às vezes achava que eles davam trabalho demais e isso a deixava irritada. Como se ela tivesse uma TPM permanente.

"Tudo bem, quem é esse casal da festa?", perguntou Victoria.

"Russell Novotsky. Um grande produtor, grande mesmo, da Paramount. Acabou de fazer *Drag Race Three*, que teve uma bilheteria de

137 milhões no país e de 110 no exterior", disse Justin, recitando os números que decorara.

"E a mulher dele?"

"Não conheço. Sei que ela trabalhava na Oliver Peoples, na Sunset, acho que é do condado de Orange. Ele tem filhos do primeiro casamento, esse é o segundo."

"Que lindo."

"Ele quer que Tad trabalhe no seu próximo filme, mas Paul Walker também é candidato, e eu preciso resolver isso hoje", disse Justin, ligando o ar-condicionado. Ele sempre estava encalorado, mesmo quando fazia frio. "Talvez você possa se entender com a mulher dele, combinar um almoço ou coisa parecida. O garoto está na Brightwood; não seria muito sacrifício aproximar-se um pouco."

"Tudo bem." Ela ficava admirada com a quantidade de informações que Justin tinha sobre todas as pessoas que considerava importantes. Ele se lembrava de nomes, aniversários, das escolas em que estavam seus filhos, dos clubes de que eram sócios. Ele tinha dentro da cabeça uma planilha, como se tivesse engolido um Excel, e era capaz de recitar rapidamente as minúcias mais banais sobre pessoas que ele mal conhecia.

A festa foi em Brentwood, numa grande mansão de tijolinhos em estilo georgiano com um enorme gramado na frente, onde havia dois carros de bombeiros. Observando bem, Victoria viu através da cerca que havia também um zoológico de animais de estimação, um castelo para brincar de pular e um carrinho de hambúrgueres. Original. Um empregado pegou o carro deles e Victoria e Justin tomaram os filhos pela mão, escancararam um sorriso falso e entraram em cena.

"Olá!", disse uma loira com seios siliconados e um rosto bonito. "Eu sou Cindy, mãe de Atticus!"

"Oi, Cindy, Justin Coleman, minha mulher Victoria, meus filhos Hunter e Austin", disse Justin suavemente.

"Que bom que vocês vieram. Entrem. A mesa dos presentes está ali", disse Cindy, apontando para uma grande mesa retangular coberta de presentes de todos os tipos e tamanhos para o pequeno Atticus. "Temos um castelo para os meninos pularem, e eles também podem ir ver o carro de bombeiros, com bombeiros *de verdade*!"

"Ótimo, obrigada", disse Victoria. "Onde é que está o aniversariante? A gente quer dar parabéns a ele."

"Ele está ali", disse Cindy, apontando orgulhosamente para um garoto magro e pálido com camiseta Dodgers e agasalho Adidas que cavalgava um pônei.

Victoria e Justin caminharam em direção às atrações, levando Austin e Hunter para o carro de bombeiros e ouvindo o bombeiro *de verdade* explicar como ele usava a escada. Justin esquadrinhava o ambiente com os olhos à procura de alguém que ele conhecesse ou de quem precisasse puxar o saco, mas, embora houvesse muita gente, ele não reconheceu quase ninguém.

Depois de experimentar os hambúrgueres, pegar os animaizinhos do zoológico e levar algodão-doce para os meninos, Victoria e Justin tiveram aquela sensação de estarem se demorando demais numa festa em que não conheciam ninguém. Justin parecia desapontado; ele achava que um grande número de figurões estaria presente. Era óbvio que os anfitriões também esperavam isso, porque havia três fotógrafos prontos para tirar fotos. Mas não se via ninguém além de algumas atrizes de programas humorísticos que não estrelavam programas de sucesso havia muitos anos e se limitavam a aparecer como convidadas em comédias da CBS.

"Vamos embora?", sugeriu Victoria, com um suspiro profundo.

"Já, já. Só preciso dar um alô para o Russell. Durante todo o dia houve uma fila de bajuladores; foi difícil ficar um segundo com ele", disse Justin, olhando ansiosamente para o anfitrião, que falava com um casal.

"Mas seja rápido, por favor, porque quero ir embora. Se for preciso, fica na fila", disse Victoria.

Ela estava cansada de sorrir inexpressivamente para estranhos e evitar algumas das mulheres que no ano anterior estavam no seu grupo de pré-escola, Tiquinhos de Gente. Quando os gêmeos tinham um ano de idade, a mulher de um dos companheiros de golfe de Justin havia insistido para que ela entrasse no Tiquinhos de Gente, dizendo que era o *melhor* grupo do planeta. Mas não era o melhor. Ficava num chalé muito confortável em Venice e era dirigido por uma mulher chamada Evangeline Brimmer, uma *hippie* melancólica, totalmente destituída de humor e fanática por amamentação até os quatro anos, filhos dormindo no quarto do casal, comida vegetariana e recusa da disciplina a todo custo ("porque ela fere o espírito dos pequeninos"). As mulheres do grupo — todas elas muito jovens e segundas ou terceiras esposas de homens importantes e já bem maduros —, com gigantescos seios falsos, bronzeado falso e jóias em demasia, encaravam o que ela dizia como se fosse a Bíblia, acenando profusamente a cada conselho que Evangeline proferia ("deixe a pequena Ava servir-se de detergente tóxico; ela vai aprender por conta própria que é perigoso"). A mulher praticamente não tinha nenhuma instrução — disso Victoria estava convicta — e, portanto, não tinha o direito de ensinar. Porém, cobrava a exorbitante quantia de 5 mil dólares por seis meses e tinha uma lista de espera de duzentas pessoas, ou pelo menos era o que dizia. Victoria assistiu a cinco aulas antes de abandonar o grupo, quatro a mais do que seria desejável, mas ela se sentia culpada por causa do dinheiro. Justin não se importava, e incentivou-a a ficar o máximo que ela suportasse para ver se alguma das mulheres do grupo era casada com alguém que ele precisasse conhecer no trabalho. Victoria saiu antes de lhe dizer que uma das mulheres era a terceira esposa do mais recente diretor de estúdio da Fox.

"Volto já", disse Justin, correndo ao encontro de Russell logo que viu uma brecha. Ele não notou que havia deixado Hunter pendurado na ponta do carro de bombeiros, mas, quando se tratava de negócios, ele era obsessivo.

Victoria observou Justin cumprimentar Russell e podia dizer com absoluta certeza como se desenrolaria a conversa. Bobagens, negócios, mais bobagens. Era sempre a mesma coisa.

"Ele é o seu marido?", perguntou uma voz atrás de Victoria.

Ela se virou e viu uma morena muito magra que parecia uma versão mais jovem e mais escura de Diane Keaton. Estava com um vestido floral púrpura e preto que Victoria sabia ser da Marni, e segurava as extremidades do cardigã de caxemira púrpura que usava sobre o vestido.

"É", disse Victoria.

"Você é casada com o Justin Coleman?", indagou ela, cética.

"Sim. Sou Victoria Rand. E você, quem é?", perguntou ela estendendo a mão. Em Los Angeles ninguém se cumprimentava com um aperto de mãos, mas Victoria se recusava a se aclimatar.

"Sou Ruthie Marmon", respondeu a mulher, com um aperto frouxo. "Fui casada com o Wayne Mercer."

Victoria sentiu o sangue subir ao rosto enquanto examinava cuidadosamente aquela mulher sem conseguir saber qual era sua intenção. Ela saberia do seu caso com Wayne? Ou apenas sabia que Wayne detestava Justin? Sua cabeça começou a acelerar.

"Prazer em conhecê-la", cumprimentou Victoria.

"Eu sempre quis conhecer a melhor metade de Justin", disse ela sempre num tom neutro. O que significava aquilo? Victoria não tirava os olhos de Ruthie mas era incapaz de deduzir alguma coisa de sua expressão. Ela não ergueu uma sobrancelha nem enfatizou as palavras para que "melhor metade" soasse maldoso. Falava sempre no mesmo tom, sem inflexões.

"Ah", riu Victoria nervosamente. "Por quê?"

Ruthie ergueu mais a cabeça e finalmente um sorrisinho surgiu nos cantos da sua boca. "Porque ele é um filho da puta."

Ela disse isso sem veneno, como se tivesse apenas declarado um fato, por exemplo a probabilidade de que no dia seguinte fosse chover.

"Ha, ha", riu Victoria, sem conseguir que seu riso soasse natural. "Imagino que você possa dizer isso sobre uma porção de gente nessa cidade. Foi também o que eu ouvi falarem sobre o Wayne."

"Tenho certeza de que você ouviu isso", disse Ruthie, os olhos se apertando. Victoria teve a impressão de que ela enfatizou o *você*. Não enfatizou? "E é verdade", completou ela dando de ombros. "Por isso eu me divorciei dele."

"Ah", fez Victoria.

"Mas você ainda está com ele", perguntou Ruthie.

"Com quem, com o Wayne? Você está maluca", protestou Victoria com a pressão sanguínea se elevando.

Ruthie lhe dirigiu um olhar curioso. "Estou dizendo que você ainda está com o Justin. Você também está com o Wayne?"

"Não, não, eu não entendi o que você falou." Droga, droga!

Ruthie olhou desconfiada para ela. "Então está bem. Até logo", despediu-se, voltando-se e afastando-se tão tranqüilamente quanto havia chegado.

Victoria ficou abalada. Logo que Justin voltou, ela agarrou os meninos, deu ao manobrista o tíquete do carro e quando ele o trouxe pôs os gêmeos dentro. Ela se sentia oprimida. Droga, agora essa Ruthie acha que eu estou com o Wayne. Mas como é que se explicava aquilo tudo? Ela ousava chamar Justin de filho da puta! Ele pode até ser, mas quem é ela para dizer uma coisa dessas? A menos que...

"Você conhece Ruthie Marmon, a ex-mulher de Wayne Mercer?", perguntou ela, voltando-se para Justin.

Um sorrisinho insinuou-se no rosto de Justin. "Meu Deus, eu não ouvia esse nome há séculos. Ela estava lá?"

"Estava. Responde à minha pergunta."

"Sim, conheço a Ruthie."

"Você transou com ela?", perguntou Victoria.

"Vic! Os meninos estão ali atrás!"

"Responde", sibilou Victoria.

"Meu Deus, isso aconteceu, mas foi muito tempo atrás, a gente ainda nem se conhecia."

"Quando ela estava casada com Wayne?", indagou Victoria.

"É", respondeu Justin esfregando no assento do carro a cabeça cheia de gel. Era evidente que ele estava se deliciando com a lembrança.

"Você é um cara sórdido", disse Victoria.

"Isso foi antes de nos casarmos, qual é o problema?"

Victoria continuou em silêncio durante todo o resto do percurso. Então, Wayne talvez soubesse desde o início quem era ela. Talvez tudo fizesse parte da vingança dele. Parabéns, Victoria. Belo trabalho.

Vinte e sete

Desde aquele fim de semana em Boston, Leelee era uma nova mulher. Ela nunca havia se sentido tão eufórica, tão completa. Agora ela sabia o que significava "andar nas nuvens". Ela se esquecera de como era bom fazer sexo e de como Jack era fantástico. As atividades mais triviais tornavam-se suportáveis porque Leelee sabia que aquilo era apenas temporário. Ela e Jack tinham conversado, ele desabafara com ela e admitira que não podia mais continuar vivendo com Tierney. Era tudo uma mentira. Ele confessou que eles viviam vidas totalmente separadas. Ela era obcecada por sair o tempo todo, não havia uma festa beneficente ou inauguração de loja a que ela pudesse deixar de ir, pois estava determinada a se tornar um ícone da moda e da sociedade. Era a mulher mais superficial, tonta, rasa, que ele já conhecera e eles não tinham absolutamente nada em comum. Ela estava dilapidando sua fortuna com roupas de alta costura e jóias Verdura (embora fosse difícil "dilapidar" uma fortuna de tantos bilhões) e ele havia chegado ao limite. Queria alguém com personalidade, alguém que o compreendesse e cuidasse dele, ele queria Leelee.

Tudo o que era preciso fazer era escolher o momento certo para eles se unirem. Eles concordaram que deviam esperar até o término das férias e então começariam uma vida própria. Jack adorava as filhas de Leelee; esse era outro motivo de brigas com Tierney, que se recusava a engravidar. Leelee tinha certeza de que ele seria um padrasto espetacular. Ela nutria esperanças secretas de engravidar na lua-de-mel, e, se fosse um menino, seria certamente uma adorável miniatura de Jack. Claro que Brad ficaria magoado, mas ele sabia. No fundo ele sabia que ela e Jack tinham sido feitos um para o outro.

Ao voltar para casa depois da aula de Pilates (nos últimos tempos ela estava fazendo um esforço extra para ficar em forma) Leelee estava cantarolando *Sweet Child o'Mine* e imaginando a sua vida futura. Tomou um demorado banho quente e decorou mentalmente o Salão Oval (pois ela simplesmente sabia que Jack um dia seria o presidente), e não ouviu a porta do banheiro se abrir. Quando afastou a cortina do *box*, se assustou ao ver Brad ali, de pé em meio ao vapor.

"Quem é cara tranqüilo?", perguntou ele, calmamente.

Meu Deus! caratranqüilo@cara.com era o *email* de Jack! Como foi que Brad ficara sabendo dele?

Ela fingiu despreocupação e estendeu a mão para a toalha. "Do que é que você está falando?", perguntou tranqüilamente. "E o que é que você está fazendo em casa tão cedo?"

"Voltei cedo para casa. Quem é esse cara tranqüilo?", repetiu ele.

Leelee envolveu o corpo com a toalha, amarrou-a e pegou outra para secar o cabelo. Ela abaixou bem a cabeça e enrolou a segunda toalha num turbante antes de responder.

"Eu não sei do que você está falando", disse ela, pegando uma vasilha de creme no balcão da pia e pondo uma pequena porção na mão.

Brad olhou fixo para ela, observando cuidadosamente sua reação. "Fui no computador mandar um email e vi uma mensagem de um cara tranqüilo na sua caixa de entrada. Falava em fugirem juntos, em como a vida dele era aborrecida, em amor. Isso te diz alguma coisa?". A voz dele estava se elevando.

Leelee parou e olhou para ele. Contaria tudo? Ele parecia tão magoado que seria fácil dizer que cara tranqüilo era Jack, que a estava levando para longe da sua vida medíocre. Mas ela olhou para Brad, que esperava uma resposta, e se conteve. Jack havia dito para esperar. E ela faria isso.

"Tudo bem, vou te contar. Cara tranqüilo é o amante da Victoria. Eles estão tendo um caso há meses. Ela se corresponde com ele no meu computador, para evitar que o Justin descubra."

Brad apertou os olhos ligeiramente para estudar o rosto de Leelee com mais cuidado, mas ela manteve a cara-de-pau. Finalmente os ombros dele relaxaram.

"Isso é lamentável. Não acredito que a Victoria esteja fazendo isso com o Justin", disse Brad, com os olhos ainda grudados em Leelee.

Leelee espalhou calmamente o creme pelas pernas em movimentos circulares. "Acho que você não pode mesmo acreditar. Mas lembre-se de que você achou que ele estava traindo ela."

"Não é errando que ela vai corrigir o erro dele", disse Brad. "É preciso pensar nas crianças."

As crianças. Está bem, refletiu Leelee sentindo o estômago pela primeira vez em muito tempo. Se fosse pôr as filhas em primeiro lugar, ela teria de ficar grudada naquela casa de merda durante o resto da vida. Bonitinha, acolhedora, está certo, mas não era assim que a sua vida devia ser. Ela se sentia enclausurada. Estava certo ela sacrificar sua felicidade em troca da delas? E além do mais não seria um sacrifício, porque elas adoravam o Jack e ele poderia sustentá-las com muito mais folga que o pai delas.

"Sim, mas talvez Victoria simplesmente esteja querendo ser feliz", disse Leelee.

Brad já estava saindo do banheiro, mas virou-se e olhou para Leelee. "Talvez ela simplesmente precise crescer. A vida não é um conto de fadas. Não existe essa coisa de felizes para sempre. Não há príncipes encantados."

Leelee olhou para ele e ficou imaginando se ele sabia. Não, era impossível. Impossível. Mesmo ele tendo descoberto o *email*, era impossível ele saber que aquilo era entre ela e Jack. Mas ela fora uma doida em deixar o seu correio aberto e teria de ter mais cuidado no futuro.

"Você é o meu príncipe encantado, querido", disse ela, com um sorriso.

Brad contemplou-a por um longo tempo. "Eu fui", disse ele, tristemente. "Espero que ainda seja."

Ele não esperou a resposta e saiu do banheiro.

Vinte e oito

DEPOIS DE DANIELA, HELEN dormiu com Parker. Ele era magnífico na cama, mas só isso. Era quase triste. As amigas dela lhe haviam dado carta branca para se exprimir e explorar sua alma, para libertar a mulher interior que tinha sido reprimida durante tanto tempo. E ela não se sentia liberta. Não se sentia feliz ou satisfeita em nenhum sentido. Na verdade ela estava começando a se sentir um tanto suja.

Ela andava tão preocupada com a sua nova vida amorosa que não estava passando muito tempo com Lauren (e nem mesmo com Wesley). Por isso, quando estava perto da escola de Lauren, às 2h40, ela ligou para Wesley e disse que ia pegar a garota, só para variar. A reação de surpresa dele a irritou. Ela era uma boa mãe, ele estava insinuando o contrário? Helen foi ficando cada vez mais raivosa ao estacionar o carro e subir a escada da escola de Lauren. Ela observou as outras mães se cumprimentarem. Obviamente era assim todo dia. Sentiu-se um pouco marginalizada, pois ninguém parava para conversar com ela e algumas mães quase nem a saudavam. *É porque eu trabalho*, pensou. Todas aquelas mães eram do tipo que ficavam em casa e sentiam inveja das mães que trabalhavam. Desculpem, mas ela era dotada de criatividade. Ela ficou num lugar um pouco mais alto, olhando arrogantemente para as outras mulheres, todas com roupas de malhar, e então viu Martha West. Martha era advogada ambiental. Bom, havia uma mãe que trabalhava e tinha ido buscar o filho, mas ela era dona do seu escritório. Então ela viu Hannah Tassin, Melanie Lutz e Brooke Pelham. Todas elas trabalhavam. E todas estavam lá. Helen encolheu-se um pouco.

"Cadê o papai?", perguntou Lauren, logo que viu sua mãe.

"O papai está em casa. E você, como é que está, meu anjo?", disse Helen, abaixando-se para beijar a filha no rosto.

Lauren olhou para ela de um modo estranho. "Está tudo bem com ele?"

"Claro, por que não estaria?"

"O que é que você está fazendo aqui, então?", perguntou ela, desconfiada.

Helen sentiu o rosto em brasa. "Eu não posso pegar você na escola? Isso é tão incomum?"

Lauren dirigiu à mãe um olhar inquisidor, mas em seguida mudou de expressão. "Claro. É que eu estou acostumada com o papai me buscando. Você também vai me levar no balé?"

"Você tem balé hoje?", perguntou Helen, dando-se conta de que não sabia nada sobre a vida da filha. Claro, ela havia marcado todas aquelas aulas, mas nunca a levara. Helen não conseguia se lembrar da última vez em que passara algum tempo com Lauren. Ela olhou para a sua linda filha, com um rabo-de-cavalo longo que balançava de um lado para o outro e com olhos cor de chocolate, e se sentiu tão triste que seu coração parecia prestes a explodir. "Claro que eu vou te levar ao balé. Vou adorar fazer isso."

Lauren deu a mão para a mãe e elas foram para o estacionamento. De vez em quando Helen olhava para aquela criaturazinha mágica com a mochila da Moranguinho e não acreditava que pudesse ter sido tão idiota. Estar com a sua filha fazia a insensibilidade ceder. Todas aquelas sensações fortes que ela acreditava poder ter com outro homem não eram nada comparadas com o que sentia agora. Era isso o lar. Ela finalmente sabia o que tinha de fazer. Precisava sair do pacto de infidelidade. Precisava reunir sua família novamente.

Ela abriu a porta do carro para Lauren e estava prestes a se sentar na cadeira do motorista quando ouviu alguém chamar o seu nome. Ela olhou em volta. Era Anson Larrabee.

"Olá, Anson, como é que você está?"

Anson usava uma calça vermelha Natucket e um suéter irlandês folgado. Seu aspecto era absurdo.

"E aí, Helen, tudo bem?", perguntou ele.

"Tudo, vou levar a minha filha à aula de balé", disse ela, aborrecida.

"Isso é fabuloso. Todo mundo vai ficar emocionado ao ver você com sua filha. Você está desaparecida há muito tempo. Cheguei a pensar que você e o seu marido tinham se separado."

"Não, nós estamos juntos", disse ela, lacônica. Quem ele pensava que era?

"Que ótimo", disse ele, fuzilando-a com os olhos. Ele se aproximou dela e sussurrou: "Você é a pessoa com quem eu não sei o que fazer. Interessante: eu sei o segredo da Victoria, sei o segredo da Eliza e sei até mesmo o da Leelee, o mais precioso. Mas não sei exatamente qual é o seu segredo. Qual seria?"

Helen estava mais irritada do que preocupada. Aquele homem era um ser humano desprezível, que não merecia um momento de sua atenção.

"Eu não sei do que você está falando, mas, o que quer que seja, tenho certeza de que você está totalmente equivocado", disse ela, num tom áspero.

Anson riu com gosto e depois parou. "Não estou falando do pacto de infidelidade. Sei que todas vocês são traidoras. Estou falando dos segredos que todas vocês estão guardando umas das outras. Victoria tem um, Eliza tem outro e Leelee tem outro. E, acredite, você se surpreenderia se soubesse deles. Eu estou só esperando para descobrir qual é o seu. E tenho certeza de que não vou me desapontar, querida", alertou ele com um ar ameaçador porque ela estava tratando de ir embora.

Helen ficou em pânico. "Nós não temos segredos, você está enganado."

"*Não minta para mim!*", esbravejou ele, batendo o pé para enfatizar. Ele balançou o dedo na frente do rosto dela. "Você acha que está a salvo, mas não está. Suas amigas não te contaram tudo. Seu castelo de cartas não vai demorar a desmoronar. E quando isso acontecer, eu vou estar lá!"

Ele deu as costas a Helen e se foi. Ele tinha uma bunda de balão, notou Helen enquanto o observava afastar-se. Essa foi a única coisa que passou por sua cabeça, porque todo o resto era improvável demais para ser levado em conta.

"Quem era aquele homem, mamãe?", perguntou Lauren, quando entrou no carro.

"Um homem que não faz nada certo", disse Helen dando marcha a ré.

Lauren riu. "Na nossa turma tem um menino assim."

Durante toda a aula de balé Helen atormentou-se com o que Anson havia dito. Que segredo suas amigas tinham que não lhe haviam contado? Anson sabia do pacto de infidelidade — ele sabia até mesmo do nome. Como? Quem estava contando a ele? Suas amigas tinham planejado aquilo juntas apenas para atraí-la? Ela estava ficando paranóica. Tentou ligar para elas do celular mas ninguém atendeu. Isso a fez ficar ainda mais em pânico. E se estivessem todas em algum lugar tramando alguma coisa? Ela resolveu ir diretamente para a casa de Eliza depois de deixar Lauren em casa.

Declan respondeu quando ela tocou a campainha.

"Oi, Declan, Eliza está em casa?", perguntou ela.

"Ela precisou ir a uma projeção do novo filme de Michelle Pfeiffer, que ela está entrevistando para a *Chat*. Você quer entrar?", perguntou ele abrindo a porta e correndo para a cozinha. "Estou fazendo o jantar das crianças. Juana saiu para comprar leite e o forno está quentíssimo..."

Helen seguiu a voz dele até a cozinha. Donovan e Bridget viam televisão e Declan acabara de despejar a água fervente do macarrão e tirava os peitos de frango do forno.

"Desculpa a correria", disse ele.

"Posso ajudar?"

Helen pôs mãos à obra despejando queijo colorido e manteiga no macarrão e revolvendo-o. "Essa cor é nojenta."

"Concordo. Não posso acreditar que estou dando isso para os meus filhos. Mas eles adoram", disse Declan.

"Que horror!"

Depois que as crianças foram postas para jantar, Juana voltou com o leite e Declan pôde levar Helen para a sala.

"Quer beber alguma coisa?"

"Não, obrigada. Ou melhor, quero, sim", disse ela. Decididamente ela precisava de alguma coisa para se equilibrar.

"Vodca? Vinho? Cerveja?", perguntou ele apontando para o bar.

"O que você quiser", respondeu ela desabando no sofá. "Vodca. Pura."

Declan foi até o bar e com um sorriso despejou para ela uma dose da bebida que estava num dos decantadores de cristal. "Dia difícil?"

Algo no seu tom solidário fez Helen explodir em lágrimas. "Sinto muito..."

"Nossa", disse ele, levando-lhe a bebida. "Dia difícil."

Helen fez o possível para conter o choro e se controlar, relaxar, mas não conseguiu. Ela ainda não havia percebido o efeito profundo que a sua infidelidade estava tendo nela.

"Sinto muito", lamentou ela, entre soluços.

Declan levantou-se para lhe dar um lenço de papel; não encontrando nenhum, pegou no bar um guardanapo de coquetel e entregou a ela. "Está tudo bem, você não precisa me contar nada", tranqüilizou ele.

Isso a fez chorar ainda mais. Ele era tão doce. Os quatro maridos eram tão doces. Tudo bem, com exceção do Justin, talvez.

"Escuta, vamos beber uma dose; vamos nos sentir melhor depois dela", sugeriu Declan. Ele foi até o bar e abriu uma garrafa de tequila, despejando em dois copinhos irlandeses que eles tinham ganhado no casamento.

"Eu sou irlandês. Tomar um gole de uma boa bebida é como um remédio para nós", disse ele, tentando brincar.

Ela bebeu rapidamente e o álcool queimou sua garganta.

"Eu estou bem", disse ela, entre soluços.

"Posso ajudar?", perguntou ele. "É o Wesley? Lauren?", perguntou ele, dando-lhe tapinhas nas costas.

"Cometemos um erro terrível...", disse ela, chorando. Ela estava a ponto de lhe contar tudo. Que todas elas haviam resolvido trair, que ela se sentia uma mulher à-toa, que a coisa não estava acontecendo do modo que elas haviam imaginado, mas então uma clareza fria tomou conta dela e a deteve. Não, ela não podia romper o pacto. Ela havia prometido. Tudo bem, ela também havia prometido amar e respeitar seu marido e não traí-lo, e todas essas coisas que ela havia descumprido, mas não era certo fazer isso com as amigas. Em última análise, ela poderia dizer que era leal às suas amigas.

Helen subitamente se empertigou, enxugou os olhos e sorriu para Declan. "Desculpa, Declan, foi só um dia ruim."

"Você quer falar sobre isso?"

"Não, está tudo bem", disse ela, olhando para ele.

"Alguns dias são assim", confortou-a Declan, dando tapinhas tímidos nas suas costas.

Vinte e nove

"Não posso acreditar que menti para o Declan. Eu disse para ele que precisava ir a uma filmagem hoje à noite e estou aqui me arriscando na frente da casa do teu amante", constatou Eliza, sentada no carro de Victoria, enquanto esta dirigia pela entrada de veículos da casa de Wayne.

"Eu sou grata a você por isso", disse Victoria. Ela olhava atentamente para a casa, tentando descobrir através da janela onde estava Wayne.

"A gente está mesmo decaindo rapidamente", pontificou Eliza.

Victoria parou e olhou para Eliza. "Sou realmente grata a você por fazer isso. Você não imagina como esse cara é louco. Se eu tivesse idéia..." Sua voz falhou e, pela primeira vez em meses, Eliza viu lágrimas aflorarem nos olhos de Victoria.

"Tudo bem. Depois dessa noite, esperamos, ele vai se afastar", disse Eliza, inclinando-se para dar um abraço na amiga. Victoria era a pessoa menos inspiradora de abraços, tinha fobia à proximidade física, mas dessa vez correspondeu ao gesto.

"Fale honestamente: você acha mesmo que o Anson sabe de alguma coisa?", perguntou Victoria.

"Sabe. Mas o que e como, eu não sei", respondeu Eliza, desligando o ar-condicionado. Todo mundo em Los Angeles ligava o ar-condicionado do carro, qualquer que fosse a estação do ano, pensou Eliza. Ela não queria pensar em Anson. Ele a amedrontava.

"Você acha que a Leelee contou a ele?", indagou Victoria.

"Por que a Leelee?", perguntou Eliza.

"Não sei, ela parece muito imatura. Eu me arrependo um pouco de ter incluído a Leelee nisso."

"Mas ela é quem se deu melhor até agora. Ela está planejando deixar o Brad e ir viver com o Jack."

"Ela é uma boba. Ele nunca vai deixar a mulher. Mas esse é o problema. A Leelee é indiscreta. E tem todas aquelas irritantes amigas, mães dos meninos da Junior League Palisades, que são como as mulheres do *Vale das Bonecas*, das *Esposas de Stepford*. Tenho certeza de que a Leelee comentou com elas." Victoria se arrepiava quando pensava naqueles clones.

"Não acho que a Leelee tenha falado. O Anson deve ter ouvido a gente em algum lugar."

"Ele me parou na rua outro dia e quis falar comigo", comentou Victoria. "Eu disse que estava com pressa. Não quero conversa com ele."

"Você fez isso?", exclamou Eliza, incrédula. "Você não pode destratá-lo, Victoria. Nós precisamos descobrir o que exatamente ele sabe e o que vai fazer com essa informação. Ele está ficando perigoso..."

"Olha! Ele está aqui. Ligou a luz da sala de projeção. Vamos", disse Victoria.

"Estou enjoada", disse Eliza. "Você sabe que sou uma péssima atriz."

"Eu falo tudo; você pode ficar calada."

Victoria pegou a bolsa e elas saíram do carro e se dirigiram para a casa. Quando abriu a porta, Wayne pareceu surpreso.

"Hoje é o seu dia de sorte, amorzinho", disse Victoria, dando-lhe um beijo molhado. "Esta é minha amiga. Ela quer fazer um trio com a gente."

Wayne olhou Eliza de alto a baixo. "Ótimo, entrem", disse ele.

Eliza ficou mal impressionada com Wayne. Como é que Victoria podia dormir com aquele sujeito repugnante? O gosto dela para homens era terrível.

Eliza percorreu com o olhar toda a sala moderna, notando imediatamente que Wayne era obcecado por tudo o que é elétrico e adorava a mobília de couro preto que todos os homens solteiros têm em casa. Horrível, pensou, ela enquanto se sentava.

"Vamos começar logo essa festa", disse Wayne.

"Vamos beber um pouco. Depois a gente começa. Ah, e talvez um pouco de cocaína?", sugeriu ela.

Os olhos de Eliza se arregalaram, mas Victoria lhe fez um sinal de desaprovação. "Não se preocupe", disse ela sem voz, apenas movendo os lábios.

E ela estava certa. Wayne acabou consumindo sozinho toda a cocaína. E depois de uns quatro gins com tônica estava totalmente ligado. Por sorte ele era egocêntrico, e achava ótimo manter durante toda a noite um discurso sobre as celebridades de quem ele era o melhor amigo e a sua grande importância em Hollywood.

"Preciso ir ao banheiro", disse Victoria finalmente.

"Você sabe onde fica, querida", disse ele, sem interromper sua história sobre Ben Affleck. Eliza fingia estar *realmente* impressionada, para mantê-lo falando o máximo de tempo possível.

Victoria foi até o quarto de Wayne. Ela já havia conseguido xeretar pela casa, e assim sabia onde ele guardava as fitas de vídeo, mas nunca tivera tempo suficiente para encontrar a que desejava. Que canalha! Ela foi até as prateleiras e retirou os livros falsos. Elegante. Só mesmo um cara como aquele seria capaz de ter acessórios no quarto.

Atrás deles ficava o esconderijo de vídeos, e Victoria pôs um deles no gravador. Estava combinado com Eliza que ela diria "Eu adoraria tomar um sorvete!", bem alto, se Wayne estivesse se aproximando, e assim Victoria sentou-se na ponta da cama para ver.

A primeira fita era tediosa: Wayne dava ordens a uma loira burra para que ela fizesse um *strip-tease* diante da câmera. Victoria tirou-a do gravador. Ela acreditou ter ouvido algo, e assim foi até a porta e prestou atenção, mas a voz de Wayne continuava ressoando na sala, contando a sua história predileta sobre Val Kilmer. Victoria voltou silenciosamente ao quarto e pôs outra fita.

"Ah, safado, assim!", dizia a mulher do filme enquanto Wayne se sacudia em cima dela.

Repulsivo. Mas não era Victoria. Ela assistiu repugnada durante um segundo e estava a ponto de tirá-lo do gravador quando a mulher passou para cima de Wayne. Hummm... ela parecia conhecida, pensou Victoria. Uma atriz? Aquela moça do *Entertainment Tonight*? Victoria apertou os olhos. Ah, meu Deus! Uma mina de ouro! Era Shelly Forrester, mulher de Dick Forrester, o criador da agência de Wayne que hoje dirige um estúdio importante. Um dos caras mais poderosos de Hollywood, se não o mais. Nossa! Que idiota! E agora Wayne estava olhando para a câmera, piscando para ela momentos antes de cavalgar Shelly. As pessoas são tão bobas, pensou Victoria. Mas ela não era. Ela ia levar essa fita e chantagear Wayne. Ia fazê-lo devolver as fitas que tivesse dela, e mais. Victoria queria que ele sofresse tanto quanto a fizera sofrer. O bilhete para a vingança estava na sua mão.

Ela desceu a escada segurando no corrimão, mas olhando para Wayne. *Gente como ele não merece viver.* Ela o observava animar-se à medida que avançava na sua história, contando algum caso pretensioso em que ele inevitavelmente salvava a vida de alguma celebridade. *Esses homens são todos iguais. Subumanos.* Seus olhos estavam dançando e ele gesticulava furiosamente, e Victoria precisou fazer um grande esforço para controlar sua aversão. Mesmo estando a três metros de distância ela podia ver as gotas de saliva que saíam de sua boca enquanto ele falava cada vez mais rápido. Ela já havia sido o receptáculo daquela tempestade de saliva, e não era uma bela coisa. *Esse homem não merece viver.* O discurso de Wayne tinha ficado na cabeça dela. *Ninguém vai sentir falta dele se ele morrer.*

"Eliza mudou de idéia e nós vamos embora", disse Victoria rapidamente enquanto pegava a bolsa e se dirigia para a porta da frente.

"O quê?", gritou Wayne pulando da poltrona.

Eliza levantou-se e em silêncio seguiu Victoria até a porta.

"A gente vai embora, Wayne. Tchau", despediu-se ela.

"Vocês não podem ir!"

"Podemos e estamos indo", respondeu Victoria.

Wayne correu e tentou impedir que ela abrisse a porta mas estava muito bêbado e descontrolado para conseguir qualquer coisa.

"Tchau", disse Eliza mansamente.

"Filhas da puta! Vagabundas! Suas vacas!", gritou ele, enquanto elas se afastavam.

"Conseguiu?", perguntou Eliza.

"Consegui uma coisa muito melhor", respondeu Victoria.

Quando Eliza chegou em casa naquela noite estava tudo escuro e ela imaginou que Declan já estivesse dormindo. Ele costumava ir para a cama cedo nos dias úteis e nem assistia ao programa do Jon Stewart. Ela pôs a bolsa e as chaves no aparador e estava quase subindo para o quarto quando ouviu uma voz na sala.

"Gostou do filme?", perguntou Declan.

"Você está acordado?", disse Eliza, assustada. "Por que você está sentado no escuro?"

Ela foi até onde ele estava e sentou-se ao lado.

"Estava pensando. Gostou do filme?", repetiu ele.

"Foi ótimo", respondeu Eliza, sem muita convicção.

"Bom", disse Declan.

Ele observou cuidadosamente o rosto dela e ela, em resposta, olhou-o curiosa.

"Está tudo certo?", indagou ela.

"Está", disse ele, levantando-se. "Vamos para a cama."

Trinta

ANSON ANDAVA CONTRARIADO porque nenhuma das mulheres do pacto de infidelidade o estava cortejando ou implorando que ele parasse de publicar aquelas notas obscuras no jornal. Ele havia esperado flores, lágrimas, jantares, quinquilharias. Mas nada disso ocorrera. E o pior: elas ou continuavam a ignorá-lo ou tinham se tornado agressivas.

"Victoria", gritara Anson uma manhã. Ele estava perto da garagem da casa dela, observando-a tirar sacolas de compras do carro.

"Não deixa a sua cadela fazer xixi no meu gramado", ordenou Victoria, fuzilando Samantha com o olhar.

"Bom dia para você também", resmungou ele, sentindo-se ofendido pela cachorra. "Sabendo que você tem uma influência imerecida sobre o seu marido, fiquei pensando se você não poderia pedir para ele dar uma olhada no roteiro que eu estou escrevendo."

Os olhos de Victoria se apertaram e suas narinas incharam-se levemente. "Está certo", disse ela antes de fechar estrondosamente a porta do carro, trancá-lo e entrar em casa pisando com força.

Anson ficou atônito. Será que ela não havia lido as notas? Ela não estava preocupada? Como é que ela podia dispensá-lo daquele jeito? Isso apenas o estimulou ainda mais.

Anson sabia que, para preparar um processo, era preciso reunir informações e munição sobre os inimigos. Obviamente as fitas do monitor de bebê eram uma arma apontada para as quatro mulheres. Mas ele precisava de fotos e outras provas complementares para poder obter a pena de morte, e assim começou a seguir as mulheres. Até que foi divertido farejá-las aqui e ali. Suas vidas eram na verdade bastante enfadonhas — carregar as crianças para cá e para lá, levar roupa para a lavanderia, ir à academia — até elas fazerem algo errado. Alguma coisa que tinha a ver com um de seus amantes. Pelo menos era o que ele suspeitava.

Ele via chegarem flores quase diariamente na casa de Eliza e sabia que Tyler estava lhe fazendo uma corte muito insistente. Sabia também que Eliza o estava rejeitando, porque, assim que a *van* da Velvet Garden se afastava, ela ia até a lata de lixo e atirava as rosas dentro. Livrar-se de evidências. Num esforço para ser absolutamente meticuloso, Anson esperou Declan, que saía para esperar sua carona, levar a lixeira para a extremidade da entrada de veículos, e só depois se pôs a passear com Samantha até ela fazer cocô. Então ele recolheu o excremento num saco plástico e foi jogá-lo na lata de lixo da casa de Victoria, mas ao fazer isso sutilmente pegou o cartão que estava junto com as flores. Sua intenção era ligar para a floricultura e descobrir quem enviara o cartão com os dizeres: "*Obrigado pelo seu apoio*".

Todas as informações que Anson obtinha com as mulheres eram postas num arquivo que tinha por título o nome delas, guardado no estojo de couro do seu escritório. Ele adorava ler esses arquivos. O que aquelas mulheres não fariam ao saberem que ele reunira tudo aquilo sobre elas! Freqüentemente ele fazia listas de checagem das coisas que lhe pareciam estar faltando e que seriam a chamada cereja no alto do *sundae*. Por exemplo, ele queria pôr as mãos nas provas da entrevista de Eliza com Tyler que seria publicada na *Chat Magazine*, mas suas tentativas iniciais não tinham tido êxito. E isso o havia levado à sua teoria sobre Eliza, que ele agora acreditava ter confirmado. E ele tinha certeza de que as amigas dela não sabiam de nada.

Ele também tinha fotos de Helen e Daniela, mas as duas apenas caminhavam pela rua, e ele não sabia se isso seria suficiente. Duas mulheres sempre podiam dizer que eram amigas; era difícil provar lesbianismo, sobretudo quando isso não constava no histórico de uma delas. Ele não tinha certeza do que faria quanto a Helen. O arquivo dela ainda estava praticamente vazio, pensou Anson, desanimado.

Leelee era a que mais o deixava perplexo. Ele a havia seguido duas vezes até a praia de Manhattan e sabia que ela não faria nada de bom quando chegasse lá. Com a ajuda do binóculo, usado quando ele estava no estacionamento, Anson viu que ela estava xerocando o que parecia uma carta pedindo resgate e que depois ela destruíra a prova, mas ele não sabia para quem a carta estava sendo postada. Jack? Brad? Não, tinha de ser alguém de quem ela quisesse se esconder, do contrário por que ela usaria aquelas luvas estapafúrdias? Ele ainda estava longe de decifrar o caso. Mas uma coisa ele sabia: não seria necessário descobrir exatamente o que Leelee estava fazendo; sempre seria possível blefar. Ela provavelmente acabaria dando com a língua nos dentes quando visse que ele sabia de alguma coisa. Na verdade as fotos eram desnecessárias nesse caso; se ele fizesse um telefonema anônimo para o *New York Post*, toda a imprensa se encarregaria do caso. Mas ele se deliciava com o fato de ser a única pessoa a saber daquilo e detestaria ter de abrir mão dessa exclusividade.

Decididamente, já era hora de mudar as coisas. E só havia um modo de fazer isso: envolveu os maridos.

Trinta e um

Como Helen tinha se afastado de seus pais (pais "*adotivos*", ela frisava sempre) e a família de Wesley morava na Inglaterra, nas festas familiares, sobretudo nas festas familiares americanas, eles eram órfãos. Freqüentemente os três viajavam para o que Wesley chamava de "ocasiões Hallmark", mas naquele ano eles tinham aceitado um convite para celebrar o Dia de Ação de Graças com os Gallahue, achando que sua filha Lauren gostaria de conhecer o que é uma verdadeira comemoração desse dia. Num acesso de entusiasmo, Eliza também tinha convidado Victoria e Leelee, mas as duas estavam com hóspedes: Victoria com seus sogros de Long Island e Leelee com os pais, que haviam vindo de Boston. Embora ambas tivessem concordado em passar lá para tomar um drinque, Eliza sabia que Victoria iria, e Leelee não. Na verdade isso não tinha importância, pois o que estava deixando Eliza muito satisfeita era que sua melhor amiga de Chicago, Claudia, e o marido dela, Morgan, tinham aceitado o convite para ir passar com eles o fim de semana prolongado.

Na noite da quarta-feira, depois de um longo jantar no Capo, em que todos beberam muito vinho, Morgan e Declan falaram de negócios e ela despejou sobre Claudia todos os aspectos da sua vida (com exceção de Tyler Trask). Eliza mais uma vez chegou à conclusão de que nada é melhor do que os velhos amigos. Verdade verdadeira. Era aquele nível de conforto, aquele guia de referência escrito à mão, o fato de que qualquer coisa que ela dissesse ou opinião que emitisse seria contextualizada. Por exemplo, política. Se Eliza dissesse que votaria no candidato republicano para o governo do estado, Claudia não a atacaria imediatamente por ser contra o aborto, a favor das armas e desumana, como faziam outros amigos dela. Eliza se considerava moderada, mas para seus amigos mais democratas isso equivalia a adorar o diabo. Ação afirmativa? Claro que eles queriam isso. Era o caminho certo. Mas, se o lugar do filho deles na escola era ocupado por um negro ou um latino-americano, eles eram os primeiros da fila no guichê de matrículas a registrar uma queixa (e depois escrever cartas ameaçadoras para dez membros do conselho). Freqüentemente Eliza achava que todo mundo em Los Angeles era irrefletidamente liberal, mas do modo mais exagerado, impensado e pedante. "Os liberais são os mais intolerantes", Declan sempre dizia, e tinha razão.

Até mesmo discutir política com Claudia era um luxo. Eliza havia estudado em Georgetown, sua área de concentração tinha sido ciência política e ela chegara a estagiar no escritório do senador Simon durante a faculdade. Apesar disso, nunca discutia política em Los Angeles. Claro, havia aquela meia dúzia de mulheres que trabalhava no Conselho de Defesa dos Recursos Nacionais e adorava dizer que estava limpando o meio ambiente, explicar que os carros híbridos eram melhores (e argumentar que o fato de elas os dirigirem contrabalançava o fato de todas voarem em jatos particulares) e dizer *como se pode ajudar*. Contudo, a maioria das pessoas queria apenas fofocar. Fofocas sobre celebridades, fofocas locais. Talvez fosse assim em qualquer cidade, mas Eliza não se lembrava de ver seus pais fofocando.

Porém, mais do que ter uma amiga com quem ela podia discutir política e os acontecimentos atuais, Eliza se sentia feliz por Claudia estar em sua casa, sobretudo porque isso lhe permitiria relaxar totalmente e ser menos séria. Claudia e Morgan haviam se casado há pouco tempo e ainda não tinham filhos (Claudia também trabalhava cem horas por semana em seu escritório de advocacia). Assim, ela deixava de bom grado Eliza exibir Donovan e Bridget (sua filha-deusa) e falar sem parar das últimas proezas dos dois. As crianças, por sua vez, adoravam a "titia" Claudia, a quem chamavam de Titia Bum-Bum, por causa da sua risada agradável e estrondosa. Tudo em Claudia era grande, o que ela atribuía à sua ascendência alemã. Ela media 1,80m e tinha pernas compridas, seios fartos, cabelos longos castanho-avermelhados e enormes olhos verdes. Claudia era sincera e totalmente aberta quando falava de quase todos os assuntos e — o que era mais admirável — ainda não tinha se cansado de tudo. Ficava alvoroçada como uma criança quando os quatro se sentavam ao lado de Larry David no restaurante, e em sua última visita a Los Angeles não parara de se empolgar com o oportunidade de ver os astros na Hollywood Boulevard. Era divertido para Eliza pensar que sua amiga era famosa por ser uma fera no tribunal. Isso não transparecia ali, de modo algum, e ela prometia a si mesma que ainda iria a Chicago numa viagem de um dia apenas para vê-la atuando.

Na manhã do Dia de Ação de Graças, Declan e Morgan foram despachados para o campo de golfe (as mulheres classificaram-nos como inúteis em matéria de culinária) e Eliza, Claudia e Helen foram para a cozinha dos Gallahue preparar o jantar. Eliza não era uma *gourmande* de e, quando tinha convidados, normalmente confiava nos livros de cozinha *The Barefoot Contessa*. Porém, todos aqueles anos de vida longe dos pais lhe haviam ensinado a fazer o jantar do Dia de Ação de Graças. Helen estava sentada numa cadeira descascando batatas e deixando as tiras caírem na lata de lixo entre as suas pernas.

Claudia juntava as couves-de-bruxelas, o queijo parmesão e o creme de leite que faziam parte do seu prato favorito do Dia de Ação de Graças. Ela *prometia* que o prato seria soberbo, e mesmo quem não gostasse de couve-de-bruxelas iria adorar. De manhã Eliza já havia posto no forno o peru, com o seu recheio predileto de pão de milho, e agora estava caramelizando cebolinhas e ao mesmo tempo controlando as ervilhas e cogumelos selvagens que ela passava na manteiga em outra caçarola.

"Estou interessadíssima, por favor, continue", ordenou Claudia. Ela usava uma suéter de gola olímpica vermelho-escura que conflitava com seu cabelo castanho-avermelhado, e não poderia parecer mais contrastante com a miúda Helen sentada diante dela.

"Você é tão engraçada. O que mais eu posso te contar?", perguntou Helen, sacudindo a cabeça para tirar do olho alguns fios de cabelo.

"Eu não sei, acho que *tudo*", disse Claudia.

"Você criou um monstro", disse Eliza diante do forno. "Ela é advogada, lembra? Vai querer todos os detalhes."

Helen havia dito a Claudia, passados apenas dez minutos de lhe ter sido apresentada, que andara dormindo com uma mulher. As pupilas de Eliza se dilataram e ela pareceu alarmada, mas Helen lhe dirigiu um olhar que dizia: não se preocupe, o *seu* segredo está a salvo comigo. E Eliza acreditou. Ela sabia que Helen não a delataria para outras pessoas e não se importava que a amiga discutisse a sua infidelidade, desde que não mencionasse o pacto. Eliza havia pensado em se abrir com Claudia, e não podia acreditar que não tinha feito isso, porque elas se conheciam desde os sete anos de idade e ela lhe contava *tudo*. Mas Claudia adorava Declan e não teria aprovado. Seria bom se fosse outra pessoa, não uma pessoa que ela considerava como da família.

"Tudo bem, em primeiro lugar eu quero saber como é o sexo com uma mulher. Você acha que é lésbica? Isso faz você querer fazer sexo a três?", perguntou Claudia, despejando leite na caçarola.

"Ih, como você faz perguntas!", sorriu Helen, imperturbável. "Tudo bem, não, eu não fico com vontade de fazer sexo a três. Levar mais de um para a cama é atrair confusão."

"Quem quer fazer sexo a três?"

Elas olharam em volta. Era Victoria, que entrara sem ser percebida.

"Oi, Victoria", disse Claudia, levantando-se e dando um grande abraço em Victoria, que recuou ligeiramente. Ela detestava ser abraçada, beijada ou tocada num ambiente social.

"Oi, Claudia, bem-vinda à cidade", disse Victoria, indo em direção à prateleira de vinhos no balcão da cozinha, retirando uma garrafa de Pinot Noir e examinando o rótulo.

"Posso abrir?", perguntou ela.

"Claro", disse Eliza, abrindo a gaveta e entregando-lhe um saca-rolhas.

"Não é um pouco cedo?", perguntou Helen.

"Nunca é cedo demais quando os meus sogros estão na cidade", disse Victoria torcendo a alça e tirando a rolha. Ela pegou uma taça. "Alguém mais quer?"

"Bom, como estou de férias, acho que não tem problema", disse Claudia, fingindo culpa.

"Se eu beber agora vou passar da conta", disse Eliza.

"Helen?", perguntou Victoria.

"Claro."

Victoria despejou o vinho e serviu as outras mulheres.

"O que é que os seus sogros têm de errado?", perguntou Claudia.

"Ah, melhor nem começar", disse Victoria tirando um lindo cachecol (fazia 18º lá fora) e puxando duas cadeiras, uma para ela e outra para seus pés. "Em primeiro lugar, meu sogro. O cara literalmente vende tapumes de alumínio. Pode existir alguma coisa mais típica de branco pobre? E o seu sotaque é o do Archie Bunker ou de algum mafioso. Ele pinta o cabelo de "negro como as asas da graúna", mas parece que a tinta puxa para o azulado, e as roupas dele têm lapelas do tamanho de galpões de aeroporto. O Justin queria levá-los para jantar no Mr. Chow mas eu disse que não iria com eles a nenhum lugar em que pudéssemos encontrar pessoas que conhecemos. Aí a gente os levou ao Peppone, que é o restaurante mais escuro da cidade. Claro que a minha sogra ficou o tempo todo reclamando. Ela é a pessoa mais passiva-agressiva que conheço. Só diz: 'Não tenho preferências; qualquer lugar que vocês escolherem está bom para mim'; mas quando vamos a algum lugar ela diz: 'Claro que vocês sabem que eu hoje queria ir a um restaurante italiano, mas não tem importância'. Não suporto isso."

Claudia se divertia com a rabugice de Victoria. Era impressionante como uma mulher tão bonita parecia estar sempre vomitando os comentários mais venenosos e cáusticos. Claudia não conseguia entender por que ela estava tão zangada.

"Ah, é um saco", disse Eliza, agachada diante do forno. Falar mal dos sogros era um esporte tão popular que às vezes ela achava que as pessoas falavam mais para parecer enturmadas do que por sentirem o que diziam. Ela achava que tinha sorte com os pais de Declan, que eram gentis, bons para as crianças e não interferiam em nada. Além de seus filhos, eles tinham outros oito netos e moravam em Baltimore, o que não deixava de ajudar. Claro que, se procurasse, Eliza poderia encontrar defeitos neles, mas de que adiantaria isso? Eles não mudariam. Parecia que, assim que algumas amigas dela se casavam, colocavam-se na ofensiva e se armavam para lutar com os sogros a qualquer momento, catalogando todas as irritações e os pequenos aborrecimentos. Melhor esquecer.

"Meus sogros são terríveis, mas graças a Deus eles moram na Inglaterra", disse Helen, parando de descascar batata e tomando um grande gole de vinho.

"Tudo bem, eu quero conversar sobre isso, mas antes das crianças chegarem, será que a gente pode ouvir os seus comentários sobre a sua namorada?", perguntou Claudia pondo as mãos sob o queixo e se inclinando para a frente.

"Você está conversando com ela sobre a Daniela?", perguntou Victoria, arqueando as sobrancelhas.

"Estou", disse Helen.

Victoria olhou para Eliza, que a tranqüilizou com o olhar. "Helen resolveu se abrir sobre a sua amante; até agora ela não disse se já fez a sua opção." Isso visava a acalmar os temores de Victoria.

"De qualquer maneira, o que mais posso dizer? Foi interessante, mas não tão satisfatório quanto eu tinha esperado", contou Helen.

"Não posso imaginar como seria", disse Claudia, com uma ingenuidade do meio oeste. "Vocês fazem tudo?"

"Hum, nem tudo. Na verdade a coisa é um tanto entediante. Eu achava que seria excitante e forte; para mim a simples idéia da coisa era excitante. Não sei, não mudou minha vida."

"E você contou para o seu marido?", indagou Claudia.

"Meu Deus, não!", disse ela. "É o *nosso* segredinho."

"Quem é que tem um segredo?", perguntou Lauren entrando na cozinha com Donovan e Bridget seguindo-a. Lauren era uma criança maravilhosa e estava particularmente bonita: tinha uma tiara de prata no cabelo e vestia uma das batas elegantes que os pais de Wesley haviam mandado.

"Ninguém", disse Helen, dispensando Lauren.

"Eu quero um segredo", disse Donovan, aproximando-se de Eliza e erguendo os braços. Ele era uma criança muito afetuosa, com olhos amendoados incrivelmente grandes.

"Tudo bem, o segredo é este", disse Eliza sussurrando no ouvido de Donovan: "Eu te amo."

"Isso não é um segredo!", riu Donovan.

"É sim", murmurou Eliza novamente fazendo cócegas na barriguinha dele. "Eu te amo até o céu."

"Eu quero um segredo!", disse Bridget pulando sem parar. Eliza abaixou-se e sussurrou no ouvido dela: "Eu te amo até a lua".

Bridget explodiu numa gargalhada.

Lauren, que normalmente era tranqüila e reservada, estava relaxada o suficiente para abrir um sorriso e se aproximar de Eliza. "Eu posso ganhar um segredo?", perguntou ela educadamente.

Eliza abaixou-se e sussurrou no ouvido dela: "Eu te amo até Júpiter!"

Lauren começou a rir também. Helen observou Lauren seguir Eliza, Donovan e Bridget até os armários da cozinha e esperá-la retirar e distribuir saquinhos de salgadinhos para cada criança. Depois a menina disse: "Vamos" e as duas crianças menores a seguiram até a sala da família para continuarem seu lanche. Eliza tinha um jeito tão natural com as crianças, pensou Helen com despeito. Ela nunca era assim, brincalhona, bobinha, com Lauren. Mas obviamente era disso que a menina precisava, porque sempre que Eliza estava por perto ela ficava grudada nela.

"Lauren é tão doce com as crianças", disse Eliza.

"Ela é natural", acrescentou Claudia meneando a cabeça. "Ela só tem... quanto?, sete anos? E já é uma *babysitter*".

"As meninas são assim", disse Victoria reclinando-se na cadeira. "Os instintos delas funcionam desde o início. Fico pasma quando vejo as filhas de amigas brincando juntas durante horas sem problemas. Meus filhos destruiriam o lugar e um ao outro. Se eu pergunto a um deles onde está o outro, ele sai correndo e eu ouço uma bofetada, um estrondo e um berro, e então ele volta sem dizer uma única palavra. Mas outro dia eu estava na casa da minha amiga que tem meninas e ela pediu à de quatro anos que fosse ver onde estava a de dois; a menina voltou com a irmãzinha pela mão, dizendo que ela estava brincando com coisas perigosas e que elas deviam ir brincar de alguma outra coisa! Isso é muito maluco."

Todas as mulheres riram e concordaram.

Mais tarde, quando os três maridos tinham chegado e todos estavam de banho tomado e vestidos de acordo, prontos para o coquetel antes do jantar, Claudia ficou uns instantes sozinha com Eliza na cozinha.

"Não posso acreditar nas suas amigas", comentou ela.

"Sei disso."

"A Helen, por exemplo. Traindo o marido?", a última frase ela disse num sussurro, sem tirar os olhos da porta para ter certeza de ninguém a ouviria. "Isso é simplesmente *maluco*. Eu mal conheci ele, mas me pareceu um cara muito doce."

"E é", disse Eliza dando uma última mexida no purê de batatas.

"E é triste ela não estar ligada à filha. Ela olha para ela como se estivesse lidando com um alienígena", disse Claudia dando a Eliza uma luva para ela poder tirar o peru do forno.

"Você está certíssima", disse Eliza.

"Acho que se ela passasse mais tempo com a garotinha teria a satisfação que está tentando encontrar fora de casa. Mas não sei de nada."

"Não, você tem razão", repetiu Eliza. Ela própria teria mais satisfação se passasse mais tempo com seus filhos? Não, não era o caso. Ela sabia que o seu relacionamento com Donovan e Bridget era ótimo. E com Declan também. O que ela queria era se sentir especial. Aquilo era bobo, para dizer a verdade.

"E a Victoria é uma pessoa engraçada", disse Claudia, rindo. "Ela está sempre irritada com alguma coisa, toda vez que eu a encontro. Eis uma pessoa que talvez *devesse* pensar em se divorciar."

"Também acho. O marido dela é um idiota."

"Mas eu não sei de nada. Eles devem ser pessoas admiráveis, porque são seus amigos", disse Claudia, pegando um prato com queijo e bolachas e levando-o para a sala.

Eliza ficou ainda um minuto, as mãos dentro das luvas, o vapor das panelas quentes em torno do rosto, e tentou examinar suas amigas com distanciamento. Era muito difícil. Às vezes é preciso alguém de fora para dizer o que está acontecendo.

Enquanto isso, na casa de Leelee, o jantar de Ação de Graças estava tão tenso quanto nos últimos anos. A mãe de Leelee, que com a idade se tornara mais mesquinha e deprimida com a vida, tinha a cara azeda ao examinar o jantar com olhar crítico. "Escute; por que é que vocês continuam sem uma sala de jantar?", perguntou ela várias vezes, aparentemente por não gostar da resposta que eles davam, de que era melhor usar o espaço para uma sala de brinquedo para as meninas. "E quando estão pensando em mudar?", pergunta, como se não percebesse que Brad não ganhara dinheiro extra para fazer mudança. Mãe e filha concordavam em uma coisa: se Leelee tivesse se casado com Jack, como elas tinham achado que aconteceria, a vida seria melhor. Mas ainda havia tempo.

Trinta e dois

O Dia de Ação de Graças terminou tão rapidamente quanto começara, com as pessoas comendo mais do que deveriam e prometendo queimar as calorias depois do feriado. Claro que na segunda-feira as academias estavam repletas e, nas ciclovias e pistas de corrida à beira-mar, via-se um grande número de fanáticos por exercícios esforçando-se para queimar o excesso de batata-doce que eles lamentavelmente haviam ingerido. As quatro amigas estavam de volta à sua rotina, levando as crianças para a escola, deixando-as em aulas e lidando com seus romances extracurriculares.

"Posso usar seu telefone?", perguntou Leelee, quando Victoria abriu a porta da sua casa.

"Claro! Boa tarde para você também!", disse Victoria, deixando-a entrar.

Leelee limpou cuidadosamente os sapatos no tapete de entrada, sabendo que Victoria era muito rigorosa com relação à sujeira levada para dentro da casa. "Desculpe, é que o Brad está na minha cola desde que descobriu um *email* do Jack e eu ainda não quero que ele saiba", disse Leelee.

"Mais cedo ou mais tarde ele vai descobrir", argumentou Victoria.

"Bom, eu preciso que seja mais tarde. Onde posso conversar com mais privacidade?", perguntou Leelee, dando uma olhada em volta. Ela não queria pedir um favor a Victoria, mas Helen não estava em casa e ela não se sentia à vontade de ligar na casa de Eliza, que ainda parecia desaprovar o pacto, embora participasse dele.

"Você pode usar o telefone do quarto das crianças", sugeriu Victoria apontando para o andar de cima.

"Obrigada, disse Leelee correndo pela escada.

"Quer beber alguma coisa?", perguntou Victoria.

"Não, obrigada", gritou Leelee, já fora de vista.

Victoria suspirou e sentou-se à mesa, voltando a abrir a correspondência. Leelee era uma ótima amiga para sair, dar umas risadas, fofocar e conversar sobre decoração ou criação de filhos, mas era totalmente inadequada para o pacto. Não devia nunca ter sido incluída; mas ela era muito próxima a Helen, e para falar a verdade Victoria não acreditava que Leelee fosse capaz de encontrar alguém com quem trair o marido — no que obviamente ela se enganara. E agora sua amiga se transformara num monstro. Leelee estava tão convencida de que ia se casar com Jack Porter e ser a primeira-dama do país que tinha se tornado presumida e vaidosa. Ela sempre tinha tido uma propensão para se apresentar como sendo "de alta linhagem" porque era uma Swift e estava no *Registro Social*, mas agora que finalmente ela teria outro sobrenome pomposo e junto com ele alguma grana, ninguém a suportava. Mas Victoria não tinha tanta certeza de que tudo acabaria do modo como Leelee esperava. Ela desconfiava que naquele romance o envolvimento era unilateral e que Leelee estava iludida.

Victoria abriu uma carta cujos destinatários eram, para sua grande contrariedade, o sr. e sra. Coleman. Droga, ainda tinha gente que não se lembrava de que ela havia mantido o seu nome de solteira? Isso era irritante. Ela deu uma olhada na foto de dois garotos loiros e sorridentes vestidos com malhas azuis Ralph Lauren, que afagavam um grande labrador marrom. Havia alguém organizado o suficiente para já estar mandando cartões de Natal? Ela abriu o cartão e leu: *Feliz Natal e próspero Ano Novo. Dave, Nicole, Matty, Jasper, Duquesa e Dander (que não está na foto).* Ela ficava furiosa quando as pessoas incluíam o nome de seus animais nos cartões de Natal. Gente, eles não são humanos! Aquilo era muito brega. E o pior eram aquelas pessoas que mandavam cartões de Natal apenas com a foto do seu cachorro ou do seu gato, sem crianças. Ridículo, pensou Victoria atirando o cartão na cestinha de lixo. Eles deveriam ser internados num hospício. Os amigos de Victoria ficavam chocados por ela jogar fora os cartões de Natal assim que os lia, em vez de fazer o que todo mundo faz: colocá-los perto da lareira. Por que ela fazia isso? Ela não conhecia nem metade das crianças que estavam neles e freqüentemente essas crianças eram muito feias. Para que entulhar a casa com aquelas porcarias?

Victoria examinou mais contas e, já ia ligar para a Verizon e perguntar por que a sua conta estava tão alta, quando se lembrou de que Leelee estava ao telefone. Meu Deus, aquela conversa já estava durando um bom tempo. Ela quis pegar a extensão e bisbilhotar, mas eles perceberiam. Subitamente Victoria teve uma idéia. Era terrível, mas, diabo, era a casa dela, por que não? Ela pegou o monitor de bebê da cozinha e o levou para o escritório. As outras extensões ficavam no andar de cima e permaneceriam ligadas, como sempre, o que lhe permitiria ouvir a conversa de Leelee. Seus filhos já estavam grandes demais para precisar de um monitor, mas Victoria não confiava nos empregados — e na verdade estava sempre substituindo suas babás e faxineiras —, e por isso insistia em manter os monitores para poder ouvir tudo o que estava acontecendo.

O dial do monitor girou e então se ouviu no aparelho um ruído baixo de estática, até que Victoria o ajustou em sua mesa e pôde finalmente ouvir a fala de Leelee. Ficou atenta.

"Não acredito, Porty, coitadinho de você", ouviu Leelee.

Houve uma pausa, durante a qual Jack obviamente a estava inteirando do que havia acontecido.

"Olha, você foi um tonto fugindo sem ter feito um acordo de separação de bens. Mas tenho certeza de que um juiz vai entender que você era jovem e estava bêbado. A Tierney não vai conseguir levar tudo. Com um pouco de grana ela pode ser comprada", disse Leelee, com sua voz mandona.

Então, Jack estava tirando o corpo fora, pensou Victoria. Exatamente o que ela esperava.

"Ela é uma vaca! Não, eu concordo, vamos esperar até depois dos feriados de fim de ano, embora seja estranho, porque vocês não têm filhos, então isso não faz diferença", disse Leelee. Ela fez uma pausa.

"OK, tudo bem, mas os pais dela vão ficar desapontados do mesmo jeito *depois* das festas, sobretudo se você passar todos esses dias com eles em Antigua...", prosseguiu Leelee.

Esse cara não está com nenhuma intenção de deixar a Tierney, pensou Victoria.

"Tudo bem, amorzinho, não quero ser chata. Só que sinto *muita* saudade de você. Eu te amo de verdade", suspirou Leelee no telefone.

Victoria ouviu o ruído da ligação se encerrando e rapidamente desligou o monitor. Minutos depois Leelee entrou radiante no escritório.

"Está tudo combinado", disse ela com um sorriso largo. "É difícil esperar. Eu disse a ele para adiarmos para depois das festas; depois nós vamos embora."

Leelee jamais diria a Victoria qualquer coisa sobre si mesma ou sobre o seu relacionamento que tivesse uma manchazinha negativa. Ela achava que Victoria às vezes a desprezava, como se ela fosse uma criança, e isso a magoava.

"Que ótimo", disse Victoria girando na cadeira. "Onde é que vocês vão morar?"

"Em Nova York. Primeiro nós vamos ao Havaí e depois vamos ligar para o Brad e a Tierney. Aí eu passo em casa, pego as crianças e me mando para o leste", disse Leelee.

"Vocês estão pensando no Brad?", perguntou Victoria.

"Brad...", começou Leelee, mas depois interrompeu. "Ele vai encontrar outra pessoa."

"Está certo", disse Victoria.

"De qualquer forma, obrigada pelo telefone", agradeceu Leelee.

Ainda era dia claro quando Leelee saiu da casa de Victoria, um desses dias brancos de dezembro em que as nuvens parecem ter se aninhado em torno da cidade para protegê-la da neve e da chuva. Leelee não podia conter seu alvoroço. *É como se eu tivesse ganhado na loteria. É como se eu tivesse sido eleita presidente.* Ela lamentava sinceramente a dor que aquilo causaria a algumas pessoas. Mas acreditava de fato que no final todo mundo acabaria mais feliz.

Mais tarde, já de noite, Victoria estava indo se encontrar com Wayne. Era o momento que ela tanto esperara. Ela ia presenteá-lo com uma cópia da fita que havia feito da transa dele com Shelly e ia fazê-lo pedir clemência. Ela vinha se deliciando com esse momento havia semanas. Ele havia ligado para importuná-la, gritar, atormentá-la, durante as duas últimas semanas; estava particularmente furioso por causa do cancelamento do sexo a três, mas Victoria o mantivera a distância para que ele ficasse completamente enfezado. Ela queria surpreendê-lo e chocá-lo com o seu golpe; então obteria a sua submissão.

Ao entrar no carro, Victoria ouviu uma batida na janela. Ela olhou para cima. Era Anson Larrabee. O que é que ele estava querendo agora, diabo! Ela abaixou o vidro da janela.

"Fala, Anson", disse ela, sem sorrir.

"Você está saindo?", perguntou Anson.

"Parece, não é?", perguntou ela, sarcasticamente.

De repente o rosto de Anson se contorceu e ele ficou grave. "Estou cansado de ser tratado assim por vocês. Eu sei tudo sobre o seu pacto de infidelidade. Sei sobre você e o Wayne", disse ele.

"Muito prazer", respondeu friamente Victoria. Ela não queria parecer amedrontada. E era exatamente isso o que ele queria.

Isso enfureceu Anson ainda mais. "Eu vou contar para o Justin! Vou contar para todo mundo", disse Anson, parecendo uma criança mimada dando birra.

"Pode fazer isso", disse Victoria. "Ele já sabe."

Anson fuzilou Victoria com o olhar e ficou se perguntando se aquilo seria verdade. Podia ser. Justin nunca estava em casa, e na verdade parecia que ele e Victoria viviam vidas separadas. Há séculos ele não os ouvia transando.

"Ah, é? E suas amigas?", indagou Anson.

"O que têm elas?", perguntou Victoria.

"Elas sabem sobre você e o Wayne?"

Victoria olhou fixamente para ele sem querer confessar ou confirmar o que quer que fosse.

Anson deu um sorriso. Ele a havia pego. E parecia bom demais! "Elas sabem que você e o Wayne estavam tendo esse caso tórrido meses antes de você convencê-las a fazer esse pacto?"

Victoria continuou a olhá-lo fixamente, mas ele percebeu um estremecimento no rosto dela que lhe revelou tudo.

"Elas sabem que você fez todo esse plano, todo esse pacto de infidelidade", ele usou os dedos para desenhar aspas no ar, "com a intenção de sujar as mãos delas também, para que depois elas não a julgassem no momento de ajudá-la a sair dessa confusão?"

Toda a história lhe foi ocorrendo à medida que ele a verbalizava. Ele havia se perguntado por que ela sugerira o pacto. Ela certamente não era o tipo de mulher que para fazer qualquer coisa precisasse da companhia das amigas. E por que continuar o caso com Wayne se ele a estava aterrorizando? Ele havia ouvido durante semanas Victoria implorar a Wayne que se afastasse. Mas agora ele compreendera. Ela precisava de ajuda. E o único modo de conseguir que suas amigas a ajudassem nesse tipo de situação era levá-las a estar nesse tipo de situação.

"Você é louco", disse Victoria categoricamente. Mas sua voz tremeu. Como Anson sabia disso? *Ninguém* sabia desse detalhe. E era verdade. Ela de fato havia começado a dormir com Wayne dois meses antes de sair com suas amigas e conseguir que elas traíssem os maridos. E depois, quando a situação começou a ficar perigosa, ela as convocou para que pudessem livrá-la da confusão em que se metera. Ela havia se enrolado tanto que fora impossível sair daquilo sozinha, mas seu orgulho não lhe permitia simplesmente confessar tudo para as amigas e lhes pedir ajuda. Porque, droga, ela, Victoria Rand, não era o tipo de mulher que pedia ajuda. Mas agora que elas eram uma equipe — e todas se ajudavam e haviam embarcado juntas na aventura — não havia problema em pedir a Eliza que fosse com ela até a casa de Wayne. Eliza já transara com Tyler Trask e com isso havia se vendido ao diabo. Não poderia mais dirigir a Victoria um olhar condescendente. Não, nenhuma das suas amigas poderia mais acusá-la de nada. E por ser realmente competitiva e orgulhosa — isso ela precisava reconhecer — esse era o único meio pelo qual Victoria conseguiria fazer o que tinha em mente. Mas elas nunca deveriam saber disso.

"Acho que não sou, não", disse Anson, afastando-se um pouco do carro. "E não acho que elas vão pensar isso quando eu contar."

"O que é que você quer, Anson?", perguntou Victoria, exasperada. "Isso é só uma brincadeira para você? Você quer que a gente tenha medo de você? Ou faz isso porque é tão mesquinho e pequeno que quer que sejamos suas melhores amigas? Não, Anson. Você nunca será um grande amigo nosso. Você nunca irá se insinuar na nossa vida. Porque você é um colunista de fofocas insignificante!"

Victoria virou-se para a frente e deu marcha a ré para chegar à rua, deixando Anson embasbacado. Foda-se, pensou ela, olhando-o pelo espelho retrovisor. Depois ela apertou os olhos de repente. O que era aquilo? Droga. Justin estava embicando o carro na entrada de veículos. E estava acenando para Anson. Será que devo voltar?, pensou ela. Não. Vou em frente.

Trinta e três

"Eu estava lendo para a Lauren um livro sobre os pandas, umas criaturas fascinantes. Você sabe alguma coisa sobre eles?", perguntou Wesley.

"Não", respondeu Helen, enrolando o espaguete no garfo. Eles estavam jantando a sós no Caffe Delfini, por sugestão de Wesley. Era um restaurante íntimo, com mesas tão próximas umas das outras que dava para alcançar o prato da pessoa na mesa ao lado e roubar um pedaço do seu nhoque. O tipo de lugar em que todos escutam a conversa de todos. Um lugar perfeito para pedir o divórcio, porque sua esposa não vai fazer uma cena. Certamente era essa a razão pela qual Wesley a havia convidado para jantar lá, Helen tinha certeza. Eles não faziam nada juntos há anos, eram praticamente estranhos, e de repente ele a convidara de manhã para um jantar? Isso não tinha sentido. Helen estava paranóica. Ela não queria pedir o divórcio. Isso a amedrontava; ela achava que seria atirada no meio do nada. Quando começara o pacto, havia pensado que encontraria alguém para compartilhar sua vida, que todos os seus problemas eram por causa de Wesley. Mas ela já não sabia se continuava achando isso. Parte da culpa era dela mesma. Ela havia recuado tanto quanto ele.

"Os pandas são criaturas realmente solitárias. Eles preferem andar sozinhos. Estranho, não?", perguntou Wesley. "E eles só comem bambu. Consomem quilos e quilos todo ano, e a produção de bambu é muito difícil. Na realidade, já deviam estar extintos."

"Que interessante", disse Helen olhando para baixo.

"E até a mãe pode atacar os filhos, assim como o pai. Esses animais sanguinários se acasalam, e aí a concepção é demorada; o esperma pode ficar alojado no útero da mãe durante meses sem que se saiba se ela está prenhe. E, quando o panda nasce, ele pesa somente um quilo! Dá para imaginar uma coisa dessas?"

Wesley estava de fato impressionado. Esse era o seu marido: capaz de se concentrar totalmente num assunto e pesquisá-lo até ficar sabendo tudo sobre ele. Wesley estava sempre encontrando alguma coisa para ficar fascinado. Helen normalmente achava isso encantador ou irritante, dependendo de seus sentimentos com relação a ele na ocasião. Mas agora ela se via num inconciliável estado de apreensão, cheio de maus presságios. Ele estava tentando dizer alguma coisa com aqueles pandas?

"Estranho", murmurou Helen.

"Tem alguma coisa errada com o macarrão?", indagou Wesley.

Helen ergueu o olhar. "Não, é que eu não estou com muita fome."

Wesley nem comentou. Ele estava acostumado aos estranhos hábitos alimentares de Helen. Ao longo dos anos ele tivera de suportar dias de desintoxicação, semanas de suco e todas as dietas da moda, da Atkins à Zone, passando por aquela dieta bizarra em que só se come o que os nossos ancestrais comiam. Ele não era glutão, mas gostava de uma boa refeição e um bom copo de vinho.

"Wesley", disse Helen subitamente.

"Sim?"

"Por que você me ama?", ela sentiu que enrubescia ao perguntar isso. Nunca lhe fizera essa pergunta e aquele não era o tipo de conversa que agradava a Wesley. Mas ela precisava saber.

"Como assim? Não seja bobinha", respondeu ele, parecendo perplexo.

"É que eu preciso saber", insistiu ela. Normalmente ela desistia de uma conversa que não contasse com o entusiasmo de Wesley, mas dessa vez ela não faria isso.

"Não sei, que pergunta estranha. Você está indo a alguma daquelas conferências novamente?"

"Não, Wesley, eu simplesmente preciso saber. Você me ama? Casou comigo só porque eu sou muito mais nova? Por que é que nós continuamos juntos?"

"Claro que eu te amo. Isso tudo é bobagem, de verdade", disse ele constrangido. Helen já havia observado isso nos homens ingleses. Ou pelo menos em todos os amigos de Wesley. Eles detestavam conversas emocionais. Não queriam analisar sentimentos, opinar sobre questões do coração. Consideravam isso banal e frívolo.

"Eu preciso saber por quê", implorou ela.

Wesley olhou para ela e suspirou. "Helen, eu não sei por quê. Eu simplesmente te amo."

"Por que é que você se apaixonou por mim?"

"Eu não estou entendendo, Helen, simplesmente não estou entendendo", disse Wesley com um sorriso. Foi a resposta dele para Helen. Ele balançava a cabeça e dizia aquilo não como uma crítica e sim como um fato, como se estivesse falando de um filme ou de uma complicada experiência científica. Helen o confundia e isso era simplesmente um dado da realidade deles, que não parecia aborrecê-lo minimamente. E a verdade era que Helen não entendia o seu marido. Havia um abismo entre eles. Outros casais lidavam bem com isso. Algumas pessoas achavam que isso era instigante, a própria essência do seu relacionamento, o que o fazia dar certo. Era a sua dinâmica; elas gostavam do fato de viverem com um enigma. Era complexo, emocionante. Mas havia os outros amigos, como Eliza e Declan, para os quais não existiam perguntas. Eles sabiam absolutamente tudo um sobre o outro, como o outro reagia às coisas, notícias, informações, eles comentavam tudo um com o outro. Com exceção do caso Tyler Trask. Mas, fora isso, eles eram um livro aberto. Provavelmente era essa a razão pela qual Eliza queria tentar alguma coisa diferente. E provavelmente era por isso que Helen também queria. Ela queria alguém que a entendesse.

"Não, falando sério, Wesley, não seja vago", censurou Helen. "Por que foi que você se apaixonou por mim?"

Wesley deu um sorriso alheio. "Simplesmente aconteceu", disse ele, como um ponto final. Assunto encerrado. Ele fez sinal para o garçom e pediu que trouxesse mais água mineral.

Simplesmente aconteceu. Então era assim. Do mesmo modo como quando ela, com treze anos, encontrou revistas pornográficas no armário do seu pai adotivo, com fotos de meninas asiáticas fazendo sexo. Simplesmente aconteceu. E então ela saiu voando da casa para contar ao irmão mais velho e ele atravessou correndo a rua para saber o que estava acontecendo e foi atropelado por um carro e morreu. Simplesmente aconteceu. Aí ela fugiu de casa, perambulou pelas ruas durante três dias até que o pai da sua melhor amiga a levou de volta para Orange County para viver com eles. Simplesmente aconteceu. Dirk morreu. Simplesmente aconteceu. Ela se casou com Wesley. Simplesmente aconteceu. Ela teve Lauren. Simplesmente aconteceu. Agora ela era infiel. Simplesmente aconteceu. Quando é que eles iriam assumir a responsabilidade pela sua vida?

Trinta e quatro

O NATAL E O ANO-NOVO chegaram e se foram. Embora os *angelinos* tenham sempre sol e nunca haja neve, eles tentam criar uma aparência de clima festivo de fim de ano. As árvores da cidade ganham lampadazinhas natalinas, há uma profusão de festas e as lojas decoram suas janelas com vermelho e verde. Algumas pessoas adoram a época, outras saem da cidade.

Eliza e Declan foram para Chicago no dia seguinte ao Natal e voltaram depois do Ano-Novo. Victoria e Justin levaram os meninos para o cabo San Lucas durante dez dias, incluindo os feriados. Helen e Wesley foram passar o Natal no Havaí, mas voltaram para o Ano-Novo. Leelee e Brad permaneceram em Los Angeles o tempo todo.

Eliza adorou ficar longe da cidade, pois isso a ajudava a não pensar em Tyler Trask. Embora ele também tivesse viajado, seus sinais estavam por toda parte, porque o seu filme estreara no dia de Natal e era um sucesso de bilheteria. Ela sabia que ele voltaria à cidade para dar entrevistas, e, ainda que não tivesse notícias dele há um mês, receava uma nova tentativa de contato. Ela apenas queria tirá-lo para sempre da sua vida. Não havia espaço para mais ninguém. Ela costumava dar uma festa de Natal em dezembro, mas dessa vez não pôde providenciar as coisas a tempo. Tudo lhe parecia muito desgastante, e a última coisa de que ela precisava era se preocupar com canapés. Mas, quando voltou para a cidade, achou que seria divertido fazer uma reunião com os amigos. Algo que quebrasse a monotonia e o ar soturno de janeiro. Marcou sua festa para o dia 15.

Victoria achava que merecia e precisava muito de umas férias. Ela havia passado o último mês muito ocupada, muito ocupada mesmo, torturando Wayne Mercer. Sua vingança fora saborosa. Quando ela lhe mostrou que estava de posse da fita, ele ficou fora de si. Inicialmente a ameaçou, depois lhe implorou. Quando por fim percebeu que estava nas mãos dela, a experiência foi humilhante para ele e um momento de euforia para ela. Victoria pretendia atingi-lo na jugular e o forçou a fazer algo que ele absolutamente não queria: desistir de um cliente. Justin cobiçava há muito tempo a representação de Natalie Maddox, uma jovem atriz que sempre fazia papéis de ingênua, e ficou furioso quando Wayne fechou contrato com ela. Sentindo uma pontinha de arrependimento em relação a Justin, Victoria resolveu lhe dar Natalie. Mais precisamente: ela resolveu fazer Wayne lhe dar Natalie. Wayne resistiu durante semanas, mas quando um dia a viu no The Ivy dirigir-se à mesa do seu patrão para cumprimentá-lo, acabou cedendo. Disse a Natalie que Justin satisfaria melhor as necessidades dela. Justin ficou em extâse, mas não tinha a menor idéia de que a responsável por aquilo fora a sua mulher. Ótimo, pensou Victoria. Por enquanto.

Helen teve férias familiares de verdade, o que não acontecia há anos. Claro que ela havia feito viagens com o marido e a filha, mas não mexera um dedo para agir como uma família. Normalmente ela empurrava Lauren para o acampamento de crianças, deixava Wesley se divertir com o golfe e se estirava numa *chaise longue* à beira da piscina lendo o último livro de Deepak Chopra. Mas dessa vez não. Foi uma metamorfose. Ela andou de caiaque com Lauren e Wesley, jogou tênis, mergulhou e fez tudo o que uma família normal faz. E se sentiu bem. Aquilo era uma ligação. Essa era uma família normal. Porque era isso que ela queria ser, era isso que ela seria.

Leelee ficou na cidade pela primeira vez em anos porque considerou aquele fim de ano de certo modo como a última ceia da família. Não havia necessidade de ver os seus pais na costa leste porque, dentro de menos de três semanas, ela esperava estar vivendo lá permanentemente. Havia tanta coisa a ser feita: ela precisava empacotar sem empacotar, despedir-se dos amigos sem se despedir de fato e se desembaraçar de sua vida sem que ninguém ficasse sabendo disso. Era algo complicado, que precisava ser feito com habilidade, mas Leelee se orgulhava de sua discrição. Nos últimos tempos havia tantas mentiras na sua vida que as coisas estavam ficando confusas. Mas em poucos dias isso não teria mais importância.

Outra nota cifrada saiu no *Palisades Post* durante as férias de fim de ano. Dizia:

Um jovem vistoso, herdeiro de uma famosa família de políticos, está tendo relações com uma mulher da nossa cidade. O problema é que ambos são casados. Será que eles estão determinados a guardar o seu segredo? Material que vale um investimento num maravilhoso roteiro de um roteirista novo e talentoso. Fiquem ligados.

Trinta e cinco

IMELDA SENTIA-SE MARAVILHOSA. Havia passado a manhã jogando tênis. Melhorara bastante sua cortada, garantira a atenção do novo jogador profissional (um homem bem bonito) e, como prêmio, tivera uma tarde de tratamentos de beleza. Antes de andar até o carro, ela resolveu passar no *playground* para descansar um pouco, talvez se sentar num banco e pegar um pouco de ar fresco. Foi quando viu Leelee Adams absorta na leitura da última *Us Magazine.*

Imelda observou-a durante um momento, lembrando-se do quanto Anson a detestava. Bem, todas aquelas mulheres, na verdade. Ele as abominava. Anson tinha sido gentil com Imelda, um bom amigo, e por isso ela tendia a ser leal a ele. Mas ela também estava começando a se cansar de sua mesquinhez, das freqüentes mudanças de humor e de seu comportamento infantil. Ela sabia que logo o relacionamento deles acabaria e, inclusive, já tinha arranjado um substituto para ele: um certo sr. Sebastian Fal, que trabalhava no departamento de negócios da HBO. Embora não fosse muito glamouroso, pelo menos tinha um emprego razoável e, até onde ela sabia, era heteressexual.

Imelda entrou no *playground*, os olhos ainda em Leelee, que não a havia notado. Ela já ia se sentar do outro lado do parque, bem longe de Leelee, quando viu a filha dela correr até ela e sussurrar-lhe algo no ouvido. Leelee sorriu e fez um afago na sua cabeça, e então a garotinha correu de volta ao lugar dela no gigantesco carro de bombeiros que havia no *playground*. Algo naquela breve interação transmitiu uma imagem mais humana de Leelee para Imelda. Ela resolveu se aproximar.

"Oi", disse Imelda, animada.

Leelee olhou para cima. "Ah, olá, Imelda."

"Deixa eu ver?", perguntou Imelda, tomando a revista das mãos de Leelee e examinando a capa. Leelee sentiu uma raiva descomunal por Imelda ter desmarcado sua revista.

"Literatura para adultos", brincou Leelee. "Agora me dá."

"Isso é muito bobo. Você realmente se importa com Jessica Simpson?", perguntou Imelda, rindo.

"Eu realmente me importo", respondeu Leelee, séria.

Imelda riu, entregou a revista a Leelee e então, para grande contrariedade de Leelee, sentou-se ao lado dela. "Que dia lindo, não é?"

"É", disse Leelee. Ah, meu Deus, será que ela não conseguia ficar quinze minutos sozinha?

"Este parque é muito agradável", prosseguiu Imelda.

"É."

"Você tem algum programa para hoje?"

"Na verdade, não." Imelda teria alguma coisa em mente?

"Escuta, Leelee, eu não te conheço muito bem e me orgulho de não me envolver nas questões dos outros", começou Imelda, com seriedade. Depois de esperar Leelee dizer alguma coisa e constatar sua mudez, ela prosseguiu: "Você sabe que eu venero o Anson; nós somos amigos muito especiais, mas eu temo que ele tenha ficado verdadeiramente irracional com relação a vocês quatro."

Leelee achou que Imelda havia ensaiado aquele discurso. Quem é que fala desse jeito? Ela tinha ouvido falar que Imelda assistia a muitas novelas de televisão para poder falar corretamente, e parece que era verdade.

"Bom, entre mim e o Anson não chega a haver amor."

"Eu sei, ele despreza você", disse Imelda, com um suspiro, como se estivesse muito perturbada com esse fato.

"Isso é muito ruim."

"O problema é que nós duas sabemos que ele tem informações incriminadoras sobre você e suas amigas. E eu temo que ele vá procurar os maridos de vocês para falar sobre elas. Achei que devia avisá-la."

Leelee sentiu uma súbita onda de adrenalina, mas não quis que Imelda percebesse. "Na verdade eu não sei o que ele pode ter contra mim e as minhas amigas. Isso é absurdo."

Imelda sorriu com ar de pateta. Leelee não sabia se ela estava sendo protetora ou boazinha, ou se simplesmente era incapaz de ter um pensamento mais profundo e por isso continuava sem expressão no rosto. "Bem, o meu conselho para você e suas amigas é que vocês sejam bondosas. Sejam gentis. Não seria um sacrifício para nenhuma de vocês ajudar Anson na carreira dele. Ele tem um roteiro brilhante."

"Você já leu?", perguntou Leelee.

"Não", admitiu Imelda. "Mas ele é muito inteligente e tenho certeza de que o trabalho é fantástico."

"Tudo bem."

Imelda olhou para ela ansiosa. "E então?"

"E então?"

"Você vai ajudá-lo?"

"Imelda, eu não tenho contatos em Hollywood."

"Ora", disse Imelda, levantando-se e erguendo o dedo para silenciar Leelee. "Tenho certeza que uma mulher esperta como você pode encontrar um meio. Você tem que encontrar um meio. Realmente. Antes que tudo fique fora de controle."

"Isso não é possível."

Imelda parou e olhou para Leelee. "Ele grava vocês, Leelee", disse Imelda com os olhos arregalados. "Ele ouve vocês pelo monitor de bebê da Victoria. Ele sabe de tudo. Toma cuidado."

Leelee observou Imelda afastar-se em direção ao portão, a saia exageradamente curta mostrando suas pernas compridas. Será que ela falava a verdade? Realmente aquilo explicava como ele sabia tanta coisa. E agora? Leelee pegou o celular e começou a digitar o número de Eliza. Era preciso contar a ela que Anson sabia de tudo e que as quatro estavam em perigo. Mas subitamente ela parou. E daí? Dentro de uma semana ela já teria ido embora. Que diferença fazia se ele sabia de tudo? Valia a pena o drama? Não. Mas era preciso avisar as outras, isso era justo.

Leelee deixou uma mensagem na secretária eletrônica de Eliza pedindo que ela retornasse o mais rápido possível. Depois mandou um texto para Victoria dizendo que Anson tinha fitas para chantageá-las. Victoria respondeu imediatamente e a resposta foi um consolo: *E daí?* Ela concluiu que não valia a pena dizer nada a Helen, que ficaria nervosa à toa.

Trinta e seis

Dois dias antes da festa de Eliza, Helen buscou Lauren no balé e, quando chegou em casa, encontrou Wesley folheando um roteiro na *chaise longue* de seu escritório. A resolução de Ano Novo de Helen era fazer um esforço para ficar mais próxima da filha e do marido, demonstrando especial interesse pelas coisas que interessavam a eles.

"O que é que você está lendo?", perguntou Helen, sentando-se de pernas cruzadas na poltrona diante de Wesley.

Wesley dobrou para baixo a lateral do roteiro e perscrutou Helen.

"É o roteiro sobre o qual você queria falar comigo", disse ele.

"O quê?"

"O roteiro do Anson Larrabee."

"Anson Larrabee?"

"É, eu cruzei com ele e ele disse que tinha conversado com você sobre o roteiro e que você achava que ele seria perfeito para o meu próximo filme. Ele se surpreendeu quando eu disse que você não tinha me falado nada."

Helen sentiu a garganta apertar. "Acho que não tive oportunidade."

"Você está sendo muito gentil se interessando pelo meu trabalho, querida."

"Ora", disse Helen, torcendo nervosamente a aliança. "E o que é que você acha?"

"Bom, ele escreve pessimamente e o argumento não podia ser mais pobre. Mas se você peneirar esse lixo há lampejos de verdade que podem ser interessantes se entregues a um escritor melhor", respondeu ele.

"É verdade?", admirou-se Helen, tentando pensar, pensar! O que ela faria? Será que ele sabia?

"É, mas eu não posso acreditar que Anson pense seriamente nisso. Tem só trinta páginas. Talvez ele queira que seja aproveitado para a televisão, não sei..."

"Como é que se chama?", perguntou Helen.

Wesley voltou à primeira página. "O pacto", disse ele. "Não entendi o porquê desse título esotérico. Mas tudo bem."

Helen olhou para Wesley, cujo rosto continuava oculto atrás do roteiro. "Você quer falar alguma coisa comigo?", indagou ela, suavemente.

Wesley abaixou o roteiro. "Desculpa, eu prometi ao Anson que daria uma olhada no roteiro e devolveria amanhã. Quero terminar; depois disso sou todo seu."

"Não, eu não estou chateada por você estar lendo, só queria..." Ela parou. Ele não tinha a menor idéia. "Sobre o que é o roteiro?"

"Quatro mulheres que combinam trair os maridos. Absurdo", disse ele.

Helen levantou-se. "Então vou deixar você ler em paz."

"Obrigado, amor", disse ele.

"Preciso comprar um negócio no mercado. Não demoro muito", disse ela.

Dirigiu rapidamente até a casa de Victoria; no caminho, ligou para Eliza e Leelee e pediu para elas a encontrarem lá.

"Isso não vai acabar nunca, ele precisa levar um "chega pra lá", começou Helen, furiosamente, assim que entrou na casa de Victoria.

Victoria estava com roupa de ginástica e tomava um iogurte. "O Anson?"

"É, o Anson! Ele deu o roteiro dele para o Wesley."

"Por favor, ele é um cretino."

Helen parou e olhou para Victoria. "Como é que você pode não se importar? Ele é capaz de acabar conosco."

"Não, não é."

Helen ficou furiosa com o menosprezo de Victoria. Como é que ela podia ser tão indiferente? "Pode sim, Victoria, ele pode. O roteiro dele é sobre quatro mulheres que traem os maridos."

Victoria se deixou cair no sofá e continuou tomando o iogurte. Helen estava irada, quase partindo para cima dela. Então a campainha tocou; Eliza e Leelee tinham chegado.

Helen contou o que tinha acontecido.

"Acho que a Victoria tem razão. E daí?", disse Leelee.

Helen estava pasma. "Eliza?"

"Eu acho que a gente precisa conversar com ele. A coisa está ficando perigosa demais."

"Concordo", disse Helen, balançando a cabeça. "E qual é o nosso plano?"

Victoria e Leelee continuaram mudas. Somente Eliza parecia estar pensando.

"Gente, me ajudem. Victoria? Foi você que nos pôs nisso", disse Helen.

"Eu pus vocês nisso? Ora, faça-me o favor!"

"Como é que você ousa? Por que você está tirando o corpo fora? Achei que a gente tinha que se apoiar mutuamente aqui. O fato de você não se importar com o seu casamento não significa que eu não me importe com o meu.

"Por favor", disse Victoria.

"É isso mesmo, Helen, calma", disse Leelee, dessa vez feliz por estar do mesmo lado que Victoria.

"Eu nunca devia ter concordado com isso. Vocês duas são muito egoístas. Não estão nem aí e por isso não vão ajudar a gente", disse Helen, começando a chorar.

Victoria deu um suspiro profundo e percebeu que, embora não se importasse com o fim de seu casamento, se importaria se sua amizade com Helen acabasse. "Você tem razão, Helen. Vamos enfrentar isso juntas, não é mesmo, Leelee?"

Leelee ficou parada, torcendo em volta do pescoço a corrente de ouro da Tiffany. Na verdade ela não queria ser incomodada. Tudo ia explodir e ela estaria vivendo em Nova York. Ela só conseguia pensar em Jack e aquela história ia dar muita dor de cabeça. Mas era preciso participar. "Tudo bem."

"Então qual vai ser a nossa estratégia?", perguntou Eliza.

As mulheres confabularam durante mais de uma hora e chegaram a um plano. Elas convidariam Anson para a festa de Eliza e o enfrentariam lá. Elas o acalmariam para poder obter as fitas do monitor de bebê e enterrar essa história. Pelo menos era esse o plano.

Trinta e sete

O DIA SEGUINTE FOI UM DIA MUITO ocupado para Leelee. Ela queria passar o máximo de tempo com as filhas antes de partir com Jack, mas queria também dizer adeus às amigas e garantir que a casa ficaria em ordem. O plano era Jack e ela se encontrarem no aeroporto de Santa Mônica, às duas da madrugada. Ele chegaria num jato privado e a pegaria para irem ao Havaí, onde ficariam bem quietos até que tudo se tranqüilizasse. Eles tinham repassado o plano inúmeras vezes, mas Leelee estava tão entusiasmada que poderia continuar discutindo o assunto durante todo o dia. Ultimamente Jack estava desanimado e um pouco mais relutante do que o normal para combinar todos os detalhes do plano, mas Leelee não insistia. Não queria desgastá-lo. Tomada de euforia, ela poderia perturbá-lo quando os dois se encontrassem.

Ao cobrir as meninas na cama, ela sentiu pela primeira vez uma dor no coração, que foi rapidamente superada. *Não, não, será melhor para elas. Para todos nós. Para mim.* Ela desceu e encontrou Brad vendo televisão na sala, Sentou-se no sofá diante dele. Ao se aninhar entre as almofadas com monogramas, ela se deu conta de que, quando casasse com Jack, teria de comprar novas almofadas, toalhas e cartões de visita que, depois, teriam de receber suas novas iniciais. Dessa vez ela compraria artigos mais caros. *Adeus, Horchow, olá Leontine Linens.* Ela deu uma olhada em Brad, que estava concentrado no seu programa. Um episódio do *Law & Order*. Ela não sabia qual, e fazia tempo que tinha deixado de vê-los, mas Brad continuava adorando aquilo. O que revelava como ele era provinciano. Era sempre a mesma coisa: eles pegavam o cara e tinham a arma do assassino, mas infalivelmente acabavam concluindo que a arma que matara a vítima não era aquela e por causa disso tinham que procurar outras pistas para chegar ao assassino. Ela não suportava a falta de criatividade do *Law & Order* e de todos os programas policiais .

"Chega, estou cansado", disse Brad, levantando e deixando o controle remoto com ela. "Você já vem dormir?"

"Não, acho que vou ver o Jon Stewart", respondeu ela, mudando de canal.

"Tudo bem", disse ele e caminhou para a porta da sala. Subitamente ele parou e se voltou. "Eu te amo", declarou, tão baixinho que ela quase não o ouviu.

Ela olhou para ele. "Eu também te amo", disse ela, mas sabendo que sua voz soava falsa.

Ele parecia prestes a falar alguma coisa, mas mudou de idéia. Alguns segundos depois, ouviu-o subir a escada. Quando o programa terminou, Leelee foi até sua mesa e começou uma carta para Brad. Ela ia deixá-la na cômoda da sala da frente para que ele a encontrasse de manhã. Ele costumava sair cedo para o trabalho — trabalhava num banco que precisava funcionar de acordo com o horário da costa leste. Às 5h45, no máximo, já estava saindo de casa.

Querido Brad,

Bom, o que é que eu posso dizer? Melhor não nos enganarmos mutuamente. Nós sabíamos que esse momento chegaria. Estou finalmente deixando você. Estou, e sempre estive, apaixonada por

Jack Porter, e sinto que meu destino é ficar ao lado dele. Obrigada, Brad, pelas nossas duas lindas filhas. Você foi um bom marido, leal e dedicado. Mas nós dois sabemos que entramos nesse casamento achando que nossa vida seria de um jeito e as coisas tomaram um rumo diferente. Não consigo deixar de culpá-lo. Sinto muito não ser uma pessoa mais forte para superar isso, mas sempre me prometi que não cometeria o mesmo erro de minha mãe, quando ela se casou com o meu pai, e acabei repetindo a história, e agora estou vivendo uma vida que lutei duramente para não viver. Não posso perdoá-lo por isso. Vamos facilitar as coisas. Vou lhe deixar a casa e os carros, a sociedade no Beach Club e metade da nossa conta bancária. Venho buscar as meninas na semana que vem e nós nos mudaremos para Nova York, para ficar com o Jack. Por favor, não torne a coisa mais difícil do que ela é, pense na Charlotte e na Violet. Deus o proteja, Brad.

Leelee.

Ela dobrou cuidadosamente a carta e a pôs num envelope em que escreveu "Brad". Passou a hora seguinte deletando *emails*, organizando sua mesa e se certificando de que na maleta de viagem havia bastante leitura (*Us Weekly, Star, People, In Touch* e o novo romance de Mary Higgins Clark). Quando chegou a hora, ela chamou um táxi. Deu instruções para que o motorista não buzinasse nem ligasse anunciando que havia chegado, e sim que esperasse junto ao meio-fio. Ela pegou sua bagagem no armário do *hall*, pôs a carta na cômoda e abriu a porta quando viu a luz do farol do táxi. Uma rajada de vento entrou na casa, assustando-a, mas Leelee transpôs a soleira e rapidamente fechou a porta. Ela havia prometido a si mesma que, quando abrisse a porta de casa, não olharia mais para trás.

Ao chegar ao aeroporto, ela estava fora de si, tamanha a emoção. Olhou em volta e, quando finalmente encontrou a área de espera, ficou andando de um lado para outro. As duas horas chegaram e se foram; duas e quinze, duas e meia e, por fim, duas e quarenta e cinco. Ela tentou ligar para o celular de Jack, mas ouviu a mensagem da caixa postal. O escritório da administração estava deserto; havia apenas um homem de bigode na mesa de informações, e ele estava ao telefone. Quando finalmente conseguiu um pouco de atenção, o homem disse que o avião de Jack tinha se comunicado com o aeroporto pelo rádio e dito que aterrissaria às 3h30. A saída deles em Teterboro tinha se atrasado. *Saída atrasada?* Leelee sentiu o estômago revirar, mas lembrou que era janeiro e havia nevoeiro e nevascas na costa leste - ou seja, o clima não chegava a ser ideal. Finalmente, às 3h30, ela viu um avião surgir e tocar suavemente a pista.

"Posso sair agora?", perguntou ela ao homem.

"É preciso esperar eles trazerem a escada", disse ele.

Leelee comprimiu o rosto contra o vidro e foi até a escada para ver mais de perto. O ar estava fresco e a despertou. Finalmente! O conto de fadas estava tendo um final feliz. A porta se abriu, a escada foi acoplada e Leelee, sem pensar, começou a correr para o avião. Um funcionário de bordo estava conversando com alguém, e de repente ela percebeu que era com Jack. *O seu Jack.* Ele estava maravilhoso, o homem mais bonito do mundo. Usava uma jaqueta azul e calça *jeans*, e tinha o cabelo um pouco comprido, exatamente do jeito que ela gostava. Ele virou-se na direção dela e a viu. Ela acenou.

Mas ele não sorriu.

Inicialmente Leelee pensou que ele estava distraído, dando ordens à tripulação, perguntando quanto tempo levaria o reabastecimento, antes de partirem para o Havaí. Ela gritou: "Jack!" e ele voltou a olhar para ela, porém mais uma vez não sorriu. Ela o viu virar-se para alguém no avião e de repente ele estava dando passagem para que uma mulher saísse antes dele.

Tierney.

Que diabo essa mulher está fazendo aqui? Jack continuava desviando os olhos, como se fosse preciso se concentrar muito para descer a escada. Tierney, em compensação, olhou para ela e acenou. Leelee sentiu-se nauseada. O que é que estava acontecendo? Jack queria enfrentar Tierney junto com ela? Tierney tinha ficado tão humilhada que insistira em vir para a Califórnia para evitar suas amigas e a imprensa?

"Oi, Leelee!", disse Tierney, aproximando-se e mandando um beijo. "Você é *tão* legal por vir nos encontrar aqui no meio da madrugada! Jack comentou que você talvez viesse e eu disse que era loucura, que a gente podia se ver de manhã, mas ele disse que você estava tão contente que provavelmente viria!"

Leelee não olhou para Tierney. Encarava Jack, mas ele evitava o seu olhar. Ela estava muda, literalmente muda. O que é que estava acontecendo?

"O carro está ali", disse Jack, e Leelee virou-se e olhou na direção apontada por ele. Uma limusine negra e comprida esperava no portão, com o motor ligado e vapor saindo pelo escapamento.

"Então vamos embora, eu estou congelando!", apressou-se Tierney andando em direção ao carro. "Você não me disse que aqui é frio! A gente está na Califórnia! Não era para estar fazendo uns 26 graus?"

"Não no inverno", disse Jack, caminhando atrás dela.

Leelee não se mexeu. Observava Tierney correr e mergulhar no carro. Jack já estava no meio do caminho quando percebeu que ela ficara estática, e então voltou.

"O que é que está acontecendo, Jack?", perguntou Leelee, olhando para ele. Por favor, diga que ela aceitou muito bem a idéia e que nós vamos para o Havaí. Por favor, diga que você me ama.

"Eu não consegui, Swifty", disse ele, suspirando.

"O que é que você quer dizer?", perguntou ela, com a voz trêmula.

"Eu não posso deixar a Tierney. Sinto muito", respondeu ele.

"Eu não estou entendendo." Ela não ia deixá-lo se desvencilhar daquele modo. Precisava saber.

Jack suspirou fundo. Ele estava acostumado a sair sem grandes problemas das situações difíceis. Não estava acostumado a ter de responder pelas suas ações, e parecia embaraçado. "É que... olha Swifty, você e eu... sempre vai haver alguma coisa entre a gente. Você é a minha melhor amiga. Mas... Eu não posso deixar a Tierney..."

"Não é só isso", disse Leelee, furiosa. "Você não me ama?"

"Eu te amo, mas..." Ele enfiou as mãos na calça. "Eu pretendo me candidatar ao governo um dia. Um divórcio não seria bom..."

Leelee sentiu o rosto enrubescer e a veia do pescoço latejar. "O quê? "O QUÊ? Não posso acreditar, Jack Porter. Você é uma lástima. Uma desgraça! Você não vai deixar sua mulher por causa disso? Você é um babaca!"

"Swifty, eu sabia que você..."

Ela o cortou: "Não, Jack, não me chama de Swifty! Você é lamentável. Se você sabia disso, por que me enrolou? Por que me mandou ir para Boston e depois desabafou comigo, me prometeu tudo, uma vida juntos... Por que me fez vir aqui no meio da noite se você sabia que não seria capaz de cumprir o combinado? Você não é um homem!"

Ela estava perplexa e furiosa demais para chorar. Não dava para acreditar naquilo! Não era aquilo que tinha de acontecer. Ela se sentiu traída. Sentiu-se doente. Sentiu-se uma idiota.

"Eu sei, eu sei. Sou um incompetente", disse ele, balançando a cabeça. "Mas vamos para o carro, nós a levaremos para casa. Tierney vai achar estranho a gente ficar aqui."

"Tierney? Então você se importa com o que a Tierney pensa? Achei que você tinha me dito que ela era uma idiota que só se preocupava com compras. Agora você se preocupa com os sentimentos dela?"

"Escuta, Swifty, já chega. Sei que a magoei e sinto muito. Mas vamos sair disso de maneira civilizada. Brad não sabe, Tierney não sabe, ninguém sabe. Vamos simplesmente pôr um ponto final nisso para podermos reconstituir a nossa vida."

Subitamente Leelee foi tomada por um pensamento. O que mais incomodava Jack era alguém saber alguma coisa sobre ele. Ele sempre queria parecer melhor que os outros e protegia ferozmente os seus segredos. "Outras pessoas sabem, Jack."

"Quem?", perguntou ele, asperamente.

"Um cara de Palisades, Anson Larrabee, que escreve a coluna de fofocas. Ele sabe e me detesta; por isso vai fazer alguma coisa."

"Como é que ele pode provar?"

"Ele tem fitas. Tem uma gravação de uma conversa nossa. Usou um monitor de bebê. Ele está com tudo nas mãos, Jack. Agora está fora do meu controle", disse ela, com um sorriso. Deixa ele estrebuchar.

"Onde é que ele mora?"

"Por quê, Jack? O que é que você vai fazer?", perguntou ela, com um olhar desafiador. "Você é babaca demais para fazer qualquer coisa."

"Escuta, sei que você está magoada, mas vamos resolver isso. Onde é que mora esse Anson?", perguntou ele. Ela percebia o quanto ele estava nervoso.

"Em Palisades. Você tem que procurar!", disse ela a caminho da limusine. O aeroporto estava deserto e ela teria de ficar muito tempo ali para conseguir um carro. Não lhe restava alternativa senão pegar uma carona com eles para voltar para casa.

Ela ouviu Jack seguindo-a, passou pelo portão e pegou a mala. O motorista da limusine colocou-a no porta-malas e ela entrou no carro.

"Nossa, por que é que vocês demoraram tanto?", perguntou Tierney, bocejando. "Estou tão cansada!"

Jack entrou e sentou-se diante de Tierney e Leelee. Parecia inquieto, o que fez Leelee sorrir.

"Vamos deixar a Leelee e depois ir para o hotel, amorzinho", disse Jack.

"Onde é que vocês vão ficar?", indagou Leelee.

"No Shutters", respondeu Tierney.

"Bom. Romântico", disse Leelee olhando para Jack. "Não tão romântico quanto o Ritz de Boston, mas romântico."

"É, tem piscina", completou Tierney, repousando a cabeça no braço e fechando os olhos.

"Não seria melhor *eu* ser deixada por último?", perguntou Leelee. "O hotel de vocês fica no caminho."

"Não, está bem assim...", começou Jack.

"Ótimo", decidiu Tierney. "Estou exausta. E nós vamos ficar aqui só um dia antes de irmos para o Havaí. Quero ter certeza de que vou poder comprar umas coisas na Fred Segal antes de embarcar de novo."

"Leelee fuzilou Jack com o olhar, mas ele evitou encará-la novamente.

Quando ela os deixou no hotel, Jack inclinou-se para dar-lhe um beijo de despedida, mas ela virou o rosto. Tierney lhe deu um abraço sonolento.

"Acho que não vou ter tempo para almoçar...", desculpou-se ela.

"Não se preocupe com isso...", disse Leelee.

"Uma de minhas melhores amigas mora aqui e eu prometi...", prosseguiu ela.

Leelee fez sinal para que ela parasse. "Entendo", disse ela. E, ao começar a fechar a porta do carro, completou: "Foi por isso que eu insisti em vir no meio da noite dar um alô para vocês. Eu sabia que seria uma correria."

"Você é tão boazinha", disse Tierney, já com o olhar longe dela, observando o motorista tirar a sua mala T. Anthony do carro. Os olhos de Leelee registraram o gigantesco monograma dourado: TCP. *Vadia!*

"Leelee", chamou Tierney, sobrancelhas franzidas. "Por que é que você trouxe a sua mala?"

Leelee sorriu e voltou-se para o motorista: "O senhor pode seguir", disse ela.

O carro se afastou e Leelee não olhou para trás. Quando ela entrou em casa, consultou o relógio. 4h47. Nossa! Muito tarde, ou melhor, muito cedo. O motorista havia levado sua mala até a porta e ela entrou em silêncio. Foi até o armário do vestíbulo, pôs a mala atrás dos casacos longos que estavam pendurados ali e fechou a porta. Subiu para o andar de cima, entrou no banheiro que dava para o *hall* e voltou a vestir o agasalho e o suéter que estava usando antes de sair. Ela tinha pensado que nunca mais veria aquela roupa. Jogou a saia, a blusa e a lingerie *sexy* que a obcecara durante semanas (a "minha roupa da fuga", como a chamava) na cesta que havia no chão. Enquanto jogava água fria no rosto ela olhou no espelho. A vida não é o que você acha que será. Ela sabia que devia ser grata por tudo o que tinha, e ela era. Mas, naquele momento, só podia sentir auto-piedade. Ela queria se encolher e morrer. Sentia-se humilhada, desiludida e rejeitada.

Desligou a luz e se insinuou no quarto, fazendo o possível para não acordar o marido. Mas, quando olhou para a cama, percebeu que ele não estava lá.

"Brad", chamou ela.

Sem resposta. Leelee foi até o banheiro perto do quarto deles e olhou para dentro. "Brad?", perguntou ela.

Silêncio.

Subitamente Leelee foi tomada por uma onda de pânico. Correu para o quarto das meninas e Brad não estava lá. Ah, meu Deus, a carta! Correu pela escada e olhou para a cômoda. A carta não estava lá.

Ela olhou do lado e não viu a pasta de Brad. Correu para a sala e depois para a cozinha e até olhou lá fora, no quintal, mas não viu Brad. Quando abriu a porta da garagem viu que o carro dele não estava lá. Brad tinha ido embora. Ele deve ter lido a carta. Agora a vida dela estava oficialmente destruída.

Trinta e oito

Victoria acordou no dia da festa de Eliza e sentiu imediatamente que alguma coisa estava errada. Olhou para o lado de Justin na cama e viu que ele não estava ali. *As coisas são assim.* Na noite anterior, Justin não estava em casa quando ela fora para a cama, e parecia que nunca chegaria. Victoria levantou, vestiu o roupão de caxemira e desceu para o primeiro andar. Nenhum sinal de Justin. *Canalha!*

Marguerita chegou e serviu o café-da-manhã para os meninos enquanto Victoria tomava banho. Ela regulou a temperatura até a água ficar quase insuportavelmente quente e sentiu o jato espetar sua pele. O banheiro ficou cheio de vapor. Victoria fechou os olhos e deixou a água golpeá-la até não suportar mais, então fechou o chuveiro. Quando saiu do banheiro, Justin estava na frente do espelho dando o nó na gravata.

"Onde é que você esteve essa noite?", perguntou Victoria.

Justin sorriu e refez o nó da gravata. "Fora."

Victoria revirou os olhos e atirou de volta no banheiro a toalha molhada que usara para secar o cabelo. "Fora? Ah, você pode se sair melhor do que isso", disse ela, com deboche.

"O quê? Você acha que eu estava com alguma loira burra? Sinto muito, mas eu estava trabalhando, benzinho. Sabe, eu trabalho para você poder ter massagens e pedicures. Sou eu que ganho a vida e fico até as seis da manhã dando apoio ao Tad, tentando livrá-lo de uma bicha que gosta de cheirar."

"Meu Deus, que pesadelo", zombou ela.

Justin se voltou para ela e fuzilou-a com o olhar. "E é. E eu gostaria de ter um pouco de apoio e gratidão quando chego em casa depois de dar duro a noite inteira. Não quero vir para casa para receber isso!"

"Você podia ter telefonado", reclamou Victoria.

"Tudo bem, tudo bem. O culpado sou eu. Você desaparece durante todo o tempo, sabe-se lá onde, e o culpado sou eu. Escuta, eu sou o seu dono. E o seu pão com manteiga. Por isso não brinque comigo. Não quero ouvir suas queixas ou choros ou qualquer coisa que não seja "muito obrigada". Quero que você me faça massagem nos pés quando eu chegar em casa e quero que você lamba os meus culhões."

"Você não é o meu dono. Eu fiz você. Você não seria nada sem mim. Fui eu que preparei seu caminho com a mulher do seu chefe, quando você era um nada para ela. Sou eu que consigo a escola certa para os nossos filhos, para que você possa ir lá puxar o saco do pessoal do ramo. E eu acabei de arranjar para você a sua mais nova cliente."

"Quem?", perguntou Justin, aproximando-se furioso de Victoria. Ela não se abalou, com as mãos na cintura e igualmente furiosa. "De quem é que você está falando, Victoria?"

"Da Natalie Maddox", respondeu ela.

Justin virou para trás e deu uma risada. "Ah, isso é uma piada. Ela veio me procurar implorando uma representação adequada. Ela sabia quem era o melhor."

"Ela foi procurar você porque eu fiz o Wayne Mercer desistir dela e encaminhá-la para você."

Justin apertou os olhos. "E por que você faria isso?"

"Porque eu estava cansada de transar com ele. Eu estava cansada dos jogos sádicos dele. E por isso despachei ele e o obriguei a nos dar um presente de despedida. Uma cliente nova para você e um Jaguar novo para mim. Estamos quites."

Ela não podia acreditar que havia contado a ele daquele jeito, mas na verdade aquilo fazia sentido. Não haveria nenhuma outra ocasião em que ela poderia contar, não havia mais jantares tranqüilos em que eles confessavam tudo. A vida deles estava cheia dos golpes mais contundentes, carregados de rancor, e esse era o único modo de fazer a revelação.

Justin olhou para ela e logo soube que ela não estava mentindo. Seu rosto se contorceu ligeiramente, mas, antes que se irritasse, ele começou a rir. E sua risada foi ficando cada vez mais forte e desagradável. Ele se voltou e olhou novamente para o espelho enquanto abotoava o paletó do terno.

"Wayne levou a pior no negócio. Você não presta na cama", disse ele, rindo.

"Você não achava isso antes."

"Até a sua irmã é melhor que você", disse ele, olhando-a através do espelho. "É isso mesmo; sua irmã gorda e idiota. Eu transei com ela uma noite quando todos estávamos em Nantucket para o casamento da sua prima. Fiquei entediado e ela estava lá."

Victoria se enfureceu. "Nesse caso você levou a pior."

"É o que você gostaria", disse Justin. Quando brigava, ele tendia a falar como um adolescente. "Eu arrumo uma mulher todo dia. A minha assistente, a minha cabeleireira, todas essas loiras burras que querem ser estrelas. Transo com elas em qualquer lugar. O tempo todo. E não me importo."

Victoria sabia que aquilo era verdade, sempre soubera, mas ela se magoou. "Tudo bem, então vamos nos divorciar", propôs ela.

"Ótimo", disse Justin. "Está mais do que na hora."

Ele dissera aquilo de um modo tão descontraído e tranqüilo que Victoria ficou colérica. Ela se arremessou sobre ele e começou a golpeá-lo violentamente, dar tapas na sua cabeça e empurrá-lo. Justin tentou segurar seus braços, mas ela não parava de agitá-los. Seu cabelo molhado batia no rosto dele e ele dava tapas nas suas costas. Ele tentou torcer o seu braço mas ela cravou as unhas no peito dele. Ela sentiu todas as suas unhas quebrarem ao fazer isso.

"Seu merda!", gritou ela.

"Puta!", ele gritou de volta.

Ela não o largava, socando-o e dando-lhe pontapés, até que ele a puxou e a jogou na cama. No instante seguinte eles já se beijavam apaixonadamente, e então ele abriu o zíper da calça e penetrou-a. Eles nunca haviam feito sexo assim antes. Foi selvagem e louco. Doeu, mas a dor foi muito mais profunda do que qualquer dor física que ela já havia experimentado. Era a dor de saber que ela jamais significara nada para aquele homem. Ela o havia tomado de uma mulher — a esposa dele — apenas porque aquilo era um desafio e ele sempre se ressentira disso e a tratara como uma conquista. Ele não se importava com nada do que era especial e único nela. Não queria uma mulher com cérebro, preferia ter uma mulher com grandes seios. Assim, o que importava ela ter MBA? Ele preferia que o pai dela fosse o chefão da Warner Bros.

Quando terminaram, Victoria virou-se de bruços e começou a chorar. Seu choro foi ficando cada vez mais forte e logo ela estava gritando. Ela se sentia chorando como uma criança, ou como um animal na selva. Chorava e soluçava como se tivesse sido criada por lobos. Ela tinha pena de si mesma. Tinha pena porque seu pai a havia traído e tinha pena porque se casara com um homem que não a amava. Ela nunca tinha sido amada por um homem. Quando finalmente se acalmou, Victoria viu que Justin havia se vestido novamente e estava saindo. Ela olhou para ele por entre as lágrimas.

"Então acabou", disse ela.

"Victoria, eu não quero mais ser o cara ruim da sua vida. Você precisa amadurecer. Eu não sou o seu pai, sou seu marido. Não posso ficar consertando todos os erros que você comete."

Victoria sentou-se. Estava atordoada de tanto chorar. "Mas você nunca luta por mim. Você nunca, jamais, lutou por mim. Eu precisava que você *me* escolhesse, que você lutasse *por mim*, e você nunca fez isso."

"Você fala como uma criança. Eu escolhi você e não a minha mulher. Eu escolhi você e não outras mulheres. O que mais você quer?", perguntou ele, impaciente.

Victoria pensou. Ela precisava que ele lhe provasse o seu amor. "Preciso de uma prova. Vai lá e bate no Wayne Mercer! Vai lá e pega as fitas com o Anson Larrabee! Diz para as loiras burras que tentam dormir com você que você não vai fazer isso porque é um homem casado."

"O que é que o Anson Larrabee tem a ver com isso?", perguntou Justin.

Victoria recostou-se na cama. Nada do que ela acabara de dizer repercutira nele; com exceção do nome Anson Larrabee. Com ele tudo girava em torno de quem, o quê, onde, quando e por quê. Ele não sentia emoção. "Nada. Ele só gravou fitas de conversas telefônicas entre o Wayne e eu. Ele escutava pelo monitor de bebê. Parece que toda a cidade pode ouvir tudo o que é captado pelos monitores de bebê."

"O que é que você quer dizer?", perguntou Justin, horrorizado.

"Eu não sei. Parece que toda vez que nós conversávamos no telefone sem fio do andar de cima o monitor de bebê do Anson captava. Ele ouve tudo. Tem tudo gravado em fita."

"Aquele filho da puta servil!", xingou Justin com as sobrancelhas franzidas. Ele estava realmente agitado. "Não acredito que aquele cara..."

"Não tem importância. Não tem importância, isso acabou. O casamento acabou. Na festa da Eliza, hoje à noite, a gente conta para todo mundo."

Justin parou pensativo e olhou para ela. "Se é isso que você quer."

"É", disse Victoria, fechando os olhos e cobrindo-se com o lençol. Enquanto se deixava levar pelo sono, ela se perguntava o que realmente queria.

Trinta e nove

Leelee estrara em pânico. Não tinha idéia de como levara as meninas para a escola (ela levara as meninas para a escola? Não conseguia se lembrar), mas fora direto para a casa de Eliza assim que entraram. Eliza estava descarregando o carro e pareceu perplexa ao ver Leelee.

"O que aconteceu?", perguntou Eliza.

"Ele me deu o fora", disse ela. "Ele ama a Tierney. Não vai deixar nunca aquela mulherzinha. Quer concorrer ao governo...", sua voz vacilou e os olhos marejaram. Ela sabia que estava com um aspecto lamentável, sua pele sardenta ganhava um cor-de-rosa horrível quando ela ficava transtornada, e sabe-se lá como estava a sua maquiagem. Mas ela não se importava.

"Ah, Leelee", disse Eliza aproximando-se e abraçando a amiga. "Sinto muito."

Leelee começou a soluçar. "A minha vida acabou."

"Talvez tenha sido melhor assim. Talvez vocês não fossem se entender juntos. Talvez o Brad seja o amor da sua vida", disse Eliza, afagando-lhe as costas.

"Não, o pior é isso. O Brad foi embora. *Embora*. Tentei ligar para ele no celular, no banco, e ele não respondeu. Ele encontrou a carta. Ele me largou", disse ela, o corpo sacudindo-se com o choro.

Eliza a fez entrar na casa e lhe deu uma xícara de chá. Ela ouvia Leelee chorar e lamentar por seu amante e seu marido. Parou apenas para telefonar para Helen e Victoria e pedir que elas fossem até sua casa.

As mulheres estavam sentadas na sala, espalhadas por sofás e cadeiras, aturdidas.

"Então, afinal de contas valeu a pena?", perguntou Helen finalmente. "Acho que não."

"Gente, esse pacto estava condenado desde o início. Tenho uma confissão a fazer. Não sei por que não contei a vocês, mas agora vou contar. Eu não transei com o Tyler. Ia fazer isso, mas não consegui..." A voz de Eliza fraquejou.

"Eu não posso fazer isso", disse Eliza quando ele a pôs no colo.

Tyler olhou para ela e entendeu. "Tem certeza?"

"Não posso. Achei que podia, mas não posso", disse ela, afastando-se.

Ela sabia que ia chorar porque aquilo não ia acontecer e não poderia jamais acontecer. Ela já fora do tipo de pessoa que dorme com o professor e faz coisas temerárias e inesperadas, mas os tempos haviam mudado. Ela agora estava casada e tinha filhos.

"Posso ligar para você?", indagou ele.

"Alô, Eliza, vai aterrissar?", perguntou Helen, com um sorriso.

Eliza foi imediatamente sacudida de volta ao presente. Ela ficara lembrando como tinha sido aquele momento em que tudo quase acontecera. "É isso. Sinto muito, gente, mas não houve nada."

"O que é que você quer dizer?", perguntou Leelee.

"Eu só contei para vocês que tinha ido encontrá-lo. O resto foi suposição de vocês", defendeu-se Eliza.

Victoria subitamente deu uma risada aguda, uma risada falsa. "Eu devia ter pensado nisso. Você nunca cumpriria."

"Por que não?", perguntou Eliza.

Subitamente Helen, Leelee e Victoria deram uma risadinha. A risadinha se transformou numa risada, que não parou de aumentar enquanto Eliza as observava atônita.

"Por que não?", repetiu Eliza. "Como é que vocês podem ter certeza?"

"Não é o seu tipo", disse Helen.

"O que é que você quer dizer?", perguntou Eliza. Como é que as suas amigas sabiam aquilo sobre ela? Nem mesmo ela sabia aquilo sobre si própria. Ela devia se ofender por suas amigas a considerarem tão correta? Ela achou que não, porque era verdade. Ela nunca tinha percebido esse seu traço. Aprendera muito no ano anterior.

"Por que você mentiu?", indagou Victoria, ignorando a pergunta de Eliza.

"Eu não menti, exatamente. Apenas não disse a verdade", respondeu Eliza.

"Não se preocupe com isso", disse Helen.

"Eu também tenho uma confissão a fazer. Eu contei para o Brad que a Victoria estava tendo um caso", declarou Leelee, despreocupadamente. "Mas isso não tem importância. O Brad está fora do baralho; vocês não vão vê-lo mais."

"Não tem importância, o Justin também está fora do baralho", disse Victoria. E então ela começou a rir histericamente. Leelee a acompanhou.

"Mais confissões?", perguntou Eliza.

"Não", disse Helen.

Os olhos de Victoria desviaram-se para o lado durante meio segundo e Eliza percebeu. "Victoria? Você tem alguma coisa a dizer?"

"Tudo bem, tenho. Tenho uma confissão", disse Victoria. Ela olhou para as três amigas. Eram tão diferentes e no entanto estavam unidas agora. Helen com sua blusa diáfana e as mãos cheias de anéis com pedras que mudam de cor segundo a variação da temperatura do corpo, parecendo bobinha e muito Los Angeles. Leelee, com todo o jeito de vestibulanda, usando calça de grávida com a cintura logo acima da bunda e um suéter acanelado de caxemira verde. Eliza com um *jeans* de cintura baixa e camisa clássica. Essas eram as suas amigas. Elas iriam entender.

"Eu estava dormindo com Wayne meses antes do pacto. Eu simplesmente convenci vocês todas a fazerem o pacto para que me ajudassem a mc livrar dele. Eu não queria que vocês me julgassem."

Houve uma pausa, como se o ar tivesse sido tragado para fora da sala, enquanto suas amigas assimilavam a informação. Finalmente Helen quebrou o silêncio.

"Você, sua vaca!", disse ela, estarrecida e ao mesmo tempo não. Em última instância não fazia diferença se Victoria as enganara; ela acabaria traindo Wesley, de qualquer jeito.

Leelee atirou a cabeça para trás e riu mais ainda. "Imagina. Você é a mais esperta de todas nós!"

Leelee estava muito contente porque sua opinião freqüentemente negativa sobre Victoria se confirmara. Ela sempre gostara de Victoria e sempre a detestara. E esse último sentimento se devia à tentativa da amiga de manipular o grupo. Mas ela devia lhe ser grata pela felicidade de ter tido Jack por um momento, um momento maravilhoso.

Eliza estava surpresa. Era muito sujo da parte de Victoria brincar com o grupo. Por que ela não pôde simplesmente contar para elas antes e pedir ajuda? Por que ela precisara enganá-las? Mas ela havia aprendido muito sobre as pessoas nos últimos oito meses. Todo mundo é complicado, ninguém é previsível. Ela própria quase tinha traído, mas na hora H havia optado por não fazer isso. E estava contente por ter enfrentado a sua alma nua e resolvido que caminho tomar. O pacto a fizera amar Declan ainda mais e a perceber que as suas duvidazinhas com respeito a ele ou a eles eram coisas pequenas. Ele era o homem para ela. Ela não podia romper esse vínculo.

As quatro estavam atordoadas e emocionalmente exauridas, e assim, embora furiosas umas com as outras por terem sido enganadas, começaram a rir. E riram. Riram.

"Nossa! Eu vou dar uma festa daqui a algumas horas e preciso me aprontar", disse Eliza finalmente.

"O que é que nós vamos fazer com o Anson?", perguntou Helen. "E se ele ainda estiver planejando alguma coisa? Não é arriscado trazê-lo para a festa?"

"É, de repente ele pode fazer um anúncio", disse Leelee.

"Vamos fazer o que combinamos. Talvez a Imelda não saiba de nada. Talvez ela tenha falado com ele antes de nós", disse Eliza.

"Tudo bem. Vamos esperar até ele chegar e aí a gente conversa com ele novamente e resolve", disse Victoria, levantando-se.

"Acho que não me importo", disse Leelee. "Brad foi embora..." Ela começou a chorar novamente. Ela estava triste por causa do Brad? Ou apenas constrangida porque ele poderia deixá-la e ela pareceria uma boba? Ou estava triste porque Jack a iludira? Tudo isso. Ela sentia pena de si mesma e por isso chorava. Mas o que tornava a situação ainda mais difícil era saber que ela teria de mudar. Se quisesse continuar com Brad — e ela queria — seria preciso perdoá-lo e seguir em frente. Era o único jeito.

"Vai dar tudo certo", disse Eliza, pondo as mãos nos ombros de Leelee. "Confie em mim. O Brad vai voltar e o Anson vai parar. Ou será parado."

As mulheres se despediram e combinaram de se ver na festa.

Quarenta

Horas depois, quando Anson estava morto ou prestes a morrer, Eliza ainda estava se aprontando para a festa. Depois de ir ao salão de beleza, ela voltou para casa e encontrou Declan já pronto, colocando o *blazer* e a gravata.

"Chegou cedo em casa", surpreendeu-se Eliza.

"É, eu precisava fazer uma coisa antes, e depois vim para cá", disse ele, com um sorriso.

E então Declan fez algo que não costumava fazer. Foi até ela, beijou-a, tomou-a nos braços e lhe deu um abraço cheio de afeto. Não que eles não se beijassem ou se abraçassem mais; simplesmente não ocorria de forma tão súbita e espontânea. Eliza também o abraçou. Apertado.

"Eu tenho uma coisa para te contar, Declan", disse ela, afastando-se.

Ele olhou com atenção para ela, mas sua expressão continuou neutra.

Ela começou a dar passadas nervosas pelo quarto. E finalmente tomou coragem. Contou-lhe sobre o pacto, sobre todas as várias infidelidades cometidas e sobre o que ela dera a entender às amigas.

"Mas a verdade é que eu nunca tive um caso com o Tyler Trask", confessou ela. "Você precisa acreditar em mim. Lamento ter feito as pessoas acharem que eu tive, não sei por quê..." Ela estava se sentindo dilacerada, mas não queria estragar a maquiagem e se controlou.

"Eu sei que você não teve, Eliza", disse Declan, com um sorriso.

"Como é que você sabe?"

"Você não é do tipo que tem um caso. Você é uma boa moça", afirmou ele.

"Você acha isso mesmo?", perguntou ela, esperançosa.

"Acho", respondeu ele.

"Mas como é que você sabe? Quer dizer, eu pensei durante um segundo..." Ela não quis dizer que havia pensado durante um segundo em trair. Ela não podia dizer isso para o seu marido. "Eu pensei durante um segundo que eu não era uma boa moça."

Declan aproximou-se e pôs os braços firmemente nos ombros dela. "Você é uma boa moça; precisa superar isso. Você não é como as suas amigas, não colocaria tudo em perigo. Eu sei que talvez você queira emoções, que você fica dramática e quer paixão e fogos de artifício, mas, ora, somos uma equipe. Não procure encrenca."

"Você tem razão, você tem razão", concordou ela.

"Então vamos esquecer isso, está bem?", propôs ele.

"Está bem", concordou ela. Depois ela foi tomada por um leve pânico. "O único problema é que o Anson sabe. Ele nos gravou."

"Eu não me preocuparia com ele."

"Você tem razão", disse ela. "Eu não vou mais me preocupar com o Anson."

Então Declan deu um beijo em cada um de seus olhos.

Helen sabia que precisava contar para o marido. Não agüentava mais aquilo. Como é que ela ia explicar por que tinham de convidar

Anson para a festa de Eliza? Ele sabia que ela o detestava. Era impossível continuar aquela farsa. Mesmo que Anson jamais falasse, ela não podia viver sob a ameaça dessa possibilidade. Não. Era preciso contar para Wesley.

Até Victoria pensava assim. "Implore o perdão dele", aconselhou. Ele é um homem bom. Vai ficar com você." Então esse era o plano. Implorar o perdão dele.

Helen entrou no escritório de Wesley e viu que ele estava assistindo a *Um corpo que cai* no seu projetor branco-e-preto. A luz pálida do dia filtrava-se mansamente pelas frestas da veneziana e os personagens de Hitchcock moviam-se na tela.

"Eu traí você", disse Helen, encostando-se no batente da porta.

Wesley voltou-se e olhou para ela. "O quê?"

"Eu traí você", repetiu ela, calmamente. "Eu dormi com algumas pessoas, achei que poderia me salvar, mas estava errada. Acabou e eu quero ficar com você."

O silêncio parecia ensurdecedor. Helen viu as veias sob as têmporas de Wesley incharem ligeiramente. Mais sangue sendo bombeado para o cérebro a fim de permitir que ele processasse a sua decepção.

"Como é que você sabe que quer ficar comigo?", perguntou ele, finalmente falando.

"Eu... simplesmente sei. Com quem mais eu poderia estar?"

"Essa não foi uma boa resposta."

"Não sei. Estou pensando que talvez toda essa procura, não sei, toda essa busca por plenitude, talvez eu não vá encontrar isso com outra pessoa. Nós somos felizes, não somos? Acho que só precisamos conversar mais." Era isso? Ela ficou pensando. Tinha de ser. Ela precisava parar de correr para não enfrentar as coisas. Ela precisava formar um vínculo. Ela precisava trabalhar nisso e ele também.

Wesley tirou os óculos e esfregou-os na camiseta. "Você está arrependida?", perguntou ele, sem olhar para ela.

"Estou", respondeu ela. "Não poderia estar mais arrependida." Ela foi até ele e ajoelhou-se ao lado dele. "Eu te amo. Eu traí você. Me perdoa."

Wesley ainda evitava olhá-la. "Todo mundo sabe? Eu sou motivo de riso, o marido corno, o último a saber?"

"Ninguém sabe...", respondeu ela, um tanto vacilante.

Wesley começou a rir sarcasticamente. "Ah, ótimo. Apenas todas as suas amigas."

"Elas não vão contar."

"OK", ironizou ele. "Então as suas amigas não vão contar para ninguém, portanto tudo pode ser esquecido."

"Anson Larrabee sabe e está chantageando a gente. É por isso que eu preciso passar na casa dele e levá-lo na festa da Eliza. Ele quer que a gente seja amiga dele, aí ele não conta para ninguém."

"Anson sabe... agora tem sentido, o roteiro, claro. Eu sou um bobo." Ele esfregou os olhos com as mãos.

"Você não é um bobo", protestou Helen, aproximando-se dele. Sua voz e seu rosto davam a impressão de equilíbrio, mas ela o sentia quebrar-se por dentro. "Eu te amo. Eu cometi erros, erros enormes. Esqueci os meus valores básicos. Por favor, me perdoa."

"Eu não agüento mais isso, Helen", disse Wesley.

"Por favor, Wesley..." Ela começou a chorar. "Vamos esquecer o que aconteceu. Vamos passar uma borracha nisso."

"É para isso que você precisa de mim, sempre, para passar uma borracha. Para resolver suas encrencas."

"Eu não espero que você resolva as minhas encrencas! Posso cuidar do Anson. Vou dar um jeito de pegar aquelas fitas e de cuidar dele."

"Assim como você fez com o Dirk?"

Helen desmoronou na cadeira. "Está certo. Acho que eu preciso de você mais do que imaginava. Agora sei disso. Tinha esquecido..."

"Mas dessa vez é diferente", disse ele, levantando-se calmamente e indo para a porta.

"Mas e a Lauren?", perguntou ela suavemente. Ela havia se encolhido e abraçava os joelhos.

Wesley parou na porta e Helen viu seus ombros afundarem. Ela teve a impressão de que ele ia falar alguma coisa mas mudou de idéia. Ele transpôs a porta e de repente reapareceu.

"Eu sempre vou tomar conta da Lauren", disse ele e em seguida virou para a esquerda.

Quarenta e um

Leelee ainda estava ligando incessantemente para o celular de Brad, mas ele não respondia. Ela se sentia detestável. E se Brad a abandonasse? Ela não teria nenhum lugar para ir. Como ele pudera deixá-la nessa situação? Claro, ela não devia ter escrito uma carta de despedida, mas meu Deus! Ela não queria ir àquela festa, porém sabia que precisava ir por causa de Anson. A combinação fora essa. Elas iam rodeá-lo e bajulá-lo porque ele tinha aquelas fitas que poderia mostrar para o mundo! Sem falar que ele sabia das cartas que ela mandava da praia de Manhattan. Droga. Se ela tivesse podido desaparecer com o Jack, esse problema não existiria. Jack. Ele tinha sido o seu herói. Mas era um idiota. Agora não havia ninguém para salvá-la. Ela simplesmente precisava pôr uma roupa bonita e um sorriso falso e tentar salvar a sua vida.

"Você está atrasado", disse Victoria, quando Justin chegou.

Ele nem parou para falar com ela. Foi direto para o andar de cima e ela logo ouviu a porta do banheiro se fechar. Meu Deus, que cara grosso! Esperava que pelo menos naquele momento final ele aparecesse na hora certa. Victoria aguardou quinze minutos até Justin descer. Durante esse tempo roeu todas as unhas. Ela havia quebrado as unhas de uma das mãos quando brigara com Justin, e, como não tivera tempo de ir à manicure, resolveu roê-las até as cutículas. Ela sabia que Justin detestava isso, uma mulher com as unhas cheias de pontas e sangrando. A primeira coisa que ele observava numa mulher eram suas mãos; ele sempre dizia isso. "Dá uma olhada nessas gracinhas", disse Victoria em voz alta, levantando as mãos. Ela não podia imaginar o que o estava retendo por tanto tempo. Justin definitivamente era o sr. Produto e o sr. Moda, mas não costumava levar tanto tempo para se aprontar. Pelo menos não quando eles iam a algum lugar com as amigas *dela*. Ele provavelmente estava fazendo aquilo para irritá-la. Quando por fim ele desceu a escada, ela já estava se irritando, mas se conteve. O problema não é mais meu. Ele não será mais problema meu.

"Vamos", disse ele, saindo para a rua.

"Você trocou de roupa", comentou ela, olhando para o terno dele. De manhã ele estava usando o Zegna preto e agora ele vestia o Armani riscado.

"Deixei cair molho nele", disse ele. "Vamos a pé ou de carro?"

"São só dois quarteirões. Acho que podemos ir a pé."

"Tudo bem."

Eles caminharam juntos em silêncio, Victoria num passo mais lento que o normal por causa dos saltos altos.

"Vai ter alguém que preste lá?", perguntou Justin, finalmente.

"Alguém que preste? Você quer dizer alguém *famoso*? Ou alguém *do ramo*? Duvido", respondeu ela.

"Você não precisa ser tão agressiva. Eu estou indo, não estou?", disse ele.

"Está, obrigada, OBRIGADA POR ISSO!" Ela praticamente gritou. Que mártir!

"Cala a boca", retrucou ele, quando já estavam diante da porta. "Você nem precisa falar comigo durante a festa. Eu devia estar no Koi com o Tad, mas estou fazendo isso para você. *Pela última vez*."

"Você é um cara maravilhoso", disse ela, tocando a campainha.

"Olá!", recebeu-os Eliza abrindo a porta.

"Oi", disse Victoria.

"Entrem", convidou Eliza pegando os casacos deles e levando-os para a sala.

Justin havia dado um beijinho em Eliza e imediatamente esquadrinhado a sala para ver se havia ali alguém que ele considerava importante e merecedor de bajulação. Ao constatar que não havia ninguém, seu rosto revelou um profundo desapontamento e ele foi direto para o sofá, onde desabou no meio das almofadas Fortuny de seda que Eliza havia acabado de afofar e se debruçou sobre a travessa de queijo.

"Como você pode imaginar, ele não queria vir", comentou Victoria, com voz tensa.

"Estou francamente surpresa com a vinda dele", disse Eliza. "Estou surpresa com a vinda de todas nós, no pé em que as coisas estão."

Todas estavam nervosas e esperavam ansiosamente a chegada de Anson. Leelee também estava vigiando a porta, com a esperança de que Brad aparecesse. Será que ele vem? Será que ele se lembrou de que havia uma festa hoje? Por favor, faça com que ele venha. Por favor, faça com que ele venha, rezou ela.

Subitamente ela o viu entrar no outro lado da sala. Ela estava numa conversa vazia com o *barman* quando viu Brad cumprimentar Eliza, Victoria e Pam. Ele veio! Pareceram decorrer milhões de anos entre ele se desvencilhar e suas amigas e encontrá-la. Ela exultou ao vê-lo.

"Você veio!", disse ela.

Brad pareceu perplexo. "Claro que vim. Só não entendi por que você veio sem mim."

"Eu liguei para você o dia inteiro e você não estava no banco. Eu não vi você antes de sair para o trabalho de manhã..."

"Eu te disse que tinha que ir a Irvine para uma reunião de dia inteiro. E o meu celular não está funcionando. Mas onde é que você estava quando eu saí de casa hoje de manhã?"

"Foi uma coisa estranha, na verdade: eu fiquei vendo televisão até tardérrimo e aí não quis acordar você e acabei dormindo no sofá."

"Eu não te a quando saí ainda de madrugada", disse ele.

"É", disse ela rapidamente. "Mas eu adorei você ter vindo!"

Ela o abraçou e ele se surpreendeu com isso. Então as amigas dela a chamaram na despensa para informar que Anson estava morto. Combinaram de se encontrar perto da casa de Anson depois da festa e investigar a cena. Ninguém devia falar nada. Todas deviam agir de modo natural.

Quando Leelee e Brad foram para casa depois da festa, antes do encontro das amigas, ela o esperou subir para se trocar e então procurou a carta no *hall*. Olhou no chão e debaixo do tapete de sisal, mas só a encontrou quando afastou a cômoda. A rajada de vento no momento da sua saída! Com certeza o vento levara a carta para trás da cômoda. Leelee foi rapidamente até a cozinha e acendeu um fósforo para queimar a carta. Deixou tudo cair na pia e ligou o triturador de lixo. Abriu a torneira e fez aquele pedaço de papel desaparecer para sempre da sua vida.

Quarenta e dois

Já haviam decorrido três dias da morte de Anson. Falava-se num enterro marcado em princípio para a semana seguinte, mas, como nenhum parente próximo aparecera, não havia confirmação de nada. Ninguém sabia se ele tinha sido assassinado ou se morrera de causas naturais, mas as pessoas tendiam para uma explicação maldosa. Era só uma questão de quem, e as teorias abundavam. Eliza, Victoria, Helen e Leelee prendiam a respiração temendo ser incluídas e, sobretudo, temendo que o crime tivesse sido cometido por uma delas. Elas não podiam evitar as suspeitas mútuas, o que introduziu a cautela na sua delicada dinâmica.

Wesley finalmente voltara. Helen desceu bem cedo e o encontrou sentado na cozinha escura. Ele a assustou tanto que ela deu um grito.

"Wesley!", disse ela.

Ele se virou e olhou para ela, mas continuou mudo. Seus olhos pareciam soturnos e mais velhos, como se os últimos dias tivessem lhe cobrado um tributo muito alto, e ela se entristeceu.

"Você está bem?", perguntou. O piso de ladrilho esfriava seus pés e ela lamentou não ter se lembrado de calçar os chinelos. Na verdade a casa inteira parecia gelada; ela ia ter de ligar o aquecimento.

"Quero que nós sejamos uma família", disse ele tranqüilamente.

"Isso é ótimo!", gritou ela e correu para ele. Wesley ergueu a mão para detê-la.

"Mas agora você tem que agir *do meu jeito*. Nada de mentiras, traições, viagens solitárias para se encontrar. Eu quero que você se encontre *aqui*. Não quero que você deixe esta família emocional, sexual ou fisicamente e embarque numa jornada de autodescoberta. Nós precisamos ser *parceiros* se quisermos que isso dê certo. Terá que ser assim."

Pela primeira vez em toda a história dos dois, Helen se sentiu subitamente tomada de amor por Wesley. *Ele era um homem. Ele cuidava das coisas. Ele era o que ela estava procurando durante todo o tempo. Ele estava em casa.*

"Eu te amo, Wesley", disse ela, correndo e abraçando-o.

"Eu também te amo", disse ele.

Mais tarde, naquele dia, as quatro mulheres se reuniram na casa de Victoria para ajudá-la a arrumar as malas de Justin. Era de cortar o coração olhar para Austin e Hudson e saber que a vida deles estava prestes a mudar. Mas era melhor assim. O clima entre seus pais era nocivo demais para se sustentar.

"Onde você quer que a gente ponha essas caixas?", perguntou Eliza.

"Nossa, como esse homem tem roupa! O armário dele é maior que o nosso!", comentou Helen.

"Eu sei, parece mulher", disse Victoria, que estava ajoelhada puxando do fundo do armário um mocassim todo enfeitado e botas de caubói.

Elas continuaram enchendo as caixas em silêncio. Embora todas tivessem declarado inocência na noite em que Anson foi encontrado morto, havia entre as quatro uma desconfiança no ar. Era simplesmente muito oportuno Anson ter morrido. Todos os problemas delas estavam resolvidos e era como se aquilo nunca tivesse acontecido. Nenhuma delas podia acreditar realmente que qualquer uma das outras seria capaz de matar, embora, se fossem obrigadas a admitir essa hipótese, Helen, Eliza e Leelee diriam que tinha sido Victoria. "Puxa, eu convidei vocês para que isso não fosse melancólico. Vamos, gente, por que tanto silêncio?", perguntou Victoria. Ela olhou para os rostos de suas amigas e teve a sensação estranha de que elas não queriam encará-la. O que estava acontecendo?

"Babacas! Vocês estão achando que fui eu que matei o Anson?", indagou ela.

Ninguém disse nada durante um momento que chegou a ser um pouco longo demais. "Claro que não", começaram Eliza e Helen ao mesmo tempo.

Contudo, as duas não tinham tanta certeza assim. Elas tinham discutido um pouco essa possibilidade, mas se sentiram muito culpadas e mudaram de assunto. Mas agora a questão estava posta.

"Mentirosas", acusou Victoria, levantando-se e pondo as mãos nos quadris. "Eu não posso acreditar numa coisa dessas!"

"Victoria, a gente não disse nada", protestou Eliza.

"Mas pensaram", disparou Victoria, furiosa. "Muito bem, só para registrar, quero que vocês saibam que eu não matei o Anson. Lembrem-se: eu era a única que não me importava com o que ele podia aprontar. Pensem bem, por que eu teria me incomodado com o fato de ele ter fitas comprovando a minha infidelidade? Claro que seria desagradável e poderia prejudicar meu acordo de divórcio, mas isso não me importa."

Elas acreditaram.

"Isso é ridículo, nós todas estamos muito nervosas", sentenciou Leelee.

"Você tem razão", apressou-se Helen a dizer. "Então, onde é que a gente põe essas caixas?"

"Na garagem."

Elas carregaram as caixas até a garagem e as estavam empilhando lá quando Leelee apontou para alguém.

"Lá vem a Imelda", avisou Leelee.

Todas elas olharam e viram o rosto carregado de maquiagem e de roupa esportiva se aproximando delas. Imelda estava visivelmente histérica. "Não me importo com o que estão dizendo! Foram vocês! Foram vocês que mataram o Anson!", gritou ela.

"Não diga!", ironizou Victoria.

"Fique calma", aconselhou Helen.

"Ponha uma rolha nisso", debochou Leelee, rindo.

Todas as mulheres reprimiram uma risadinha, o que deixou Imelda ainda mais furiosa.

"Vocês, mulheres, vocês mataram ele", acusou ela, balançando o dedo na direção das quatro. "Eu não devia ter contado a vocês sobre as fitas. Nunca."

"Imelda, a gente sabe que você está transtornada...", disse Eliza, tentando envolvê-la com o braço. Embora detestasse Anson, ela tinha pena de Imelda. Deve ser difícil perder desse jeito o amigo mais próximo.

Imelda afastou-a. "A polícia está errada! Não foi um acidente."

As mulheres pararam de rir. "A polícia concluiu que foi um acidente?", perguntou Eliza.

"É mentira!", disse Imelda.

Elza, Victoria, Helen e Leelee se entreolharam. Então correram para dentro da casa e Victoria telefonou para a polícia. Ela ligou a viva-voz para que todas pudessem ouvir.

"É verdade, o relatório do coronel concluiu que o nível de álcool e de medicamentos no sangue dele era tão alto que não havia dúvida de que a morte fora acidental. O mais provável é que ele tenha caído da escada e batido a cabeça no vaso de porcelana que cortou sua cabeça", disse o policial do outro lado da linha.

"Então ficou assim?", perguntou Victoria.

"Caso encerrado", disse o policial.

"Obrigada, policial!", gritaram as quatro em uníssono.

Logo que Victoria desligou o telefone, elas começaram a pular, se abraçar e gritar. Victoria trouxe uma garrafa de champanhe, que derramou pelo tapete quando a rolha voou, mas elas não se importaram. Estavam em êxtase. Acabara! Finalmente acabara!

"E pensar que não havia nenhum motivo para a gente ficar tensa daquele jeito!", disse Leelee.

"Gente, isso é muito bom!", exclamou Helen.

"Ele está morto e a gente está livre", concluiu Eliza.

"Bom, a não ser por aquelas perguntas sem resposta: onde estão as fitas? O que foi que aconteceu com os arquivos que ele tinha sobre a gente e tudo o mais que amanhã pode acabar no *Palisades Post*? Se é que ele realmente escreveu a coluna que Imelda disse que ele tinha escrito", lembrou Victoria.

As mulheres pararam de comemorar. "Por que é que você tinha que jogar água fria na gente?", perguntou Helen.

"Vocês querem saber de uma coisa? A gente pode ficar aqui se preocupando o resto da vida. Eu vou embora. E acho que vocês também devem fazer a mesma coisa", sugeriu Leelee.

"Saúde!", disse Eliza, e todas fizeram tintim.

Quarenta e três

Elas foram ao enterro. Imelda fuzilou-as com o olhar e sussurrou algo para a anoréxica cheia de plásticas que estava sentada ao seu lado. A mulher se virou e olhou para as quatro amigas, que estavam no quarto banco de trás para a frente, mas elas não se importaram. Tinham ido reverenciar o morto. (Embora Leelee tivesse brincado que o objetivo, na verdade, era se certificar de que ele estava realmente morto.) Depois do culto das cinco horas, Eliza, Victoria, Helen e Leelee foram de braços dados até o Vittorio's, pois tinham combinado que não iriam à reunião na paróquia da igreja. Elas tinham ido expressar condolências — mas seu pesar já havia se esgotado. E, além do mais, elas precisavam de uma bebida. Já era hora de dar o fora.

"E aí, o que é que a gente resolveu?", perguntou Eliza, quando estavam sentadas no pátio e o garçom havia aberto a garrafa de Chianti. "Valeu a pena?"

"Me pergunte depois", disse Leelee.

"Não", respondeu Helen, bruscamente.

"Se a gente tivesse feito de um modo diferente...", começou a dizer Victoria, e abruptamente se calou: "Acho que não".

Todas elas ficaram perdidas em seus pensamentos enquanto tomavam um gole da bebida.

"O artigo do Anson que a Imelda disse que iria ser publicado nunca saiu no *Post*", disse Helen.

"Ah, esqueci de contar a vocês", lembrou Victoria. "Eles encerraram a coluna dele quando ele morreu. Contatei a Susan, que cobre a seção de "acontecimentos", e ela me disse que teria sido meio macabro publicar uma coluna *post-mortem*."

"Você devia ter falado para a gente!", censurou Helen. "A última coisa que eu quero fazer é tocar nisso outra vez. Wesley finalmente voltou a conversar comigo."

"Ah, meu Deus, que bom que acabou!", suspirou Eliza. Ela se reclinou na cadeira e juntou o cabelo num descontraído rabo-de-cavalo.

"Peraí! Você não fez nada", disse Leelee.

"Eu sei. Eu fiz e não fiz", argumentou ela. "Pensei em fazer e felizmente não agi de acordo."

"Eu não lamento termos feito o pacto", disse Leelee. "Foi uma sarna que eu precisava coçar. Não teve o final feliz que eu esperava, mas pelo menos tirei o Jack Porter do meu sistema."

"Bom, e agora o que é que a gente vai fazer?", perguntou Helen.

"Não sei", respondeu Leelee. "Vou ficar com o Brad. Acho que preciso aprender a apreciá-lo um pouco mais."

"O reconhecimento é o primeiro passo", disse Victoria. "Olha, alguns meses atrás você jamais teria admitido que alguma coisa estava errada."

"Você tem razão", concordou Leelee. "Acho que eu queria um super-herói e tudo o que consegui foi um cara mediano."

"Ei, não despreze os caras medianos", aconselhou Eliza. "A verdade é que não tem nada melhor."

"Tudo bem. E assim, concluindo, eu vou me divorciar, acho...", disse Victoria.

"Você tem certeza?", perguntou Helen.

Victoria assentiu com a cabeça e fez o vinho girar na taça. "Acho que, embora às vezes eu fique obcecada pelo meu marido, como agora, por exemplo, porque ele saiu de casa, o nosso relacionamento simplesmente é doentio demais para continuar. Sobretudo quando os meninos ficarem mais velhos."

"Mas é melhor não resolver nada agora", sugeriu Helen. "Nunca se sabe."

"Ah, eu sei", garantiu Victoria. "Mas está tudo bem. Já sinto que posso ser honesta e olhar abertamente para outros homens, e que eu estou leve. Posso escolher com mais cuidado dessa vez."

"Algum homem já chamou sua atenção?", perguntou Helen.

"Todos. Quer dizer, nossa!, outro dia fui ao Wiggles e, entre os caras que estavam se apresentando, tinha um de roupa azul que não era nada mau", disse Victoria.

"Você percebeu que ele não faz nada, nunca? Não toca um instrumento, não canta, não é como o Jeff; parece que está sempre dormindo. Por que é que ele está lá?", perguntou Leelee.

"É mesmo", respondeu Victoria com a cabeça inclinada para o lado. "Será que ele escreve?"

"Gente, vocês estão mudando o rumo da conversa", cortou Helen.

"Tudo bem. Foi divertido durante um segundo", disse Victoria, se concentrando. Mas suas amigas perceberam que ela já não era tão intensa quanto antes. Talvez deixar Justin tenha sido ótimo. "De qualquer forma eu estou divorciada, Helen e Wesley estão arrumando o seu casamento, Leelee e Brad estão do mesmo jeito e Eliza continua totalmente feliz com Declan e sem confessar nenhum problema..."

"Ei", interrompeu-a Eliza. "Às vezes é melhor guardar as coisas conosco. Todas nós pagamos caro para aprender o que acontece quando as pessoas compartilham seus segredos mais íntimos."

"Bom, a gente ainda não sabe o que aconteceu com as fitas do Anson", disse Leelee, querendo atiçá-las.

"É melhor a gente não falar mais nisso", propôs Eliza.

"Obrigado por me deixar nervosa, Leelee,", disse Helen.

"Não vamos nos preocupar com isso", disse Victoria. Vamos fazer um novo pacto: o pacto de sermos felizes."

"E não vamos nunca mais mencionar o Anson", disse Eliza.

"Tintim", disseram todas tocando os copos.

Leelee chegou em casa a tempo de dar banho nas meninas e levá-las para a cama enquanto Brad assistia à televisão no andar de baixo. Colocar as meninas para dormir estava consumindo mais tempo depois que eles tinham deixado Charlotte assistir a *Monstros S. A.* por sugestão de uma coleguinha de classe: agora ela ficava horrorizada com a possibilidade de haver monstros no armário. O fato de os monstros do filme serem simpáticos não significava nada para ela. Bastava ver aquele Mike caolho com a voz do Billy Crystal para ela começar a chorar. Isso requeria ler mais livros antes de colocá-la na cama, e Leelee se arrastava por três histórias do *George, o Curioso* até Charlotte ficar exausta e ela finalmente poder sair.

Depois de desligar as luzes ("mas a do *closet* não, mamãe!"), Leelee ignorou o impulso de ir para o seu computador. Era estranho não se corresponder mais com Jack. Depois de pôr o pijama e lavar o rosto, ela se olhou no espelho e pensou em como a vida não segue do modo como se quer, mas que talvez seja melhor assim. Talvez sua vida com Jack não fosse tão cor-de-rosa. Mesmo sendo divertido e estimulante, será que ele seria emocionalmente forte para sustentar uma família? Seria feliz? Não sentiria que ele estava em busca de outra pessoa? Provavelmente o que ele gostava em Tierney era que ela não exigia a atenção dele. Ela nunca estava infeliz e querendo mais. Provavelmente era isso que fascinava Jack. Mas Leelee não era assim. E nunca seria.

"Fui eu", disse Brad. Ele estava de pé na soleira da porta, olhando para a imagem dela refletida no espelho. Ela estava cheia de espuma no rosto, por isso inclinou-se, enxaguou-o e depois pegou uma toalha para enxugá-lo.

"Você o quê?", perguntou ela, passando por ele e já no quarto tirando a colcha da cama.

"Eu matei Anson", declarou ele.

"Ótimo", disse ela sem olhar para ele.

"É verdade", reafirmou ele, sombrio.

Leelee virou-se e olhou para ele. Estudou cuidadosamente o seu rosto. Ele tinha uma expressão de confiança serena e determinação. *Brad matou Anson?* "Mas a polícia disse que foi um acidente... ele bebeu demais e caiu da escada."

"Brad confirmou com a cabeça. "Eu fiz parecer um acidente."

Leelee estava estupefata. "Mas por quê?"

Brad aproximou-se dela e ficou diante da cama. "Ora, Leelee, eu não sou idiota. Eu sabia que o Jack era o tal cara tranqüilo. Aquela história de a Victoria ter um amante, bom, depois eu descobri que também era verdade, mas, tenha paciência... Eu encontrei o *email* e depois encontrei o Anson por acaso..." Ele parou, sem saber bem o que dizer.

"Continua", insistiu ela.

"Sei que você sempre amou o Jack. Sei que você queria se casar com ele, e não comigo. Sei que você ia me deixar para viver com ele. Eu encontrei a carta, Leelee..."

"Não, ela caiu atrás da cômoda", contestou ela, desmoronando na cama. Ela caiu atrás da cômoda e você não a encontrou. Eu estava tão feliz. Certo?

"Eu a pus lá. Li a carta, fiquei furioso e saí. Aí fiquei mais furioso ainda e fui para Irvine. Eu me sentei na sala de reuniões e pensei durante o dia inteiro. Quando voltei, fui direto para a casa do Anson. Eu achava que você tinha ido embora. E achava que o Jack também tinha ido. A única pessoa que tinha participado daquilo e tinha ficado aqui era o Anson. Por isso fui lá e o matei. E quando voltei, vi a casa iluminada e vi você pela janela; então esperei você ir para a festa e coloquei a carta de volta."

"Ah, meu Deus...", disse Leelee.

"Eu fiz isso por você. Para defender a sua honra. Para ser o homem que você queria. Isso foi o que eu sempre quis."

Leelee ficou muda. Aquilo era totalmente surreal. Ela nunca teria imaginado uma coisa daquelas. Talvez ela devesse se sentir desgostosa ou assustada, mas não era nada disso que estava acontecendo. Ela não conseguia saber como se sentia: chateada?, preocupada? Não... lentamente ela percebeu o que sentia: felicidade. O seu homem, o homem que durante tanto tempo ela julgara ser pateticamente fraco, o homem que ela acusava de não ser um homem, havia matado o homem que a atormentara. Ele havia defendido a sua honra. Ela nunca o tinha amado tanto. Ela se levantou e beijou-o apaixonadamente. Agora ela o queria. Beijou suas mãos e imaginou-as empurrando Anson, golpeando-o, fazendo-o sofrer. Mãos tão sensuais. Ela olhou para a sua boca e beijou-a. Era a boca que havia amaldiçoado o seu inimigo. Brad beijou-a de volta e fez amor com ela. Leelee estava eufórica. Ele havia se revelado e agora ela não podia ficar sem ele. Brad havia finalmente se tornado o seu herói.

Quarenta e quatro

Pela janela, ele havia observado Anson se servir de um grande copo de vodca. Pela vidraça o vira caminhar entre os cômodos — aquela cadela nojenta latindo e dando mordidinhas em seus pés metidos em chinelos. Ele olhou para o relógio. Já estava quase na hora da festa. Era preciso se aprontar. O tempo era escasso. Esse cara não ia nunca subir e tomar banho? Ele o havia espiado nas últimas noites e conhecia a rotina de Anson. Também sabia que ele devia estar na festa dentro de uma hora, e portanto já estava na hora de se mexer.

Ele não estava absolutamente nervoso. Era de se esperar que sim, tendo em vista o que havia planejado, mas por alguma razão aquilo não parecia de forma alguma errado. Ele se sentia eufórico. Talvez porque tivesse certeza de que faria o que precisava ser feito. E ele não se preocupava com vizinhos ou coisas do tipo. Ele conhecia todos e se dissesse que estava apenas devolvendo a cadela de Anson, que ele encontrara perambulando pelas ruas, ninguém lhe perguntaria nada. Ele já aprendera isso sobre as pessoas — e isso explicava o seu sucesso nos negócios: se você diz alguma coisa com convicção, as pessoas não terão razão para não acreditar em você.

Finalmente Anson foi para cima. Já passava da hora, suspirou ele, enquanto deu a volta por trás e abriu furtivamente a porta lateral. Ouviu a cadela latir e descer correndo a escada, mas Anson gritou o seu nome e ela voltou a subir. Felizmente estava ventando muito e as coisas vibravam por toda parte. Anson não se perturbaria com nenhum ruído estranho. Ele esperou, sem se mexer, até saber pelo barulho nos canos que o chuveiro estava aberto. Entrando na sala, encontrou o copo suarento de Anson descansando no gabinete chinês. Imaginou que pareceria estranho ele estar ali, com o sujeito lá em cima sem saber de nada, mas novamente não se abalou. Pegou as pílulas no bolso. Elas tinham sido a única parte difícil. Nem ele nem sua mulher tomavam pílulas. Foi preciso esperar até eles irem a uma festa de Natal para surrupiar as pílulas de dentro do armário de remédios do anfitrião (felizmente todo mundo sabia que aquele casal era grande consumidor de medicamentos). Os donos da casa nunca descobririam isso. Ele não podia acreditar que era tão canalha, roubando, invadindo um domicílio para fazer tudo o que ainda estava por vir, mas aquilo simplesmente parecia mais uma série de acontecimentos necessários do que um ato criminoso. Ele abriu cuidadosamente a tampa do tubo de plástico e despejou quatro comprimidos na bebida. Aquilo ia funcionar. Ele não queria matar o cara; queria apenas deixá-lo fora do ar para que ele pudesse voltar mais tarde e encontrar as malditas fitas. Ele saiu pela porta lateral e sabia que ninguém seria mais sensato do que ele naquela ação.

Esse era o plano. Ele tinha certeza de que Anson ia dormir a noite toda, para ele poder voltar depois da festa e ter tempo mais que suficiente para virar a casa pelo avesso sem medo de ser descoberto. Já era hora de acabar com aquilo. O cara era um idiota de primeira classe. Quem é que chantageia mulheres? Independentemente de elas serem ou não fiéis, a quem isso diz respeito, além delas próprias e dos maridos? Ele achava o adultério algo aterrador, mas achava também que o que as pessoas fazem é assunto delas. Por que diabos Anson se achava um juiz da moral, o próprio são Pedro na entrada do céu? O cara não era nenhum anjo. E agora a coisa não ia parar; ele não queria que Anson continuasse chantageando sua mulher e as amigas dela. Se para isso ele precisava roubar as fitas, então era o que ele iria fazer.

Ele se sentiu nobre, defendendo desse modo a honra da sua mulher. O engraçado é que ele sabia que Eliza nunca o trairia. Desde o dia em que eles se casaram, na verdade desde o dia em que eles se conheceram, ele sabia que a sua mulher era uma boa moça. Às vezes ela queria dar uma de rebelde, mas ela não era mulher de trair. Ela era uma boa esposa. Declan faria qualquer coisa por ela.

Quarenta e cinco

ELE NÃO PÔDE ACREDITAR quando Helen contou que o havia traído. Como é que ele podia ter sido tão tolo? Ele nunca esperaria dela uma coisa dessas. Isso já era suficientemente ruim, mas ela também disse que Anson a estava chantageando. E ele sabia por que ela tinha lhe contado isso. Não era porque ela estava amedrontada, mas porque queria que ele a tirasse novamente daquela encrenca. Como acontecera com o Dirk. Apagar todas as pistas dela. Pegar as fitas. Essas eram as palavras não pronunciadas. Ou ela era a mulher mais malandra do mundo ou simplesmente estava tão desamparada que não percebia o que estava sugerindo. Na verdade ele não tinha certeza de nada.

Um lado dele não queria fazer aquilo. Ela que sofra. Ela que se vire e reconstrua a própria vida. Mas havia Lauren. A sua adorada, amada Lauren. Ele jamais a magoaria. Jamais. Queria protegê-la. E, protegendo-a, teria de proteger sua mulher. Era difícil, mas o fato é que, apesar de tudo, ele amava de fato sua mulher. E achava que, não fundo, gostava do fato de ela precisar real e verdadeiramente dele. Ele nascera com dinheiro, *status*, até um título, mas nunca se sentira realizando alguma coisa sozinho até ter salvado Helen. Ele sabia que a salvara e ela também sabia disso. Assim, eles estavam quase que se salvando mutuamente. E isso tinha de significar alguma coisa.

"Sinto incomodar você, Anson, mas acho que a gente precisa conversar um pouco", disse Wesley na soleira da porta. Embora tivesse visto Anson através da cortina da sala, a porta não se abria nunca e Wesley precisou tocar a campainha mais uma vez. E quando a porta finalmente se abriu, ela se abriu demasiado e depois fez um estrondo, como se Anson a estivesse tirando das dobradiças.

Anson apertou os olhos e depois falou. "Wesley, meu chapa", disse ele com uma fala enrolada.

Wesley percebeu que Anson estava com o andar ligeiramente cambaleante e segurava com força o copo que tinha na mão. Ele devia ter bebido muito.

"Será que podemos conversar?", perguntou Wesley e, sem esperar, passou por Anson e entrou no *hall*.

"Entra", disse Anson.

Wesley olhou para a cadela chorona que estava dando mordidinhas no pé de Anson e encarando-o desconfiada. Um cachorro não seria uma boa coisa agora, sobretudo sendo protetor.

"Hum, você pode tirar a cadela daqui? Sou alérgico."

"Baby? Não", respondeu Anson, petulante.

"Só por um minuto, esse é o tempo que eu vou tomar de você", pediu Wesley, abaixando-se para pegar a cadela relutante, que se contorceu nos seus braços. Wesley viu uma varanda com tela ao lado da sala, foi até ela e deixou a cadela lá.

"Ela vai ficar bem ali, só por um segundo", disse Wesley.

Mas Anson parecia já ter se esquecido da cadela. "Posso te servir um drinque?", perguntou ele, encaminhando-se para o carrinho com as bebidas.

"Não... quer dizer, sim." Seria bom beber? Ele não queria ficar muito tempo, sua intenção era pedir a prova e depois sair imediatamente e destruí-la quando chegasse em casa. Na sua cabeça, ele tinha imaginado uma cena ligeiramente hostil, com ele defendendo a honra de sua mulher e deixando Anson de crista baixa. Mas talvez pudesse ser mais civilizado.

"Bom, qual dos dois?", perguntou Anson indo lentamente para o carrinho onde estavam as bebidas. "Vou ficar com o sim."

"Eu bebo o que você estiver bebendo."

Anson girou a tampa de uma garrafa de uísque e tirou da prateleira um copo. "Senta, relaxa."

Contrafeito, Wesley sentou-se no sofá de pelúcia, afundando nas almofadas. Ele se arrependeu imediatamente do que acabara de fazer, percebendo que isso ia atrapalhar a sua conversa com Anson. Ele se pôs de pé novamente e foi até a lareira, fingido admirar a pintura que estava em cima dela. Enquanto isso, sentia os olhos da cadela o espiando através da porta de vidro.

"Como é que está o ramo cinematográfico? Você viu o último filme do Woody Allen? Acho que ele voltou aos velhos tempos", comentou Anson, entregando o copo a Wesley.

"Vamos deixar de conversa", cortou Wesley com o sangue afluindo-lhe à cabeça. Ele não queria ficar de papo com aquele idiota, fingir que tudo ia às mil maravilhas, quando ambos sabiam o que estava acontecendo com a sua mulher.

"Qual é o problema?", perguntou Anson, antes de se deixar cair numa poltrona surrada como se não tivesse nenhuma preocupação no mundo.

"Quero as fitas", respondeu Wesley firmemente.

Anson olhou para ele com o rosto inchado pela bebida, os olhos aguados. Não respondeu logo, mas depois um sorriso começou a se esboçar no seu rosto.

"Sinto muito, meu amigo, mas isso é impossível."

Wesley sentiu a raiva se insinuando em suas veias. Esse cara está realmente gostando disso. É a única sensação de poder que ele teve em séculos.

"Não vou aceitar um não como resposta", protestou Wesley aproximando-se de Anson, como se a sua figura frágil fosse capaz de intimidá-lo.

"É o que você vai ter que fazer", disse Anson, afetadamente, antes de tomar um bom gole da sua bebida.

"Por que é que você está fazendo isso?"

Anson jogou a cabeça para trás, apoiando-a nas costas da poltrona. Fechou os olhos e durante um momento Wesley achou que ele tinha morrido. Provavelmente se passaram apenas segundos — que pareceram minutos — até ele reabrir os olhos. Ao fazê-lo, pareceu estar assustado em ver Wesley.

"Preciso me aprontar para a festa", disse Anson, com a voz grogue. Ele levantou da cadeira o corpanzil, num esforço que exigiu uma força extra dos dois braços, e passou por Wesley a caminho da escada.

Wesley seguiu-o. "Nós não acabamos", disse ele asperamente.

Anson continuou o seu caminho, mas agitou os braços na direção de Wesley como se estivesse espantando uma mosca. "Ah, vê se me esquece", murmurou ele.

"Anson", disse Wesley agarrando seu braço gordo. Ele sentiu suas unhas penetrando na pele pálida e flácida de Anson.

"Me larga!", gritou Anson afastando-se e cambaleando em direção à escada.

Ele está completamente bêbado, pensou Wesley.

"Onde é que estão as fitas?", perguntou Wesley.

Já no meio da escada, Anson não respondeu. Mas se deteve, olhou sua imagem no espelho veneziano que havia no patamar e começou a alisar as sobrancelhas. Esse foi o momento decisivo para Wesley. Antes mesmo de se dar conta, ele havia avançado para Anson, que reagiu com um grito. Mas o álcool debilitara sua voz, além de já ter praticamente minado toda a resistência que seu corpo poderia oferecer. Com isso, ele desmoronou quando Wesley lhe aplicou um murro. Ao ver que o homenzarrão ia cair em cima dele, Wesley instintivamente desviou o corpo para o lado, o que fez Anson rolar pela escada. Tudo aconteceu em segundos, e então Wesley se deu conta de que estava olhando para o corpo inerte de Anson na base da escada.

"Anson", chamou ele baixinho.

Não houve resposta. Wesley desceu correndo a escada e tomou o pulso de Anson. Ele ainda estava vivo. Na verdade ele não podia nem mesmo estar muito ferido, pois só havia rolado alguns degraus. Wesley tranqüilizou-se: provavelmente ele tinha desmaiado. O que ele devia fazer? Tentou carregá-lo, mas Anson era enorme e agora um peso morto. Melhor deixá-lo ali mesmo. Depois ele diria que havia saído e que Anson devia ter caído da escada. Qualquer outra coisa que Anson dissesse seriam delírios de um bêbado. Era o único jeito. Mas agora era preciso agir rapidamente. Primeiro correu para a sala, pegou seu copo de uísque e o levou para a cozinha. Encontrou luvas de limpeza embaixo da pia, vestiu-as cuidadosamente e lavou o copo e a alça da porta do armário. Continuou com as luvas, para não deixar mais impressões digitais, e andou pela casa; ao localizar finalmente o escritório remexeu na escrivaninha, tentando achar as fitas. Não conseguiu, mas encontrou um arquivo num armário empoeirado com anotações incriminadoras sobre sua mulher e as amigas dela. Ele o pegou e escondeu-o sob a camiseta. Sabia que tinha pouco tempo e, assim, depois de abrir armários e guarda-roupas da casa toda e dar uma olhada superficial, foi forçado a ir embora antes que Helen chegasse para pegar Anson. Ele havia feito o seu trabalho. Sabia que

Anson estaria bem e provavelmente o acusaria de tê-lo ferido intencionalmente, mas Anson estava tão bêbado que bem poderia nem se lembrar de nada. Ele podia sempre dizer que saíra quando Anson subira a escada e não sabia do que ele estava falando.

Wesley sentiu um pânico passageiro quando soube que Anson estava morto. Foi como se um vento frio tivesse percorrido todo o seu corpo. Foi uma surpresa, mas só isso. Não podia dizer que lamentava.

Quarenta e seis

JUSTIN FICOU FURIOSO QUANDO Victoria contou que Anson tinha gravado fitas que registravam tudo o que acontecia na casa deles. Ele não se importava minimamente que se as pessoas ficassem sabendo que sua mulher — quase ex — o traía, mas ficou petrificado com a possibilidade de Anson ter gravado uma de suas conversas com o traficante de cocaína de Tad Baxter. O fato era que uma noite Tad tinha ficado realmente alucinado e — ele não diria que havia sido um estupro — fizera sexo com uma moça mais ou menos inconsciente e batera nela um pouco, e, bom, se ficassem sabendo disso a carreira de Tad estaria acabada. Isso seria um golpe terrível para Justin. Ainda mais sendo ele o responsável pelo vazamento. Ele não se sustentaria depois disso.

Justin deixou o carro num estacionamento e caminhou até a casa para que ninguém visse o seu carro diante da casa de Anson. Bateu na porta e frustrou-se porque Anson não respondeu. Ele estava se afastando, mas a possibilidade de um babaca como o Wayne Mercer correr para pegar Tad como cliente o fez voltar para tentar abrir a porta de Anson. O fato de ela abrir facilmente lhe pareceu um convite para entrar na casa e procurar as fitas.

"Alô?", gritou Justin animadamente, para o caso de Anson estar no banheiro ou algo do tipo.

"Anson, querido?", gritou Justin novamente, agora avançando pelo *hall*. De repente ele viu Anson no chão, ao pé da escada, e correu até lá.

"Anson", chamou ele, pressionando na altura do coração para sentir se ele batia. Batia. Ele inclinou-se e levantou uma das pálpebras: os olhos estavam injetados. Então, como um tapa na cara, ele sentiu o cheiro do álcool na respiração de Anson e recuou enojado.

"A bicha velha está desmaiada", riu ele. Perfeito.

Justin se levantou e começou a caminhar pela casa. A decoração era muito fresca. Engraçado como Anson queria fingir que era heterossexual e tinha um apartamento assim, com franjas e *chintz* por toda a parte. Ele se inclinou para examinar a foto de um Anson mais jovem, ao lado de uma parenta velha, talvez a mãe ou algo do tipo, e sorriu. Anson já estava no final da adolescência e ainda se vestia com roupa de marinheiro. Sua mãe certamente havia aprontado com ele. Não era à toa que ele tinha se tornado *gay*.

Onde é que essas fitas podem estar?, perguntou-se Justin. Onde é que ele próprio escondia suas fitas pornográficas? Rumou para o *closet* de Anson e inspecionou as prateleiras de calças e *blazers* em tons pastéis. Atrás deles viu um cofrinho, mas era do tipo imitação, que se abre com uns poucos puxões no dial. E Justin o abriu. Pronto. Sentiu a mesma agitação que sentia quando cheirava uma boa carreira. Havia pacotes de fitas com rótulos bonitinhos e em perfeita organização, que ele pegou. Em seguida viu uma sacola de compras com o monograma de Anson e colocou as fitas dentro. Se alguém perguntasse — e ele sabia que isso era muito improvável — ele diria que eram curtas-metragens que Anson lhe havia pedido para ver.

Justin ouviu um cachorro latir lá embaixo e viu que tinha de sair. Ao descer a escada olhou para Anson esparramado no chão. Começou a passar por cima dele mas subitamente a mão dele agarrou seu pé. Assustado, Justin gritou e deu uma guinada para trás, tentando se apoiar na parede. Anson estava gemendo suavemente, e, quando Justin se equilibrou no peitoril da janela que dava para o quintal, notou que havia ali um pequeno vaso chinês com flores. Ele olhou para baixo, para Anson, e para trás, para as flores, e viu que tinha de sair imediatamente. Assim, com seus dedinhos brancos, ele delicadamente deu um peteleco no vaso, que se espatifou na cabeça de Anson. Justin não sabia bem se queria matá-lo. Se investigasse muito e fizesse um profundo exame de consciência, talvez concluísse que sim, que provavelmente queria. Mas ele podia sempre racionalizar que havia querido apenas nocauteá-lo mais uma vez. E ele não sabia que o vaso aterrissaria com tanta força na cabeça de Anson, quebrando-lhe o crânio. Mas a vida é assim. "Acidentes" acontecem. O idiota merece, disse ele para si mesmo.

Ele nunca contou nada disso para Victoria, porque, em primeiro lugar, ela pensaria que ele havia feito isso por ela e iria querer ficar com ele, e, em segundo lugar, para deixá-la preocupada. Afinal de contas ela o traíra. Por que ele iria contar que o segredo dela estava a salvo? E assim foi. Anson morreu. Sinto muito, mas não foi uma grande perda. Ninguém diria que o mundo não era um lugar melhor sem Anson. Ele fizera um favor a todos.

Quarenta e sete

HOUVE UMA QUINTA PESSOA QUE foi até a casa de Anson naquela noite, e a única com real intenção de matá-lo. A missão acabou se revelando a mais fácil que ele já tivera. O sujeito estava morto quando ele chegou. E parecia um acidente. Ele não viu sentido em comunicar o fato ao homem que o havia contratado. Isso só confundiria as coisas. O melhor era pegar o dinheiro e ir embora.

Ele não tinha certeza de quem o havia contratado, mas esse intermediário já o utilizara antes e sempre era algo ligado aos políticos. Normalmente era alguém mais conhecido e o crime ganhava muito espaço nos jornais. Ele achava que sabia quem tinha encomendado o assassinato, e eram funcionários graduados do governo. Um certo senador de Rhode Island parecia o mais interessado. Mas, nesse ramo de atividade, quanto menos se soubesse, melhor era. Aquela vítima era divertida. Um colunista de fofocas da Califórnia. Quem iria imaginar que esses tipos ainda podiam enfurecer as pessoas?

Este livro foi composto em Garamond
para a Editora Planeta do Brasil
em setembro de 2008.